황색
점멸
신호

황색 점멸신호

© 탁명주

1판 1쇄 발행 | 2021년 10월 15일

지은이 | 탁명주
펴낸이 | 정홍수
편집 | 김현숙 이명주
펴낸곳 | (주)도서출판 강
출판등록 | 2000년 8월 9일(제2000-185호)

주소 | 서울시 마포구 동교로17안길 21(우 04002)
전화 | 02-325-9566
팩시밀리 | 02-325-8486
전자우편 | gangpub@hanmail.net

값 14,000원
ISBN 978-89-8218-287-7   03810

황색

점멸

신호

탁명주 장편소설

강

차 례

사람들이 모여 사는 곳에선 이해할 수 없는 일도 일어나기 마련
이다. 저마다 신념과 해석에 따라 살아가지만, 있는 것은 있음으로
인해 넘쳐나고 없는 것은 없음으로 인해 그 없는 것마저 빼앗긴다.
모든 것을 삼켜버리는 시간의 이빨 앞에서 사람들은 자기 방식대로
삶을 기록한다. 시간이 지나면 기록들은 신화가 되었다가 망각의 늪
에 버려진다. 이전에 존재하던 것들은 사라졌거나 사라지는 중이다.
붙들 수 있는 것이라곤 생명이 붙어 있는 동안 서로의 온기를 지키
기 위해 애쓰는 사랑뿐이다. 그것이 순간적인 존재가 신의 성품에
참여하는 유일한 방식이다.

눈송이가 벌 떼처럼 날아들었다. 소머리국밥집에 몰렸던 점심 차량들이 빠져나간 시각이었다. 광주 왕실도자기 엑스포공원을 두르고 있는 백마산과 용인 모현으로 이어지는 태화산, 팔당호로 내닫는 된다락산과 넋고개 너머 이천을 경계 짓는 깊은목산이 호위하고 있는, 곤지암 하늘이 캄캄해졌다. 굵어진 눈발은 먼 산과 건물을 지우고 도로에 찍히는 차량의 바퀴 자국마저 속속 지워버렸다.

한사랑 지역아동센터의 복지사 서민교는 아이들이 제출한 문제집을 채점하면서 창밖 도로를 재빨리 훑어봤다. 날씨가 궂은 날이면 자신도 모르게 교차로 건널목으로 시선이 쏠렸다. 그녀의 자리가 곤지암 중심가를 훤히 내려다볼 수 있는 이층 창가에 놓여 있어서 더 그랬다. 초등학교 뒤편으로 중학교와 고등학교가 연결되어 있는 이 거리는 오후 내 아이들로 넘쳤다. 소머리국밥집 골목을 끼고 있어 모양이 일그러진 사거리엔 밤낮을 가리지 않고 황색등이 점멸하고 있었다. 스쿨존이라는 것이 무색할 만큼 불안한 신호체계 덕분에 교차로 건널목은 자주 야만의 공간으로 변했다.

운전자 입장에서 보면 황색 점멸신호는 순서를 기다리지 않고도 사거리에 진입해 곧장 통과할 수 있는 효율적인 장치일 거였다. 문제는 사방에서 모여드는 차종만큼이나 운전자들의 성격이 다양하다는 거였다. 좌회전 깜빡이를 켠 채 쭈뼛거리는 차와 잠시도 지체할 새 없다고 경고음을 내지르는 차, 예의를 지키며 미등을 켜고 서행하다 멈춰 서는 차와 무조건 달려들면서 밀어붙이는 차, 도저히 불가능한 틈새로 머리를 들이밀어 결국 모든 차를 일시정지 대기상태로 만들어놓고 유유히 빠져나가는 차와 그 때문에 폭력성이 발동해 필살기를 펼치는 차들까지. 그 단순한 황색신호를 통과하는 방법은 운전자마다 달랐다. 경쟁을 하든 주의를 하든 정체 구간을 벗어나 제 갈 길로 가면 그만이었다.

보행자 입장에서 보면 횡단보도 위의 황색 점멸신호는 차량의 흐름을 방해하지 말라는 협박이자 차로에서 꺼지라는 경고였다. 사실 엉켜 있을 때보다 위험한 건 차들이 속도를 내고 있을 때였다. 안전표지 선이 모험적 공간으로 변환되는 아슬아슬한 일은 빈번하게 일어났고, 사망사고도 심심찮게 일어난 지점이라 건널목을 이용하는 사람들은 극심한 스트레스를 받았다. 일상에서 겪는 심상의 고통엔 약도 없었다.

눈발을 헤치고 사내아이 하나가 사거리로 뛰어들었다. 그 뒤를 따라붙은 세 명의 아이들은 육중한 화물차 바퀴로부터 간발의 차이로 벗어났다. 인도에 올라선 아이들이 차량의 후면을 향해 가운뎃손가락을 치켜들면서 길바닥에 침을 뱉었다. 조건반사처럼 조여든 심장을 쓸어내리며 한숨을 토하는 건 순전히 목격자의 몫이었다. 민교는 한눈에 아이들을 알아봤다. 사총사로 불리는 조 선생 반 아이들이었다.

얼음 바람을 몰고 사총사가 들어왔다. 현관문이 닫히기도 전에 조 선생의 고함 소리가 들렸다. "누가 무단횡단 하랬어, 너네 여기서 다 보고 있는 거 몰라?" 센터를 쩌렁쩌렁 울리는 조 선생의 고음이 다른 때처럼 거슬리지 않았다. 안전표지선을 덮어버린 눈에 발이 미끄러지기라도 하면, 아니, 갑자기 뛰어든 아이들을 피하려고 차가 균형을 잃기라도 하면 사고로 이어지는 건 정말 순간이었다.

민교는 하이넥 티셔츠 위에 걸친 플리스 재킷의 지퍼를 목까지 올리고 회원 명단을 체크했다. 이미 한 차례 전화를 돌린 후였다. 폭설 안전사고에 대비하라는 원장의 닦달에도 불구하고 대부분의 보호자는 난색을 표했다. '조기 귀가'라는 말에 불만을 토로하는 자모도 있었다. 폭설 때문에 퇴근을 당길 수 없는 양육자로서는 당연한 반응이었다.

신발 자국으로 진창이 된 현관은 말할 것도 없고 센터 바닥까지 질척거렸다. 수용 인원을 초과한 센터 공간은 눈덩이를 가져와 장난을 거는 사내아이들과 여자아이들의 말싸움으로 끓어넘칠 듯 소란스러웠다. 오후 내 부산을 떨었지만 마지막까지 남아 있던 오영이 남매를 귀가시킨 건 여덟시를 훌쩍 넘긴 시간대였다.

혼자 남은 민교는 책상에 도로 앉아 프로그램활동일지, 상담일지, 아동관찰일지, 비품관리일지, 차량운행일지를 정리했다. 낮에 들어온 미술 활동을 위한 기증품을 후원 목록에 기입하고, 활동 자료와 다음 날 수업 자료를 확인했다. 밀린 잡무를 하나씩 정리하면서 그녀는 묘한 박탈감을 느꼈다.

책상을 깨끗이 치워놓고 마지막으로 두 주일 전에 작성해 이메일에 저장했던 문서를 열었다. 문장은 간결하고 명확하게 정리되어 있었다. 그대로 프린트를 하고 컴퓨터를 껐다. 데스크톱 컴퓨터의 쿨링팬이 멈추는 동안, 출력한 문서를 한 번 더 읽어본 뒤 봉투 모양에 맞춰 접어 넣었다. 그 사소한 일에 얼마나 집중을 했던지, 원장의 책상에 봉투를 내려놓는 순간 참았던 숨이 터져나왔다.

멀티탭 전원을 끄고 센터 안의 모든 조명을 소등하자 창밖의 설경이 환하게 다가왔다. 눈발은 아직도 이어지고 있었다. 맞은편 상가 주차장에서 차량이 빠져나갔다. 초콜릿 조각처럼 새카만 빈자리에 흰 눈송이들이 날아들자 순식간에 슈거 파우더를 뿌린 티라미수가 되었다. 아름다운 것은 순간 속에 존재했다. 그 모든 순간을 기록할 수 없어 한숨 같은 미소를 날릴 뿐이었다. 기록이란 그녀에겐 이미지의 복원이었다. 소중한 것을 기억하는 방법이지만, 기억해야 기록할 수 있고 기록해야 기억할 수 있는 상호 불가분의 관계 사이엔 기억의 불완전성이라는 구멍이 있었다. 그 구멍이 기록자인 그녀에겐 희망인 동시에 절망이었다.

밤이 농밀한 잉크를 풀어놓은 도로에서 전조등으로 빛의 터널을 낸 차들이 서로를 비껴갔다. 불빛들이 서로 겹쳤다가 엇갈리는 연속적인 빛의 향연은 매 순간 상이해서 지루해지는 법이 없었다. 부동의 물체들이 더 깊은 어둠이 되어 엎드리는 밤, 가로등이 검은 허공에 징검다리를 놓고 있었다.

그 너머 태화산에 시어골이 있었다. 눈 쌓인 노고봉을 넘어 말아가리산에 올라볼까. 그녀와 함께 그런 계획을 세웠던 사람은 더 이상 곁에 없었다. 민교는 그 고적한 풍경을 마음에서 지웠다. 상실을 회억할 때 친근하게 열리는 문이 자기연민의 늪이라는 걸 모르지 않았다. 약속을 기억한다고 지킬 수 있는 건 아니었다. 부도난 어음처럼 한때는 굳건했던 증서도 효력을 상실하지 않던가. 하물며 증서도 없는 약속을 떠올린 건 그녀의 의지를 벗어난 일이었다.

광주 7산 종주길에 백마산이 품고 있는 크고 작은 골짜기들은 위기에 봉착해 있었다. 접근성이 좋고 의외의 비경이 즐비한 곤지암 주변의 골짜기들은 도심에 염증을 느끼면서도 문명의 권역을 아쉬워하는 이들의 기대에 부응했다. 중개사들이 사통팔달의 교통 조건을 내세워 투자가들의 구미를 당기며 적극적으로 호재를 만들고 있었다. 산행객들이 즐겨 찾는 광주 7봉 중 하나인 노고봉 아래 골프장이 들어선 것도, 뒤이어 L리조트와 스키장이 개발되어 성황을 이루게 된 것도 최근의 일이었다. 지금 이 순간에도 건설 장비들이 게릴라처럼 자박자박 산을 향해 엔진을 뻗어가는 형국이니, 전쟁의 상흔을 품고 있는 골짝이나 설화를 간직한 봉우리도 그 모든 전설과 함께 사라질 운명을 피하지 못할 거였다.

눈은 줄기차게 내렸다. 검은 눈송이는 가로등 불빛을 통과하면서 흰색이 되었다가 쌓인 눈 위로 내려앉으면서 한 몸이 되었다. 어느 공간을 통과하는가에 따라 빛깔이 다르게 보이는 건 성분이 달라지지 않아도 다르게 보일 수 있다는 거였다. 인생살이의 비밀이라도 발견한 듯 고개를 끄덕이게 되는 순간이었다. 보이는 것으로 대상의 모든 것을 다 알 수는 없었다. 사람의 관계 또한 왜곡된 관점에서 출발해 우여곡절을 겪어내는 과정일 터였다. 이해와 오해는 그 틈에서 명멸하는 미늘이었다.

그녀는 자신이 결코 행복해질 수 없을 거라는 사실을 무겁게 확인했다. 매일 조금씩 다른 감정을 거슬러 도달하는 결론이었다. 다시 충만해지는 일은 없을 거였다. 그녀 안에 뻥 뚫린 공허, 대체 불가능한 결핍을 응시하는 이 시간에 그녀는 온전히 그녀 자신이 되었다. 그 결핍이 적당한 대체물로 채워지는 건 그녀가 원하는 것이 아니었다. 피할 수 없는 선택 앞에서 결정적 실행을 미루고 있을 때 그 상황에 종지부를 찍는 방법이란 마감 시간을 정하는 것뿐이었다. 마음의 추를 한껏 감아올린 그녀의 신경은 끊어질 듯 팽팽했다.

상가와 주택가 사이 가건물에서 검은 연기가 피어오른 건 자정이 지난 시간이었다. 세력을 키운 불길이 창문을 뚫고 치솟을 때까지 화재를 목격한 사람은 없었다. 폭설 예보와 한파 주의보 때문이었다. 화재를 발견한 사람은 가건물과 연결된 연립주택의 맨 위층에 사는 주민이었다. 담배를 피우려고 발코니 창문을 연 사층 남자는 역한 냄새와 연기에 놀라 소리를 질렀다. 외투를 껴안고 황급히 뛰어나온 그는 아래층 이웃들의 현관문을 두드렸다. 아우성을 치면서 건물 밖으로 쏟아져 나온 사람들은 잠옷 차림에 심지어 맨발이었다. 탁한 연기에 겁을 먹었던 사람들은 화재의 진원지가 연립주택이 아니라는 것을 확인하자마자 옷가지를 챙기러 황급히 집 안으로 뛰어 들어갔다. 화염이 연립주택 벽을 타고 오르자 한꺼번에 내지르는 비명에 물건을 챙기던 사람들이 뛰어나왔다. 너 나 할 것 없이 신고한 덕분에 인근의 파출소와 소방서가 통화 폭주 상태가 되었고 불길은 두꺼운 어둠 속으로 기세 좋게 번졌다.

신고에 가장 먼저 반응한 건 지역 해병전우회 사내들이었다. 붉은색 팔각모에 같은 색의 글씨가 박힌 방한 점퍼 때문에 그들은 주민들 속에서도 확실히 구별됐다. 곧이어 자율방범대원들이 도착했다. 지역의 자치운영 네트워크가 영향력을 발휘하는 순간이었다. 인근 파출소에서도 두 사람의 경찰이 출동해서 붉은 경광봉을 흔들며 호루라기를 불어 안전거리를 무시한 채 접근해 있는 사람들을 물러나게 했다. 진압에 방해가 되지 않도록 화재 건물에서 좀 떨어진 5, 6호 라인으로 대피하라는 지시가 내려졌지만, 혼란 속에서 우왕좌왕하는 주민들에겐 전달이 되지 않았다. 무엇보다 아찔한 볼거리에 사로잡혀 있었기 때문에, 외투에 신발까지 갖춰 신은 아이들이나, 아이들에게 들어가라고 야단을 치는 여자들이나, 여자들에게 소리를 지르는 남자들 모두 시선은 불길에 열중해 있었다.

어둠 속으로 요란한 경보음을 흩뿌리며 소방차가 달려왔다. 대규모 화재를 신고 받은 것처럼 연속으로 도착한 세 대의 소방차는 순식간에 도로를 점거했다. 소방대원들이 민첩하게 진화를 시작했다. 가건물의 출입문을 부수고 소방 호스를 쏘자 연립주택 벽면을 핥던 화염이 순식간에 사라졌다. 재난 안전선은 주민들 대부분이 꾸역꾸역 내뿜는 연기와 함께 재를 충분히 들이마신 다음에 설치되었다. 난데없는 소방차 소음을 듣고 집 밖으로 나온 골목 안쪽의 주민들 역시 분진이 섞인 잿물을 뒤집어썼다.

화염이 완전히 사라진 뒤에도 주민들은 좀비처럼 서성거렸다. 인명 피해가 없는 것을 확인한 경찰관들이 주민들을 귀가 조치했다. 진압에 사용된 소화 오염수는 차도로 흘러 새로운 빙판을 만들었고 수천 개의 날을 세운 바람이 문짝이 떨어져 나간 조립식 건물 내부의 불쾌한 탄내를 헤집었다.

민교는 사람들이 흩어져 보이지 않을 때까지 맞은편 주차 건물 계단 기둥에 몸을 기댄 채 화재 현장을 지켜봤다. 화염이 연립주택으로 방향을 틀었을 땐 자신도 모르게 소리를 질렀다. 공포가 지나가고 무너질 듯 기력이 빠지는 걸 느끼면서도 끝까지 버티고 있었다. 주민들이 흩어지고 해병전우회 사내들이 해장국집을 외치며 사라진 후에야 몸을 움직였다. 무릎이 굳어 조용히 계단을 내려오는 것이 불가능했다. 인도에 내려서자 발자국 모양대로 솟아 있던 눈이 왁살스럽게 부서졌다. 화재가 진압될 때까지 완전히 몰두해서 알지 못했지만 몸이 막대기처럼 얼어서 미끄러지기라도 하면 부서질 것 같았다. 이마의 실핏줄이 터진다는 극지방의 한파가 떠올라 느슨해진 목도리를 펼쳐서 눈만 남기고 얼굴을 감쌌다. 눈알로 날아드는 얼음 바람 속에서 멀지도 않은 집이 까마득하게 보였다.

집에 들어왔을 때 그녀는 기진맥진해 있었다. 언 몸으로 울퉁불퉁한 눈길을 걸어와선지 몹시 어지러웠다. 갈아입을 옷을 챙겨 들고 욕실 문을 열었다. 따스한 물이 그리웠지만 욕

실은 냉랭했다. 샤워기를 거치대에 고정시킨 채 온수를 틀어
놓고 따스한 수증기가 차오른 뒤에 옷을 벗었다.

온수를 뿜어내는 샤워부스로 다가가 몸을 적셨다. 따스한
물방울이 피부를 적시자 한기가 몸속으로 파고들면서 진저리
가 쳐졌다. 돌아서서 물줄기를 받으면서 감각이 없는 허벅지
를 손으로 쓸어내렸다. 차츰 한기가 가라앉았다. 몸의 물기를
닦아낸 수건을 욕실 바닥에 펼쳐놓고 그 위에 올라가 실내복
을 입었다. 무의식조차 지배할 만큼 강렬한 습관도 바뀔 때가
있었다. 불과 몇 달 전만 해도 샤워를 끝내면 알몸으로 나와
드라이어로 머리를 말린 후에 옷을 찾아 입던 그녀였지만, 지
금은 욕실에서 옷을 갖춰 입고서야 나갈 수 있었다. 집에 오
자마자 열어놓고 음악을 듣던 그녀의 노트북은 접힌 채 방치
되고 있었다.

불내가 밴 빨래들을 세탁기에 집어넣고 나왔다. 책상 위에
웅크린 베리가 보였다. 그녀가 들어왔을 때 침대 밑으로 들어
가버리더니 샤워하는 동안 나온 모양이었다. 베리에게 다가
가 부드럽게 몸을 쓰다듬어주었다. 그르릉 소리를 내면서 베
리가 그녀의 손을 탐색하고 핥기 시작했다. 늦은 시간까지 혼
자 내버려둔 녀석에게 미안했다. 야행성인 고양이에겐 수면
시간이 아니지만 그녀가 자면 같이 자고 깨어 있으면 같이 깨
어 있는 녀석이었다.

그녀는 주방 개수대 위에 붙어 있는 포스트잇을 떼서 다

이어리에 붙였다. '해킹 D-1'이라고 적혀 있는 그것은 '해킹 D-14' 계획의 마지막 메모였다.

이제 새로운 페이지를 시작해야 했다. 다이어리에 날짜를 적은 뒤에 'D-day'라고 썼다. 지나온 일들이 생생하게 떠올랐다. 기록되지 못했기 때문에 폐기되지 않는, 폐기되길 거부하는 사건들이었다. 아무 일이 없어서가 아니라 너무 많은 일이 있어서 미처 채우지 못한 페이지들이었다.

메모는 그녀의 일상 중 가장 중요한 부분이었다. 메모광인 그녀는 몇 년 전에 소설 공모전에 당선되어 작가라는 이름을 얻었다. 하지만 그녀를 등단시킨 잡지가 폐간되면서 그녀의 이름도 함께 잊혔다. 혼자 써온 원고들을 묶어 아는 이의 소개로 작은 출판사에서 소설집과 산문집을 낸 게 이력의 전부였다. 책을 내기 전에도 그랬듯이 후에도 그녀에게 청탁이 오는 일은 없었지만, 쓰는 것만큼 흥미를 끄는 건 없었다. 그녀는 쓰지 않는 한 작가가 아니라는 신념에 사로잡혀 있었다. 출판할 가능성이 없다는 자괴감에 빠질 때도 있었다. 그럴 때도 얼마쯤 시간이 지나면 다시 써야 할 이유를 발견했다. 중독에 빠진 사람이 그렇듯 혼자만의 시간으로 들어갔다. 덮어버리거나 잊어서는 안 될 복지 현장의 사건들을 기록하는 일이 그녀에겐 피할 수 없는 의무로 여겨졌다.

기록이 쌓여가자 그녀는 번호를 붙이고 '에피소드북'으로 분류해서 보관했다. 이미 소설이 된 것도 있었고, 플롯만 짜놓은 채 방치된 것도 있었다. 매년 한 권씩 완성시키는 다이어리와 함께 에피소드북은 정리되지 않은 자서전이자 그녀 삶의 주석들이었다.

그녀의 다이어리 편력은 좀 유별나서 해마다 연말이 되면 다이어리를 찾아 인터넷쇼핑몰을 뒤지는 것으로 주말을 탕진했다. 다이어리의 변천사와 제작사별 특성도 자연스레 파악하게 되었다. 비교해서 선택을 해도 사용하다 보면 결함과 아쉬움이 드러나게 마련이었다. 속지를 바꾸거나 지하철노선도 등 필요한 정보를 옮겨 붙이고, 통장 보관용 비닐을 겉장 안쪽에 붙여 각종 증서를 보관하도록 재구성하는 건 기본이었다.

데스크톱을 구입하면서 에피소드북에 쏟던 애정은 느슨해졌다. 워드프로세서의 편집 기능에 매료되어 작업 방식을 바꾸고 자료들을 외장하드에 저장했던 것이 문제였다. 디지털 자료들은 수년간의 기록과 함께 날아가버렸고, 상실은 깊었다. 남은 건 빈 다이어리와 오래전에 기록을 멈춘 에피소드북뿐이었다.

그녀는 천천히 숨을 내뿜고 있는 자신을 의식했다. 불안증이 몰려올 때마다 호흡조절을 하면서 안정을 찾던 습관이 무의식중에 나온 거였다. 조금 전 다이어리에 써넣은 글자가 눈에 들어왔다. 'D-day'라는 글자는 단단하면서도 의뭉스러웠다. 은밀한 암호 같은 그것은 낭떠러지 아래로 떨어질 것처럼 위태로워 보였다. 무언가를 쓰려고 했지만 시작하려니 깜깜했다. 하지만 그녀는 알고 있었다. 일단 첫 문장을 꺼내면 뒤따라오리란 걸.

　화재가 났다. 아는 사람의 사업장에.
　유은도와 샤리플.
　한때 나는 그들을 알았고, 그곳에 드나들었다.
　내가 알았던 것이 무엇이었는지 확신할 수 없지만,
　분명한 것은 그들을 알고 지내는 동안
　이해할 수 없는 상황에 휘말렸다는 것이다.
　그 과정에서 나는 잃어버렸다.
　내 생애 빛나는 순간들에 대한 영상 기록과 증거들을.
　또한 마땅히 남겨야 했던 복지 현장의 기록들을.
　가장 견딜 수 없는 건, 내 삶을 해킹 당했다는 것이다.
　무언가를 잃어버린 후에야 얻어지는 것들이 있다.
　깨달음은 되돌릴 수 없는 지점에 다다랐을 때 온다.
　이제야 비로소 나를 통과한 시간을 정리할 수 있을 것 같다.

　여기까지 쓰고 그녀는 생각에 잠겼다. 조용해서 돌아보니 베리는 패브릭 소파에 앉아 맞은편 벽을 보고 있었다. 몇 시간이라도 움직이지 않고 명상에 빠지는 대단한 능력이 시작된 모양이었다. 빈 벽에 시선을 둔 채 눈을 반짝이며 집중하고 있는 베리는, 벽 너머 보이지 않는 세상을 훤히 내다보는 초월적인 존재 같았다. 베리와 함께 성공적으로 몰입의 경지에 들어갈 때도 있었지만 먼저 침묵을 깨는 건 늘 그녀였다. 그때마다 인정해야 했다. 자신이 하수라는 걸. 일명 집사라는 명칭이 어울리는 이유였다. 그녀는 다시 글을 쓰기 시작했다.

베리의 집사가 된 지 이 년이 지났다. 유은도를 만난 건 베리를 만난 다음 해 봄이었다. 그러므로 베리는 컴튜닝의 유은도를 만난 후 나에게 일어난 일들을 지켜본 유일한 목격자였다. 베리와의 특별한 인연을 생각하니 윤서 형제가 떠오른다.

다시 펜을 멈췄다. 갈무리하고 있던 기억들이 무작위로 쏟아져버릴 듯한 위기감을 느꼈다. 타임테이블로 구성된 다이어리 속지에 담아내기엔 적절하지 않았다. 기억을 복구하려면 에피소드북은 물론이고 스마트폰의 메모장과 온라인 커뮤니티까지 참고하게 될 거였다. 서랍에서 A4용지를 꺼내 생각나는 대로 적어나갔다. 순서 없이 써놓은 키워드에 번호를 붙여 순서를 정한 다음 새 용지에 정리했다. 먼저 주제를 적고 그것을 중심으로 몇 개의 가지를 뻗어내 번호 순서대로 관련된 키워드를 옮겨놓고 거기서 다시 부가지를 뻗어 관련된 사건들을 방사형으로 구조화했다. 새로운 글을 쓸 때마다 작성하는 마인드맵이었다. 주요 인물들과 사건의 키워드를 늘어놓고 세부 사항을 써넣는 구상 단계의 마지막에, 시점을 고민했다. 기록을 일기처럼 쓰고 싶지는 않았다. 모든 것을 최대한 객관적으로 점검하기를 원했다. 그것이 이 기록의 궁극적 목적이니까.

베리베리 스트로베리

한여름 같은 9월이었다. 민교가 지역아동센터 건물로 들어서자 계단에 앉아 있던 아이들이 엉거주춤 일어났다. 인사도 잊어버릴 만큼 당황하는 모습이었다. 윤재와 윤서의 엉덩이 뒤로 종이 박스가 설핏 보였다. 엄마가 필리핀 사람인 형제는 학교 뒤에 있는 오래된 주택에서 큰집 식구와 함께 살고 있었다. 센터를 좋아하지 않는 다문화가정의 형제가 웬일로 미리 감치 와 있는 건지 궁금했지만 그대로 지나쳤다. 별것도 아닌 모의를 하면서 비밀을 만들고 그 비밀을 지키느라 옥신각신하는 것이 남자아이들의 놀이였다. 그런 건 모르는 척하는 것이 약이었다.

수업 자료를 챙겨다 놓고 휴게실 비품 목록을 점검할 때까지 아이들은 들어오지 않았다. 같이 근무하는 조하영 선생이 외근 때문에 늦는 날이라 두 교실의 화이트보드에 오늘의 한자를 써놓고 학년별로 풀어야 할 문제집의 범위를 적었다. 외부 강사가 진행하는 전통문화놀이 수업에 참여할 회원 명단을 작성하고 보니, 도착해 있어야 할 저학년 아이들이 보이지 않았다. 그제야 윤서 형제가 생각났다.

박스 안에 코를 박고 있던 아이들은 그녀의 목소리에 질겁하며 물러섰다. "기, 길고양이예요." 윤서가 다급하게 말했다. 윤재가 박스를 동생에게 밀고 그녀를 막아섰다. "우리가 데려온 거 아니에요. 얘가 따라왔어요. 데려다줘도 자꾸 따라와서……"

긴장하는 모습이 귀여워서 그만 웃어버렸다. 순간 물러났던 아이들이 다시 몰려들었다. 박스 안에 아기 고양이가 웅크리고 있었다. 윤재가 지난밤에 있었던 일을 털어놓았다.

도둑고양이를 집에 들였다고 큰엄마한테 야단맞은 형제가 처음에 데려온 곳으로 고양이를 가져다 놓았지만 아무리 기다려도 어미가 나타나지 않았고, 두고 가려고 하면 울면서 따라오는 바람에 녀석을 데려올 수밖에 없었다. 박스에 담아 숨겨놓고 집으로 들어갔다가 어른들이 잠든 뒤에 몰래 나와 밤새 고양이를 지켰다는 말이었다.

"근데 아기 고양이가 왜 도둑고양이예요? 나쁜 사람들이 내다 버려서 그런 거잖아요." 오기를 내비치는 윤서의 얼굴은 눈물이 얼룩져 꼬질꼬질했다. 그런데도 고양이를 바라보는 눈길만은 자애롭기 그지없었다. 아기 고양이의 미소를 머금은 작은 입과 촉촉한 눈망울을 보니 그럴 만도 했다. 손바닥에 올려놓을 만큼 작은 고양이는 앙증맞은 조끼를 걸친 것처럼 등 쪽은 밝은 오렌지색 털로 덮여 있고 배와 다리는 흰 털로 덮여 있었다. 나중에 품종을 찾아보니 코리안 쇼트헤어라는 별칭을 가지고 있는 도메스틱 고양이 치즈태비였다.

센터 계단 아래쪽에 박스를 숨겨놓는 걸 허락해주고 아이들을 교실로 올려보냈다. 하지만 윤서는 고양이에게서 떨어지지 않았다. 억지로 교실에 들어온 아이들도 엉덩이를 들썩이며 출입구로 고개를 향하고 있었다. 계단에서 여자아이들의 함성이 들리자 너 나 할 것 없이 우르르 교실 문을 빠져나갔다. 계단에 붙어 있는 아이들을 들어오게 하는 방법은 고양이가 교실로 오는 것뿐이었다. 박스를 가져다 책상 밑에 내려놓자 새끼 고양이가 가냘픈 울음소리로 존재감을 알렸다. 할 일을 마쳐야 자유 시간을 주겠다는 조건부 약속에 아이들이 겨우 마음을 붙잡았다. 부지런히 문제집을 풀고 검사를 맡으러 나온 아이들이 고양이를 만져보려고 줄을 섰다. 그중 오경이란 아이는 아예 책상 밑에 들어가서 자리를 잡고 앉아 윤서와 함께 고양이 상자에 코를 박고 있었다. 경고 따위는 들리지도 않는 듯 열중하고 있었다.

좀 늦게 센터에 도착한 오경이 누나 오영이는 한눈에 사태를 파악했다. 또래에 비해 어른스러운 오영이는 해마다 학급

선거에 나가 임원을 맡고, 학교에서 진행하는 활동에 적극적으로 참여해서 상도 곧잘 받아 오는 아이였다. 그런 오영이는 센터의 프로그램을 따라가지 못하는 동생을 채근했다. 동생이 할 일을 잘 못하면 교사한테 이르기도 했는데, 특히 오경이가 정직하지 않을 땐 큰소리로 동생을 고발했다. 그럴 때면 오경이 눈에 원망이 이글거렸다.

오영이는 책상 밑에 있는 오경이를 완력으로 끌어내 자리로 데려갔다. 하지만 문제집을 푸느라 집중하는 사이에 오경이가 고양이에게로 돌아가버렸다. 그런 씨름은 몇 번이나 반복되었다. 쉬는 시간이 되자 고양이 곁으로 아이들이 모여들었다. 한 아이가 오경이를 밀고 좁은 책상 밑에서 박스를 끌어냈다. 오경이도 지지 않고 박스를 잡아당겼다. 윤서가 고양이를 사수하려고 박스를 잡았다. 서로 밀고 당기는 사이에 박스가 찢어지고 말았다. 순식간의 일이었다. 놀라서 움츠린 아기 고양이를 먼저 차지하려고 둘러싼 아이들이 차례를 지키라며 소리를 질렀다. 거품처럼 끓어넘치는 소란에 조 선생과 옆반 아이들까지 왔다.

"누가 멋대로 도둑고양일 데려왔어? 누구야?" 원장이 소리 질렀다. 놀란 아이들이 책상으로 돌아가 앉았다. 상황을 설명하는 민교의 말을 원장이 잘랐다.

"이봐요 서 선생, 애들한테 병이라도 옮기면 책임질 거예요? 이렇게 한심한 경우도 있답니까. 이건 대체 누가 애들이고 누가 교사인지 모르겠군요. 당장 내다 버려요."

원장의 눈앞에서 박스를 치운 건 조리사 김 선생이었다. 주방 뒤쪽의 발코니에 찢어진 박스를 내놓는 것으로 사태는 일단락되었다. 아이들은 눈치 빠르게 교실로 돌아갔다.

오영이가 종주먹을 들이대면서 오경이 앞으로 문제집을 밀었다. 오영이는 풀이 죽어 있었다. 일을 저지른 건 오경인데, 동생 몫의 눈치까지 보느라 오영이의 얼굴이 굳어 있었다. 주방 문을 잡고 훌쩍거리던 윤서는 원장이 큰엄마를 부르겠다고 엄포를 놓자 완전히 절망에 빠져버렸다. 공장에 나가 일을 하는 엄마를 대신해서 보호자 역할을 하는 윤서의 큰엄마는 규정을 강요하는 엄한 성격이라 아이들이 무서워했다. 일곱 살 윤서가 인생 최대의 난관을 만난 거였다. 윤서는 원장에게 뭐 이런 애가 다 있냐는 말을 듣고도 울음을 그치지 않았다. 아이들이 다가가 말을 건네자 아예 바닥에 누워버렸다.

사력을 다해 고집을 피우는 윤서를 보고 원장은 혀를 찼다. "여기가 어디라고 똥고집을 부리고 뻗대는 거야. 손바닥이 발바닥이 될 때까지 빌어도 션찮은 마당에. 너 거기서 똥도 싸고 오줌도 싸. 거기서 잠들어도 집에 가라고 안 할 테니까 울고 싶을 때까지 실컷 울어. 그리고 니들, 저 녀석 도와주면 같이 복도에 꿇어앉힐 거니까 알아서들 해."

아이들이 원장과 눈을 맞추지 못하고 뒷걸음질 쳤다. 윤서는 아무것도 듣지 못한 것처럼 혼자서 눈물을 꾹꾹 짰다. 조리사가 안전하게 보관해줄 테니 끝나고 찾아가라는 쪽지를 민교의 손에 건네며 윤서를 가리켰다. 민교가 윤서에게 다가가서 쪽지를 읽어주고 속삭였다. "윤서야 선생님이 데려가서 잘 키워주는 건 어때? 고양이가 잘 지내는지 사진 찍어서 보여줄게. 그리고 가끔 놀이터에서 만나면 되잖아."

울면서 딸꾹질까지 하느라 지친 윤서의 눈이 진실을 확인하려는 듯 그녀의 눈을 들여다보았다. 그녀가 고개를 끄덕이자 오기로 잔뜩 굳어졌던 윤서의 눈이 슬며시 풀어졌다.

자료를 찾으러 원장실에 갔을 때, 원장이 한심하다는 표정을 숨기지 않고 민교를 몰아세웠다. "애초에 센터 안으로 들이질 말았어야지, 교사가 규정을 엄수하지 않으면 누가 지키겠어요. 무턱대고 싸고돌다간 아이들 욕구에 끌려가게 되는 걸 모르세요? 그게 누구한테 유익할 거 같아요? 당연한 일이지만, 서 선생이 벌인 일이니 문제없도록 마무리하세요." 민교는 목례를 하면서 분명하게 대답했다. "알겠습니다."

민교가 퇴근해서 센터를 나오자 윤서가 따라나섰다. 테이프로 붙인 박스 안에 고양이가 제대로 있는지 확인하느라 풀어졌던 윤서의 얼굴이 다시 뿌루퉁해졌다. 헤어지기 싫은 모양이었다. 어디에 있었는지 윤재도 다가왔다. 우체국 앞의 배스킨라빈스로 형제를 데리고 갔다. 시무룩한 형제에게 아이스크림을 고르도록 했지만, 아이들의 관심은 오직 고양이에게 쏠려 있었다.

"우리 하나 빼기 게임 할까? 이긴 사람이 고양이 이름 지어 주는 거야." 민교가 제의하자 윤서가 눈을 맞추면서 어깨 위로 주먹을 들어 올렸다. 운명이 걸리기라도 한 듯 가위바위보 하나 빼기 게임을 한 끝에 윤서가 이겼다.

"예쁜 이름 지어줘야 해. 우선 아이스크림부터 고르고 먹으면서 생각하자. 뭘 먹을까?" 윤서는 손가락과 고갯짓으로 '베리베리 스트로베리'를 골랐다. 플러그를 접속한 듯 눈을 크게 뜬 윤서가 그녀를 향해 싱긋 웃는 순간에 베리라는 이름이 탄생했다. 윤서는 몇 번이나 박스에 얼굴을 넣고 베리야, 베리야, 불러보고는 마음이 풀린 듯 웃었다.

"우리 오늘 할 일 많네. 빨리 먹고 동물병원 가자." 민교의 말에 윤서의 눈이 커지더니 성급하게 아이스크림을 퍼먹기 시작했다. 큼직한 덩어리를 꿀꺽 삼킨 윤서는 숨을 몰아쉬면서 가슴을 문지르고 두 손으로 머리를 감싸 쥐었다. "저런, 빨리 먹자고 한 말 취소. 천천히 먹어야 갈 거야!" 민교가 말했지만 윤서는 들은 척도 하지 않고 다시 퍼먹었다.

베리의 건강 상태는 다행히 양호한 편이라고 했다. 수의사는 생후 육 주 정도 지난 것으로 추정했다. 혈액 검사와 기생충 검사를 받고 혼합백신 예방접종까지 맞았다. 이월 잡지를 챙겨주면서 간호사가 필요한 건 없는지 물었다. 필요한 게 뭔지 생각나지 않아서 사료를 한 봉지 샀다. 간호사가 나중에 중성화수술이 필요할 거라는 말을 덧붙였다. 접종 기록표를 잡지에 끼워 넣고 달랑 사료 한 봉지를 들고 병원을 나섰다. 윤서는 베리를 껴안고 볼에 비벼대며 아쉬워했다. "이름도 지어줬으니까 윤서가 많이 사랑해줘. 토요일마다 만나서 놀아주기로 베리와 약속한 거야." 민교가 새끼손가락을 내밀자 형제가 동시에 손을 내밀었다. 윤서가 형의 손을 밀어내고 손가락을 걸었다.

풀어보지 않은 선물을 들고 갈 때처럼 설레던 마음이 무거워진 건 집에 들어섰을 때였다. 그녀의 원룸엔 고양이에게 내줄 공간이 없었다. 반려 고양이라니! 꿈에도 생각해보지 않은 일이었기에, 고양이를 돌볼 필수용품은커녕 고양이 생태에 대한 기본 상식도 없었다. 그렇게 즉흥적으로 고양이를 데려오는 건 그녀의 방식이 아니었다.

베리는 내려놓은 자리에서 조금도 움직이지 않은 채 몸을 떨었다. 낯선 방이 두려운 모양이었다. 들어 올리자 손바닥에 콩닥거리는 심장이 그대로 만져졌다. 따스하고 뭉클한 느낌에 온몸의 신경이 손바닥에 집중됐다. 순간 무겁고 복잡했던 마음이 사라져버렸다. 빨아서 치워놓았던 러그를 깔고 베리를 내려놓았다. 잡지에 끼워둔 종합백신 접종 기록표를 펼쳐서 신중하게 들여다보았다. 이차, 삼차 접종까지 비용 부담이 생각보다 컸다. 한 주간 고민해보기로 기한을 정하고, 스마트폰에서 웹문서를 검색했다. 길고양이를 입양한 사례들은 많았다. 키우다 포기했다는 글엔 많은 댓글이 달려 있었다.

대부분 비난하는 내용이었는데, 날카롭고 현실적인 댓글들이 그녀의 마음을 찔렀다. 입양을 포기한다면 윤서는 실망할 거였다. 아니 영원히 믿을 수 없는 존재가 될 거였다.

베리는 시시각각 성장했다. 청회색이었던 눈빛이 밝은 오렌지 빛깔로 변했을 무렵엔 두 손으로 들어 올릴 만큼 무거워졌다. 베리는 완전히 새로운 모습을 그녀에게서 불러냈다. 아기 고양이의 치명적 매혹을 맞닥뜨릴 때마다 굳어진 껍질이 부서지듯 말랑한 감성이 발동했다. 살아 있는 동물의 신비로움에 몰두해 예상 밖의 언행을 표출하는 자신의 모습은 그 자체로 즐거운 발견이었다. 베리에게 필요한 물건들을 인터넷 쇼핑몰에서 물색하는 동안 베리는 호기심이 가득한 장난꾸러기가 되어갔다. 다이어리 안에서 베리의 생태 기록은 날마다 갱신되었다. 보고 있으면 마비에서 풀려나듯 따스한 기쁨이 솟아났다. 베리가 그녀에게서 불러낸 것이 웃음만은 아니었다. 조용했던 그녀는 수다쟁이가 되어갔다.

반려동물을 받아들이는 과정이 결코 순탄치는 않았다. 처음엔 너무 많이 자서 걱정했고, 말도 안 되게 망가뜨려놓은 옷을 버려야 했고, 서랍이 달린 패브릭 소파는 발톱에 뜯겨 보수가 불가능했다. 베리의 털 때문에 청소 시간과 도구가 늘어난 건 말할 것도 없고, 배변 처리와 식품 구입 등 녀석을 시중들기 위해 소비하는 비용도 만만치 않았다. 제일 답답한 건 소통의 문제였다. 그녀의 노력은 대부분 일방적으로 시작해서 공허하게 끝나버릴 때가 많았다. 고양이 집사들의 블로그가 아니었다면 베리의 행동들은 의문으로 남았을 거였다. 황당한 일도 많았다. 애써 고른 둥글이 침구가 배송되자 베리가 침구는 거들떠보지도 않고 포장 박스 안에서 놀다가 거기서 잠든 거였다. 약이 오르면서도 베리의 모습이 사랑스러워 웃을 수밖에 없었다.

베리는 그녀의 일상을 바꿔버렸다. 아침에 눈을 뜨자마자 스마트폰 카메라를 들고 베리를 촬영했다. 몸을 흔들어 깨우면 베리는 잠깐 눈을 떴다가 앞발로 눈을 가리고 다시 잠들었다. 건드리면 힘없이 깨무는 시늉을 하고는 발을 호비작거리다 다시 졸음에 빠져들었다. 휴대폰의 동영상 파일이 많아졌다. 사진 덕분에 베리의 미묘한 성장은 가시적 증거로 남았다. 그것을 아이들에게 배달하는 즐거움은 덤이었다.

고양이 소식은 비밀 루트로 공유되었다. 의도치 않게 그녀는 원장에게 들키지 않으려고 모의하는 게임의 중심이 되었다. 베리를 입양한 그녀에게 아이들은 다정한 호기심으로 다가왔고 그녀의 책상 위엔 익명의 기증자가 가져다 놓은 베리의 선물들이 심심찮게 올라와 있었다. 종이접기 공예품이나 손가락 인형, 건전지로 움직이는 사냥놀이용 곤충들이었다. 아이들은 공범자들끼리의 사인을 그녀에게 보냈다. 원장이 나타나면 짐짓 딴청을 하거나 문제집에 코를 박았다.

베리는 마술적인 존재가 되어갔다. 아이들의 마음을 열기 위해 애썼던 그녀에겐 신비로운 체험이었다. 마음의 상처가 깊은 아이들일수록 신뢰가 쌓이고 검증을 거쳐야 마음을 열었다. 소통을 거부하던 아이들이 자기가 그린 그림이라며 접힌 색종이를 내밀었을 땐 너무 놀라 인사말을 잊었다. 그림 속엔 그녀도 등장했다. 동그란 얼굴에 손이나 귀가 크게 그려진 그림들이었다. 아이들에게 비쳐진 자신의 모습은 그녀 자신이 생각하던 모습과 달랐다. 거기엔 각각의 메시지와 이야기가 들어 있었다. 인간이란 본질적으로 표현하는 존재였다. 침묵하거나 가만히 있을 때조차 그 자체로 상황에 대해 반응하는 거였다. 그녀는 온몸으로 표현하는 아이들을 새삼스레 발견했다.

약속대로 윤서에게 베리를 보여주기 위해 토요일에 학교 앞 놀이터로 갔다. 처음엔 집 밖으로 나가는 걸 경계했지만 윤서 형제를 만나자 베리가 좋아했다. 형제가 베리를 만나는 장면은 언제나 감동스러웠다. 특히 윤서는 베리를 품에 안고 막무가내로 비벼대거나 옷 속에 베리를 넣은 채로 모래 위를 뒹굴어서 민교를 놀라게 했다. 윤재가 슬며시 친구들과 사라져도 모를 만큼 윤서는 베리에게 몰입했다. 근처에 사는 아이들이 합세했다. 그녀는 사진을 찍어주거나 나무 그늘에 앉아 책을 읽었다. 아이들이 사용하고 있는 휴대폰의 프로필사진이 다양한 베리의 모습으로 채워졌다.

시간이 지날수록 아이들은 더 가깝게 다가왔다. 초등학교 1학년인 혜빈이는 말도 없고 까칠한 아이였다. 목요일마다 진행하는 센터의 미술 수업을 좋아해서 항상 무언가를 그리거나 접었다. 시무룩하게 혼자만의 놀이에 빠져 있거나 가끔 이유 없이 울기도 했다. 센터에서 매일 일정량의 문제집을 풀도록 하는데, 학습이 늦은 아이들이 오후 내 걸리는 분량을 혜빈이는 한두 시간이면 다 풀었다. "엄마가 학습지만 맨날맨날 하라고 그래서 이런 거 쉬워요." 민교가 칭찬할 때마다 변명하듯 말했다. 수 개념과 독해력에서도 학업 성취도가 또래보다 한참 앞서 있었다. 어느 날 운동장에 나간 그녀에게 혜빈이가 다가오더니 입에 뭔가를 넣어주었다. 지독하게 신 젤리였다. 민교가 입맛을 다시며 찡그리자 혜빈이가 웃었다. 볼살이 소복한 혜빈이 웃음소리에 운동장의 모래알들이 반짝였다.

"짱 셔요." 혜빈이가 손에 쥐고 있던 봉지를 내밀었다. 영어가 잔뜩 쓰여 있는 그것은 수입 과자였다. "이거 터미널 앞에 있는 편의점에서 팔아요."

"이렇게 자극적인 걸 먹는구나. 그런데 혜빈이 혼자 거기까지 가니? 건널목 위험한데." 민교의 걱정스러운 표정을 보고 혜빈이가 말했다. "우리 할머니랑 똑같아. 할머니가 맨날 하는 말인데." 혜빈이 할머니를 민교도 알고 있었다. 집 나간 며느리의 이야기를 절대로 하지 않는 분이었다. "할머니가 왜 그렇게 말씀하셨는지 이해했어?" 혜빈이가 어깨를 비틀면서 민교의 눈길을 피했다. "몰라요. 할머니가 일하는 데 오지 말래요. 거기서 일한다고 아무한테도 말하지 말래요." 할머니가 하는 말을 전하는 것이 잘못된 일이라는 듯 시선을 돌렸다. "그랬구나. 할머니가 뭐라고 하시든 혜빈이를 아주 많이 사랑하셔서 그러는 거야. 그건 알고 있지?" 대답 대신 목을 움츠리며 수줍게 웃는 혜빈이의 볼이 보송보송했다. 쑥스러움을 털어버리듯 갑자기 달려든 혜빈이가 그녀의 옆구리를 간질였다. 기습적인 공격에 몸을 비틀며 웃었다. 본능적 방어로 손을 내밀었을 뿐인데 자지러지며 민교의 손을 잡은 혜빈이가 갑자기 휙 뿌리치고 도망갔다. 그 장난이 마음속 비밀 하나를 덜어놓은 부끄러움 때문이란 걸 모르지 않았다. 민교가 손가락으로 갈퀴 모양을 만들어 허공을 간질이자 멀찍이 서 있던 혜빈이가 따라 했다.

그 후부터 혜빈이는 그녀에게 다가앉아 몸을 기대거나 팔을 걸었다. 학교 정문과 마주 보고 있는 상가주택 삼층에서 살고 있는 혜빈이에겐 학교 마당이 놀이터였다. 일부러 베리를 보러 온 것이 아니었다. 고양이를 무서워해서 민교 주위에서만 맴돌던 혜빈이는 아주 천천히 베리에게 다가갔다. 처음엔 베리가 경계해서 놀라기도 했는데, 결국 쓰다듬으면서 놀게 되었다. 성묘였다면 어림도 없었을 일이었다. 민교는 생명을 가진 존재들이 관계를 형성하는 과정을 지켜보았다. 아이들의 정서를 치유하는 무언가가 베리에게 있는 것 같았다. 신기한 일은 혼자 놀던 혜빈이가 한 살 많은 보영이를 언니처럼 따르게 된 거였다.

혜빈이처럼 토요일에 운동장에 나와서 노는 보영이는 언니들의 이야기로 민교를 놀라게 했다. 보영이 언니들은 고등학교 1학년과 3학년이었다. 아버지가 전 부인과 사별한 뒤에 베트남 여성과 국제결혼을 해서 만들어진 가족 구성원이었다. 보영이의 엄마는 큰딸과 겨우 열두 살 정도밖에 차이가 나지 않았다. 복잡한 가정사를 다 물어볼 순 없지만, 보영이의 두 언니가 사춘기를 겪으면서 서로 불편해질 수도 있었다. 하지만 오히려 두 언니로부터 보영이가 받는 사랑과 관심이 보영이의 말을 통해 흘러나왔다. 2학년인데도 또래 아이들보다 키가 큰 보영이는 태닝을 한 듯 윤이 나는 갈색 피부에 얼굴의 반을 차지한 시원스러운 눈매 때문에 시선을 끌었다. 표정이 풍부한 눈을 들여다보고 있으면 눈이 말하고 웃고 질문하는 것처럼 보였다. 다문화가정 자녀들이 보편적으로 한국말이 서툰데, 그런 것이 전혀 느껴지지 않는 것도 특이한 일이었다. 언니들이 보영이를 예쁘게 꾸며주어 당당했고 다른 아이들보다 학습도 빨랐다.

보영이가 자기 가정의 이야기를 조잘거리니까 혜빈이도 조금씩 가족 이야기를 하게 되었다. 이야기는 일상적인데 그 내용은 좀 특수한 상황을 담고 있을 때가 많았다. 민교는 끼어들지 않고 조용히 귀를 기울였다. 혜빈이는 부모의 이혼이 자기 때문이라는 죄책감을 가지고 있었다. 보영이는 자기 엄마가 베트남으로 돌아가버릴지도 모른다는 불안감을 품고 있었다. 아이들의 속마음이 반복되는 이야기 속에서 감지되었다. 그것이 내적인 상처가 되면 어쩌나 걱정스러웠지만 동시에 다행스럽기도 했다. 이야기할 대상을 찾았다는 것만으로도 아이들 마음에 순환 통로가 생긴 거니까.

"언니들이 매일 숙제 시켜요. 우리 엄만 한국말 잘 못하니까." 보영이가 버릇처럼 덧붙이는 말이었다. 지역의 한글교육사에게 보영이 엄마를 연결해줄 수 있었던 건 그런 이야기를 들었기 때문이었다. 시간을 맞추기 힘들어서 지속하진 못했지만, 엄마가 공부하는 걸 보영이가 정말로 좋아했다. 그후 보영이는 가정일은 뭐든 가리지 않고 그녀에게 말했다. 민교는 점차 아이들의 마음을 만지는 것보다 그들의 이야기를 판단하지 않고 들어주는 것의 중요성을 깨달아가고 있었다. 자신의 이야기에 관심을 집중해주는 사람을 아이들은 신뢰했다. 민교는 아이들의 이야기 속에서 질문을 찾아내고 역으로 질문하는 게임을 했다. 물론 아이들은 그녀가 게임을 하고 있다는 걸 알지 못했다. "넌 어떻게 생각해?" 혹은, "너라면 어떻게 해결하고 싶어?" "그중에 뭐가 중요한 거 같아?" "네가 그 문제를 어떻게 풀어갈 건지 정말 궁금하네." 기다려주면 아이들은 스스로 답을 찾아냈다. 아이들의 진솔한 해법은 때때로 놀라웠다.

그녀는 상처를 다루는 것이 중요하다는 걸 새삼 확인했다. 서로 친밀해진 아이들은 웃음소리부터 커졌다. 친밀한 관계로부터 용기를 얻은 아이들은 밝은 표정으로 거침없이 자기 의사를 표현했다. 아이들의 변화를 감지할 때면 흥분을 누를 수 없어 벽을 보면서도 웃음이 나왔다. 마음의 언어는 다양한 표현으로 흘러나왔다. 울보 공주였던 혜빈이는 보영이와 붙어 다니면서 짓궂은 장난이나 놀림에 무너지지 않았다. 오히려 보영이와 연합해 탄력 있게 대응하는 모습을 보여주었다. 보영이가 같이 싸워주는 것이 혜빈이를 점점 더 용감하게 만들었고, 보영이가 없어도 센터에선 움츠러들지 않았다. 그리고 혜빈이는 더 이상 우울감에 빠지지 않았다. 혜빈이를 보면서 그녀는 문득 움츠린 자신의 내면을 알아챘다. 깊은 상처를 덮기 위해 고립을 선택하고 그 대가로 고독한 시간을 보내고 있었다. 자신의 상처조차 다루지 못하는 그녀는 아이들의 상처를 만질 자격이 없다고 생각했다. 하지만 그녀 앞에서 아이들은 거리낌 없이 비밀을 털어놓고 있었다.

날이 추워질 때까지 토요일의 만남은 지속되었다. 베리와 만나면 수다스럽게 바뀌는 아이들을 지켜보는 것이 그녀로서는 매번 신기하고 즐거웠다. 지역아동센터에 오는 아이들은 주로 기초생활수급자 가정과 차상위계층의 자녀들이었다. 다문화가정과 새터민 가정의 아이들도 있었고, 부모가 맞벌이를 하는데도 불구하고 학원을 보낼 여력이 없어 위탁되는 아이들도 있었다. 이혼이나 사고로 한 부모가 된 가정의 아이들은 심성이 어두웠다. 새터민 아이들의 경우 부모 중 한 명과 함께 입국을 했거나, 가족이 함께 입국했어도 부모가 경제활동을 하느라 방치된 경우가 많았다. 한국 사회에 적응하고 있는 6학년 민혁이는 교과서의 진도를 따라갈 수 없을까 봐 전전긍긍했고, 수학과 영어가 어렵다고 울었다. 학교 숙제와 센터에서 정해주는 분량의 학습량에 매몰된 민혁이는 다른 아이들을 필요 이상으로 경계했다. 뿐만 아니라 원장이나 복지사도 경계했다. 오직 숙제를 해내지 못할까 봐 겁에 질려 있었다. 그러나 베리 소식엔 귀를 기울였다. 베리 사진이나 이야기를 들려주면서 다가가면 민혁이는 순간 경계를 풀었고 그런 날은 센터에 머무는 동안 조금 편안해 보였다. 다음 날이면 어김없이 경계를 드러내 당황하게 했지만.

상황적 어려움을 알게 되었다고 해서 다 개입할 수 있는 것은 아니었다. 하지만 베리가 열어준 마법의 시간 속에선 따스한 어루만짐이 가능했다. 아이들은 도움을 바라지 않았다. 시간이 지나면서 그녀는 아이들이 바라는 것이 이해받는 것임을 알게 되었다. 하나의 인격체로 존중받는 것은 그녀가 항상 원하던 거였다. 어리다는 이유로 야단을 맞고 말대꾸 한 번 못하고 홍당무가 되었을 때도. 단체라는 이름으로 교실 안에서 모독을 당하면서 벌을 받았을 때도. 밀린 아르바이트 비를 요구했다가 뺨을 맞았을 때도.

인간은 그런 존재였다. 이해받고 인정받은 아이들은 움츠림에서 벗어나게 된다는 것을 그녀는 아이들의 변화 속에서 목격했다. 스스로 무언가를 선택할 수 있을 때 아이들은 자유로웠다. 개성이 있는 아이들, 호기심에 집중하는 아이들은 건강하게 빛났다. 사실 빛나지 않는 아이는 없었다. 그 빛을 덮고 있는 그늘 때문에 보이지 않을 뿐이었다.

겨울방학이 시작될 무렵 윤서 형제가 센터에 발길을 끊었다. 큰집으로부터 분가해서 이십 분 거리의 도척면으로 이사했다는 소식을 원장에게 들었다. 아이들이 떠나갈 때마다 서운함과 함께 맡겨진 소임이 끝난 것에 안도하는 마음이 들었지만 윤서는 그렇게 떠나보낼 수가 없었다. 윤서에게서 베리를 빼앗은 것처럼, 아니 베리에게서 윤서를 떼어놓은 것처럼 빚진 마음이 들었다. 윤서가 아니었다면 베리는 결코 그녀에게 올 수 없었기 때문이었다.

컴튜닝

'또 시작이네.' 컴퓨터 키보드를 두드리면서 민교가 중얼거렸다. 사회복지 시설정보시스템에 지역아동센터 회원들의 학습관리 현황을 입력하던 중이었다. 복지기관의 운영실태를 심사해서 지원금을 확정받는 평가지표 기간이라 센터의 운명이 달린 업무였다. 공지가 내려온 주부터 일차 내부 평가 준비로 주말 특근을 하고 있었다.

마우스를 움직여 하단 메뉴들을 클릭해보고 키보드를 두드려봐도 모니터의 정지된 화면에는 반응이 없었다. 릴레이 리셋 버튼을 눌러 재부팅을 시도했지만 검은 화면 상태에서 멈춰 있었다. 그림자 노동으로 주말을 보내는 것도 답답한데, 설상가상이었다. 스마트폰으로 검색해서 컴튜닝이라는 수리점을 찾아냈다.

"오늘 수리는 좀 어려운데요." 달갑지 않은 뉘앙스로 전화를 받은 남자가 말했다.

"제가 좀 급한데, 일단 한번 봐주실 수 없을까요? 시간이 많이 걸리면 내일까지 해주시구요." 다급하게 말끝을 붙잡았다. 남자는 잠깐 뜸을 들이고 대답했다. "예. 뭐, 그렇다면 일단 가져오세요." 여전히 불친절한 말투였지만 위치를 물어보았다. 큰 도로변으로 나가서 두 블록쯤 떨어진 곳이었다. 수리점을 더 찾아보았으나 근처에선 검색되지 않았다.

바람막이 옷을 챙겨 입고 나가다 현관 앞에서 거울에 비친 얼굴을 보았다. 주말 내내 모니터만 바라보던 퀭한 눈과 마른 턱이 뉴스에 나오는 이재민 모양새였다. 긴 머리를 목 뒤로 넘겨서 묶고, 겨우내 다용도실에 들여놓았던 자전거를 꺼냈다. 컴퓨터 본체와 자전거를 계단 아래까지 끌어내렸다. 자전거 안장에 본체를 묶고 출발했다. 바람이 빠져 있어서 자전거는 잘 굴러가지 않았다. 체인에 녹이 슬어 있었다. 즉시 후회했지만 돌아가기도 애매한 거리였다.

다세대주택에 붙어 있는 조립식 가건물에서 '컴튜닝'이라는 간판을 보고 멈춰 섰다. 바람막이 때문에 열기가 차올라 더운 숨을 토했다. 상점 안엔 여러 명의 남자들이 있었는데, 그녀가 기웃거려도 몰랐다.

"컴퓨터 수리 때문에 왔는데요." 남자 하나가 그녀를 힐끗 돌아보더니 부스스 일어났다. 점포 안에 있는 사람 중 유일한 한국인이었다.

"전화 받으신 분 맞지요? 생각보다 가깝네요." 그녀가 힘주어 다시 확인했다. 자전거 안장에서 풀어낸 본체를 남자가 의심스럽다는 듯 바라보았다. 암갈색 피부의 외국인들도 그녀를 돌아보았다. 시선이 마주치자 남자가 본체를 받아서 잡다한 부속들이 흩어져 있는 책상 한쪽에 내려놓았다. 그러곤 외국인들을 향해 낮은 소리로 말했다. "일단 걸어놓고 갔다가 저녁에 다시 보자고." 약속이라도 한 듯이 외국인들이 일어났다. 그중 하나가 남자에게 눈썹을 들어 올려 사인을 주고 밖으로 나갔다. 세 명의 외국인이 빠져나가자 믿기지 않을 만큼 좁은 공간이 드러났다.

"문제가 뭐죠?" 남자가 두 손을 맞잡고 물었다. 시선이 마주칠 때마다 남자의 눈빛이 흔들렸다. 랙 걸림이 잦았다는 그녀의 설명에 남자의 눈빛이 눈에 띄게 차분해졌다. "언제부터 그랬어요? 정확히 몇 번이나 그런 신호가 있었죠?" 갑작스런 질문이 그녀를 당황하게 했다. 정확히 알 수 없었다. "모르겠어요. 요즘 들어 간혹 그랬던 거 같아요."

"컴퓨터에 문제가 생겼을 땐 최대한 빨리 손을 보는 것이 손실을 막는 방법이에요. 모니터가 말썽일 수도 있지만 그런 경우는 적어요." 그녀를 향해 말하는 건지 정확히 알 수 없지만, 책망하는 말투였다. 남자가 앞장이 뜯겨나간 무지 수첩과 볼펜을 내밀었다. "연락처, 이름 적어주시구요. 포맷해야 하는데, 혹시 백업 필요한 자료 있어요?"

"바탕화면에 빼놓은 폴더들은 다 백업해주세요. 특히 로즈
힙, 생강꽃, 계화수 같은 꽃 이름 폴더들이요." 그녀도 사무적
인 말투로 대답했다. 남자가 다시 물었다. "뭐 특별히 필요한
소프트웨어 있어요?"

"워드랑 한컴오피스, 음악 듣고 영화도 보니까 곰플레이어
정도요." 남자가 고개를 끄덕이면서 메모를 하곤, 주문 용지
원장을 떼서 그녀에게 내밀었다. 수리 내용과 비용이 적혀 있
었다. "기본 세팅이면 되겠네요. 오늘 바빠서 내일 보려고 했
는데, 급해서 들고 오셨으니 먼저 해드리죠. 메시지 넣으면 찾
아가세요." 남자가 보일 듯 말 듯 한숨을 쉬었다. 막무가내로
찾아와 바쁜 시간을 침범한 것이 미안해졌다.

"바쁘게 해드려서 죄송합니다. 제가 몇 시까지 오면 될까요?"

"두 시간이면 돼요. 늦어도 여섯시 전에 오세요." 남자가 무
표정한 얼굴로 대답했다.

민교는 컴튜닝을 나왔다. 빈 자전거는 여전히 바퀴가 나가
지 않았다. 삼천리자전거 랠리 시리즈 중에서도 저가형 모델
이지만 간단한 수리만으로 큰 고장 일으키지 않고 수년째 타
고 있는 기특한 녀석이었다. 없으면 당장이라도 아쉬울 거였
다. 터미널 근처에 새로 입점한 삼천리자전거 대리점으로 향
했다. 지리적 특성 때문에 곤지암에는 봄부터 가을까지 단체
라이딩을 오는 이들이 많았다. 정계산에서 열리는 정기행사가

유명한데, 가까운 동원대 뒷산에서부터 천덕봉을 거쳐 원적산까지 다섯 시간 종주 코스였다.

그녀는 대학 시절 로드바이크 동아리 멤버였다. 아르바이트와 복지사 실습으로 바쁜 중에도 몇 학기 동안은 완전히 몰입했다. 타고 싶은 브랜드 모델을 줄줄이 외우고, 가벼움과 돌파력으로 모델별 순위와 선호도를 따지며 입씨름하던 시절이었다. 그녀가 손에 꼽았던 것은 스톡 시리즈와 티타늄만으로 바이크를 제작하는 무츠 모델이었다. 그때는 인생이 라이딩 정도는 하면서 흘러갈 거라고 믿었다. 대단히 사치스러운 걸 원한 것도 아닌데, 대학을 졸업하고 전공을 따라 사회복지사로 취업을 하고 나서는 언제 그런 꿈을 꾸었더냐 싶을 만큼 잊고 살았다. 그녀가 접속하고 있는 현실이 그녀에게서 라이더의 꿈을 분리시킨 거였다. 그 시절 리포트 쓸 틈도 없을 만큼 고되게 아르바이트를 해서 구입한 자전거는 엄마 집에서 묵다가 폐기되었다. 지금 타는 것도 사 년이 훌쩍 지난 묵은 모델이었다.

자전거 매장엔 사람들이 있었다. 흰 티에 청조끼를 똑같이 차려입은 사내아이 둘과 그 애들의 아빠라는 걸 바로 알아차릴 만큼 닮은 남자가 일제히 뱃살을 출렁이며 바닥을 보고 있었다. 머리에 두건을 쓴 남자가 바닥에 주저앉아 있었고, 그 앞엔 분해된 자전거가 누워 있었다. 그가 민교와 자전거를 훑어보고 물었다. "바람 넣으실 거죠?"

"네. 점검도 해주세요." 큰 소리로 대답했다. 기다리게 하지 않고 물어봐준 것이 고마울 뿐이었다. "거기 놓고 다녀오세요. 한 시간 정도 걸려요." 남자는 작업에서 손을 떼지 않은 채 대꾸했다.

자전거를 입구 벽 쪽에 세워놓고 매장을 둘러보았다. 눈길을 끄는 신제품이 즐비했다. 금속 부위가 반짝이는 바이크들은 미녀 선발대회 참가자들처럼 형광색 광고 테이프를 두르고 우아하게 포즈를 잡고 있었다. 주인이 수리에 열중하고 있어서 부담 없이 둘러볼 수 있었다. 독특한 컬러감이 강조된 신제품은 화려했다. 하이브리드 소울 모델에 관심이 갔다. 구입하려면 비교 분석을 해봐야 흡족한 선택을 할 수 있을 거였다. 전기자전거 팬텀 시리즈에 팔려 있던 그녀는 집요한 눈길을 느꼈다. 사내아이들과 그 애들의 아버지까지 차례로 눈이 마주쳤다. 그녀는 기억하지 못해도 그녀를 알아보는 사람들은 많았다. 일순간의 자유가 사라졌다. 그대로 매장에서 나온 그녀는 초등학교 정문을 지나쳐 걸었다. 우체국 사거리에서 목적도 없이 패밀리마트로 들어갔다.

세일 품목을 늘어놓은 입구 가판대를 지나 진열장 골목으로 들어서자 가공식품들이 창고처럼 빼곡하게 채워져 있었다. 트랜스지방과 나트륨, GMO 식물에서 추출한 당류들을 듬뿍 첨가한 스낵에 향료와 질소를 넣어 포장한 그것들은, 그녀에겐 혐오식품이었다. 동생 민수가 면역질환을 앓으면서부터 줄곧 그랬다. 민수의 몸에 돋아난 수포와 낭창을 치료하던 의사들은 비슷한 이야기를 했다. 가공식품에 들어 있는 식품 첨가물과 일상의 화학적 환경이 인체의 면역기능에 유해하다고. 암호를 해독하듯 엄마와 함께 식품첨가물의 불편한 진실을 탐색했다. 연관된 자료들을 읽고 환경과 먹거리의 위험을 경고하는 내용에 경도된 건 엄마였지만, 그녀 역시 영향을 받았다. 피자의 치즈 성분과 가당우유의 조제 과정, 과자에 숨겨진 불편할 진실을 대면한 뒤부터 그녀의 소비생활은 달라졌다. 장시간의 유통 구조에 맞춰 대량 생산된 모든 종류의 가공식품들을 철저히 불신하게 된 거였다. 특히 육가공품의 생산 과정에 대한 보고서는 공포심을 불러일으켰다.

그런 이유로 군것질에 노출되는 시간이 많은 센터 아이들을 보는 건 괴로운 일이었다. 그녀는 과자의 불편한 진실을 알리는 이야기를 몇 컷의 사진과 함께 피피티에 담아 정기적으로 보여주었다. 그러면 그녀의 눈을 피해 군것질을 한 아이들이 서로를 고발했다. 무언가를 절제하게 만드는 건 쉽지 않은 일이었다. 아이들의 자유를 제한하는 건 그녀가 원하는 것도 아니었다. 다만 소비라는 투표 행위로 나쁜 가공품들이 사라지게 만들자는 의미였다.

거대한 진열장을 차지하고 있는 커피 골목으로 들어갔다. 밖에도 카페가 많은데, 슈퍼 안에도 커피는 독보적인 품목이었다. 카페인에 민감한 그녀로선 잘 이해되지 않는 현상이었다. 진열장 끄트머리에서 차 진열대를 찾아냈다. 캐모마일, 로즈마리, 라벤더, 페퍼민트 등 좋아하는 허브차들 속에 새로운 건 눈에 띄지 않았다. 라벤더 박스를 들어 올리자 옅은 향기가 느껴졌다. 편안한 잠을 선물하는 향기였다. 라벤더는 티백으로 먹기엔 아쉬운 차였다. 잠깐 망설이다 페퍼민트 티백과 생수를 골라서 계산하고 나왔다. 티백 하나를 꺼내 병 속에 넣고 남은 티백은 바람막이 주머니에 넣었다. 생수병을 흔들자 페퍼민트가 우러나와 연둣빛이 되었다. 냉수에 우려도 청량감이 좋아서 여름 내내 즐기는 음료였다.

자전거를 찾아서 나온 그녀는 강변 산책로를 향해 페달을 밟았다. 잠깐 바람을 쐬고 컴퓨터를 찾으러 가면 얼추 시간이 맞을 거였다. 탱탱하게 바람을 채운 바퀴의 탄력이 안장을 통해 고스란히 전해졌다. 기분 좋은 리듬이 온몸으로 퍼졌다. 봄 햇살이 따스해서 라이딩 하기엔 더없이 좋은 날씨였다. 말썽을 부린 컴퓨터에 분노를 터뜨린 것이 오늘 일인가 싶을 만큼 마음이 가벼웠다.

물너울에 반사된 햇살로 강변길은 눈이 부셨다. 바람막이를 입고 있어 바람도 참을 만했다. 여린 봄풀들이 바람을 맞고 있는 모양이 안쓰러우면서도 신선했다. 강변 조망권을 중심으로 조성된 쌍용 아파트단지를 지나 서서히 속도를 높였다. 바람이 차가워서 귓불과 손이 시렸지만 그것 때문에 멈출 정도는 아니었다. 완급을 조절하며 모퉁이를 돌 때마다 그녀를 맞아주는 익숙한 풍경을 즐기며 호젓한 산봉우리가 보이는 지점까지 달렸다. 어느새 도웅리를 지나 태화산 자락에 와 있었다. 페달을 밟느라 온몸이 후끈거렸다. 수중보 안에 가둬놓은 강물에 바람이 지나갔다. 수면으로 떨어지는 햇살이 물이랑을 타고 우아한 레이스가 되어 마음속으로 밀려 들어왔다. 봄빛을 머금은 바람에선 생명의 향기가 느껴졌다. 그 기운을 깊이 마시며 시선을 들자 푸른 하늘이 보였다. 걸음을 멈춘 채 눈앞의 풍경에 동화되는 건 그녀가 좋아하는 일이었다.

다시 자전거에 오른 그녀는 수면과 강 풍경을 보면서 아무런 방해도 받지 않고 강변을 달렸다. 베리와 함께 겨울을 보내면서 즐거운 일도 많았지만, 이렇게 봄빛이 완연하도록 무심했던 건 그녀답지 않은 일이었다. 고물고물 피어나 젖빛 봉오리를 흔들고 있는 갯버들이 포근해 보였다. 겨울의 끝에 매달린 봄의 풍경을 그녀는 좋아했다. 이른 봄의 가망 없는 누런 들판과 해토되기 시작하는 땅은 같은 빛깔이었다. 흰 눈에 덮여 눈앞에 펼쳐진 풍경이 같은 빛깔이 되었을 때 느끼는 안정감이 봄빛 속에도 있었다. 일찍 싹을 낸 풀들의 빛깔도 얼었다 녹기를 반복하느라 아직은 흙빛일 때 그녀는 묵은 것들 속에서 포근함을 느꼈다. 구근을 뚫고 나온 새싹의 경이로움은 혹한의 계절을 보낸 후에나 맛볼 수 있는 돌연한 기쁨이었다.

한때 그녀는 담록의 빛깔로 조막손을 펴는 봄철의 나무들과 꽃바람을 좋아했고, 울창한 앞산에서 흙바닥을 파 헤집으며 들이닥치는 여름날의 소나기를 좋아했다. 이제 그녀는 열매를 버리고 이파리까지 모조리 벗은 채 월동의 목전에 침묵으로 응전하는 가을 나무와 얼어붙은 겨울 식물이 얇은 햇살을 더듬으며 죽살이를 거듭하는 간절기의 빛깔까지도 좋아하게 되었다.

　그녀는 종종 생각했다. 자연 현상에 의미 없는 건 없다고. 단지 생장의 느린 호흡을 들여다볼 마음의 눈이 없을 뿐이라고. 해석이 없으면 보이지 않고, 보이지 않는 것에서 감흥을 느낄 수 없기에 마치 존재하지 않는 것처럼 지나치게 되는 것일 뿐이라고.

　강변길은 인위적인 공원들과는 달리 물길의 모양을 따라 예측할 수 없게 펼쳐져 있었다. 이 길을 발견하기 전까지는 궁평리 방향으로 백마산까지 뻗어 있는 궁뜰길을 즐겨 산책했다. 지명의 유래가 재미있는 궁뜰에는 두 가지 이야기가 전해오고 있었다. 백제의 온조왕이 도읍지를 물색할 때 궁궐 예정지로 택했다는 전설과 이 지역의 벼슬아치에게 국왕이 사패지로 하사했다는 기록이었다. 행정구역 개편을 하면서 궁에서 내린 넓은 들이라고 하여 궁평리 궁뜰길로 옛 지명을 보존한 이 마을에선 실제로 많은 유물이 나와 중부고속도로 충주휴게소에 전시하고 있었다. 한 번쯤 센터 아이들과 탐방하고 싶었지만 지역아동센터에서 아무런 지원도 없이 행사를 치르는 것은 어려운 일이었다. 그저 혼자만의 계획으로 수년 간 간직하고 있었다.

신라 말에 전국을 순유하던 도선국사가 이름을 붙인 백마 산이나 이 산에 잇닿은 말아가리산 역시 이때부터 유래한 소지명이었다. 역사의 그림자가 짙은 곳이지만, 지명에만 그림자가 남아 있을 뿐이었다. 변하지 않는 건 없었다. 결국엔 모든 것이 사라질 거였다. 지명이나 땅에 비하면 사람의 연한은 좀벌레에 비할 만큼이나 짧았다. 존재의 흔적을 남길 수 없으니 이름이라도 남기라는 속담이 생겨난 이유일 거였다. 무의식에서 연속적으로 생성되는 사념들이 풍경을 쓰다듬고 흩어졌다. 소멸은 육체를 가진 생물들의 비극이었다. 비극은 생명이 존재하는 모든 곳에 새겨져 있었다. 생물이 죽지 않은 땅이 있다면 그 땅엔 양분도 없을 거였다. 그녀가 걷는 땅, 잡초가 비집고 올라오는 생명의 터전이 전 시대 누군가의 살과 뼈가 풍화된 무덤이었다 해도 놀랄 일이 아니었다. 그녀 또한 땅에서 와서 땅의 것들을 소모하다가 땅으로 돌아갈 거였다. 생각이 도달한 자리에 갈대의 묵은 뿌리를 매만지며 흐르는 냇물이 보였다. 그녀의 호흡을 통과해 하류의 큰 강으로 흘러가는 물이었다. 마음의 경계가 사라지는 순간 그녀도 풍경의 일부가 되었다.

마지노선으로 생각했던 곳을 지나쳤을 때 낯선 풍경이 눈앞을 막아섰다. 조금 더 가면 얼음골이 있는 도웅리였다. 길은 낯설지 않았으나 지난 계절엔 없었던 규모의 건물이 강변에 서 있었다. 주변을 긴장시키듯 불쑥 돋아 있는 그것은 징크판넬을 조립한 창고 건물이었다. 그녀는 깨진 정취를 아쉬워하며 휴대폰을 확인했다. 화면에 찍힌 시간은 이미 다섯시 십분이었다. 컴퓨터를 찾아가라는 메시지가 들어와 있었다. 돌아갈 시간이 바듯했다.

물결의 흐름과 역행하여 돌아오는 길은 풍경이 또 새로웠다. 깊은 산 그림자 때문에 해가 안 보이는 구간이 길어지고 있었다. 생각보다 멀리까지 와버려 페달을 밟는 다리에 힘이 들어갔다. 익숙한 길이라 다행이었지만 기온이 빠르게 내려가 바람에 노출된 귓불이 얼얼했다. 종아리 근육도 팽팽해지고 있었다. 조금 참고 속도를 유지하면 컴튜닝 폐점 시간까지는 도착할 수 있을 거였다.

궁평리 입구에서 코너를 도는데 무언가 시커먼 것이 훅 달려와 그녀 곁을 스쳐 갔다. 그녀는 중심을 잃고 길을 벗어났다. 강으로 처박히지 않으려고 자전거를 쓰러뜨리며 몸을 뺐다. 자전거와 분리된 몸뚱이가 자갈돌 위로 넘어지면서 한쪽 발이 강에 빠지고 말았다. 정신이 번쩍 날 정도로 물이 차가웠다. 그녀는 재빨리 일어나 앞바퀴가 물에 처박힌 자전거를 일으켜 세웠다. 헬멧이 아니었다면 지나간 것이 무엇인지 분간도 못했을 거였다. 속도로 봐선 인라인롤러 같은데, 속도를

늦추지 않고 코너를 돌아나간 걸 보면 고수였다. 문제는 그녀
자신이었다. 맞닥뜨릴 수밖에 없는 도로 상황의 변수에 대응
할 감각을 잃어버리다니. 아무리 겨울 동안 쉬었다 해도 이
건 정말 어이없는 일이었다. 시간을 확인해야 하는데 바람막
이 주머니 속에 있던 휴대폰이 보이지 않았다. 메시지를 확
인한 뒤에 주머니 지퍼를 제대로 올리지 않았던 모양이었다.
날은 이미 어둑해지고 있었다. 물에 빠진 건 아닐까, 다급하
게 풀숲을 더듬었다. 본래 거기 있었던 자갈돌처럼 길과 풀
숲 사이에 휴대폰이 박혀 있었다. 액정이 깨지지 않은 것이
다행이었다.

컴튜닝은 통화가 되지 않았다. 사정이 있어 내일 찾으러 가
겠다는 메시지를 전송해놓았다. 일요일에 문을 열지 않을 수
도 있다는 불길한 생각이 들었지만 어쩔 수 없었다. 긴장이
풀리면서 추위가 엄습했다. 젖어서 척척한 발로 자전거에 올
랐더니 체인이 빠져버렸다. 체인을 제자리에 걸고 페달을 밟
자 다시 벗겨졌다. 그제야 체인링이 휘어진 것이 보였다. 끌
고 가는 수밖에 없었다. 힘주어 핸들을 밀며 발걸음을 옮겼
다. 띄엄띄엄 강변을 비추는 가로등 불빛에 의존할 만큼 어두
웠고, 상가까지 가려면 까마득하게 멀었다.

충동적으로 주행에 나선 것을 자책하며 앞바퀴를 들다시
피 끌고 갔다. 갑자기 웃음이 솟았다. 끌바, 자전거를 타지 않
고 끌고 가는 걸 지칭하는 은어였다. 뚜벅이가 무모하게 기분

냈다가 끌바 신세가 된 거였다. 로드바이크 동아리 시절이 생각났다. 여울이 나오면 다들 자전거를 메고 건넜다. 그걸 메바라고 했다. 왁자하게 힘자랑하던 동아리 친구들 뒤에서 '메바, 아 메바, 아메바!'를 외치던 친구들. 순간 가슴이 컥 막혔다. 환하게 웃는 얼굴 하나가 화살처럼 마음을 관통했다. 그리움은 이토록 기습적이었다. 그걸 조절할 수 없어 행복하기도 하고 불행하기도 한 거였다.

자전거 매장에 도착했을 땐 기진맥진해서 화낼 힘도 없었다. 몸은 후끈거리는데 손과 귀는 얼어서 마비된 것 같았다. 중상을 입은 자전거를 맡기고 컴튜닝으로 향했다. 목이 마른데, 바람막이 주머니에 있던 생수병도 보이지 않고 페퍼민트 티백만 남아 있었다. 휴대폰을 찾느라 빠진 줄도 모르고 완전히 잊고 있었던 거였다.

컴튜닝은 예상했던 대로 닫혀 있었다. 골목으로 들어가는 옆면 창문에서 옅은 빛이 새 나오는 것을 보고 도어록을 돌려보았다. 잠겨 있었다. 뭔가 수상해서 창문을 들여다보고 싶었지만, 충동을 누르고 돌아섰다. 그녀 자신의 모습도 남들이 보기엔 수상할 거였다.

체력장을 마친 다음 날처럼 무거운 몸을 뒤척이다 열시가 되어 일어났다. 겨드랑이부터 옆구리까지 심하게 결렸다. 발을 내딛자 억지로 조여놓은 것처럼 다리가 뻑뻑했다. 모래주머니를 매단 듯 장딴지가 무거워서 발을 옮겨놓을 수도 없었다. 침대에 걸터앉은 채 몸을 움직여보았다. 비명이 저절로 나왔다. 허벅지 안쪽에 검푸른 멍이 보였다. 팔꿈치의 상처는 넘어지면서 자갈돌에 쓸린 자국이었다. 비상시에 사용하는 아로마 오일박스를 가져와서 티트리 오일로 상처를 소독했다.

컴튜닝은 전화를 받지 않았다. 컴퓨터를 찾기 전에는 할 수 있는 일이 없어 마음이 조급해졌다. 그림자 노동의 안달에서 벗어나는 건 불가능했다. 센터의 일을 하면서 위로를 삼는 건 개인적인 시간 활용이 가능하다는 거였다. 하지만 정상적으로 퇴근하는 날은 거의 없었다. 업무의 내용을 행정적으로 남겨 전시해야 하는 시스템 덕분이었다. 센터의 주 업무가 아이들을 보살피는 일이어야 함에도 불구하고 현실은 그렇게 운영될 수 없었다. 제시된 프로그램을 만족시켜야 운영비라도 지원받는 불안한 평가 시스템 덕분이었다. 프로그램을 만족시키려면 행정적 업무의 대부분을 시간외근무로 처리할 수밖에 없었다. 그림자 노동은 평가지표 외에도 돌봄 업무의 특수성 때문에 종종 생겨났다. 보호자들의 사정으로 인해 늦은 시간까지 보호가 필요한 아이들도 있었고, 위탁된 시간 동안 사고가 생기면 병원이나 보건소에 데려가는 건 물론이고, 방치된 아이들의 경우엔 목욕탕에 데려가거나 빨래를 해주는 일도 있었다.

특별히 평가지표 기간에는 주말에 밀린 업무를 처리해야 문제를 줄일 수 있었다. 기관의 운영 실태를 노출시키게 될 총괄 보고서나 다름없기 때문에 시스템에 자료를 입력하는 전산 업무는 집중을 요구했다. 이 일에 매달리면 아이들을 충실하게 봐줄 수 없는 건 당연한 결과였다. 마음이 추운 아이들은 별것 아닌 일에도 눈치를 봤다. 교사가 본연의 역할에 소홀하면 아이들은 금방 알아챘다. 어떤 아이들은 소외를 감수하고 다른 재미에 빠지고, 어떤 아이들은 간을 보듯 규범의 경계를 넘으면서 말썽을 피우거나 친구들에게 싸움을 걸었다. 혼란에 휘말리는 상황은 언제나 돌발적으로 일어났다. 아이들은 서로를 관심종자라 비난했지만, 따지고 보면 그렇지 않은 아이는 없었다.

자전거는 멀쩡하게 수리되어 있었다. 눈에 띄는 탑튜브와 앞 포크 부분의 녹까지 제거되어 세안을 시킨 것처럼 말끔한 모습이었다. 긴 머리를 귀 뒤로 묶고 라이더 모자를 쓴 남자가 정비 내용을 설명해주었다. "자전거가 돌에 부딪힌 것 같은데, 몸은 안 다쳤어요?" 남자의 밝은 갈색 눈이 그녀의 얼굴 가까이 다가왔다.

"자전거를 버리고 넘어져서 크게 다치진 않았어요." 민교가 한 발짝 물러나면서 말하자 남자가 고개를 끄덕였다. "순발력이 뛰어나시네요. 탈출하지 않았으면 다리가 부러질 수도 있었어요. 기어 크랭크가 틀어져서 흔들림이 심했을 건데. 체인도 교체했고, 핸들바 돌아간 것도 손봤어요." 반려동물을 어루만지듯 바디 프레임을 쓰다듬으면서 남자가 말했다. 애정이 느껴지는 손길에 모든 설명이 들어 있었다.

남자는 자전거를 타면서 꼭 정비해야 할 것들을 말해주었다. 정비사로서 할 만한 이야기였다. 기왕에 자전거를 타려면 간단한 정비는 스스로 해야 하는 것이 맞았다. 로드바이크 동호회 시절 드문드문 보고 배웠지만 지금은 부품의 용어들도 기억나지 않았다. 새로 자전거를 구입하면 그때는 제대로 익혀서 관리하며 타야겠다고 다짐하는 게 고작이었다.

"브레이크 레버도 손봤어요. 그렇게 심하게 고장 난 걸 어떻게 끌고 왔어요?" 고개를 갸웃대며 남자가 웃었다.

"솔직히 무겁긴 했지만, 제가 보기보다 힘 좀 쓰거든요." 그녀가 따라 웃었다.

"사람이나 물건이나 같아요. 고장 나면 더 무거워지게 마련이죠. 어제 오후에 찾아가신 거잖아요, 대체 어디서 넘어졌어요?"

"강변 산책로 도곡천 갈라지는 곳 혹시 아세요? 거기서 궁평리 들어서는 길이 모퉁이 때문에 안 보이잖아요. 인라인롤러가 달려오는 걸 미처 발견하지 못해서, 피하다가 혼자 중심을 잃었어요. 몇 년 동안 잘 다니던 길인데."

"강변길이 좋기는 한데, 가끔 위험한 지점이 있어요. 크게 안 다치고 자전거만 망가진 것이 다행이에요. 그 길 저도 좋아해서 아들놈이랑 밤에 한 시간씩 타거든요." 그녀가 고개를 끄덕이자 힘을 얻은 듯 남자가 덧붙였다. "한 달에 한 번씩은 주일에 가게 문 닫고 라이딩도 갑니다. 다음 주일엔 가까운 광주 분원리에서 귀여리 옛길까지 타기로 했어요. 팔당 물안개공원 감상하면서 귀여섬까지 들어가면 정말 풍경이 기가막히거든요."

중저음으로 이야기하는 남자의 목소리가 이륙하는 비행기처럼 가벼워졌다. 뒤로 묶은 머리가 라이더 재킷에 딱 어울렸다. 남자가 모자를 매만지며 의미심장한 미소를 지었다. "지역에 있는 사람들끼리 가까운 곳으로 다니고 있어요. 정계산도 자주 가요. 멤버가 여섯 명인데 다들 좋은 분들이에요. 여자분도 있어요. 그분들도 혼자 타다가 합류했는데, 분위기 괜찮아요. 생각 있으면 오세요."

"재미있겠네요. 저는 뭐 라이딩 할 만한 수준도 안 돼요. 강변길에서도 넘어지잖아요. 우선 자전거 업그레이드 하는 게 더 급할 것 같아요."

"이 자전거로는 무리죠. 좋은 모델 많이 있는데, 요즘엔 값도 만만해서 시도하기에 괜찮아요." 남자의 말에 정신이 확쏠렸다. 적절한 가격에 괜찮은 모델이 있는지 보고 싶었다.

그녀의 표정을 읽었는지 남자가 신상품들을 가리켰다. "여성분들이 타기에는 가볍게 14인치 하이킥 모델도 괜찮고, 제오 모델도 있어요. 프로모션도 좋으니까 한번 보세요. 봐두면 구입할 때 기준이 되죠, 기회 있을 때마다 비교해봐야 선택하기 쉽거든요."

그녀는 긴장했다. 덜컥 결정을 해버리면 죽기보다 싫은 할부 구매를 하게 될 거였다. 순간 민수의 자전거가 떠올랐다. 동생을 치료하기 위해 귀농했을 때 아버지가 민수에게 사준 거였다. 하지만 민수의 관심이 오토바이에 쏠려 있어서 그대로 방치되었다. 그녀가 쓴다고 하면 허락할 거였다. 마음만 먹으면 여주 강나루에서 이포보를 지나 남한강 투어를 하면서 가져올 수도 있을 거였다. 현실적으론 그보다 좋을 수 없는 궁리였다.

"다음에 더 볼게요. 남동생이 쓸 만한 걸 가지고 있는데, 모터사이클에 빠져서 방치하고 있거든요. 가져올 수 있는지 한번 알아보구요." 남자가 실망했을 거라고 생각했지만, 오히려 호기심을 보였다. "모델이 뭔데요? 타던 게 있으면 정비해서 쓰면 되지요. 가져오시면 제가 멋지게 정비해드릴게요. 같이 라이딩 합시다." 남자가 빙그레 웃으며 한 번 더 권했다. 강인한 도전으로 자유를 표출하는 라이더들 사이에서 통용될 법한 이야기였다. 그가 타는 자전거는 세상에 단 하나밖에 없는 개성 있는 조립품일 거라고 쉽게 상상할 수 있었다. 기회가 있으면 보고 싶었다.

남자가 자전거를 상점 밖으로 끌어내주었다. 자전거는 강변 산책로를 다시 달리고 싶을 정도로 부드럽게 굴러갔다. 쓸 만한 팁을 얻고, 민수의 자전거를 가져올 계획까지 했다는 것이 무슨 큰 수확 같아서 마음이 벅차올랐다. 될수록 빠른 시간 안에 가져와 정비를 맡기고 싶었다. 하지만 다음 순간 센터의 평가지표를 생각하니 모터가 꺼진 바람 인형처럼 가라앉았다. 동시에 장딴지가 발작하듯 통증을 일으켰다.

다부진 몸에 눈썹이 짙은 외국인이 컴튜닝 점포를 지키고 있었다.

"컴퓨터 찾으러 왔는데, 수리가 되었나요?" 모니터를 들여다보던 남자가 일어났다.

"네, 사장님 오늘 서비스 많았어요. 늦게 점심 먹어요." 외국인치고 대답이 빠르고 정확했다. "그럼 기다려야 하나요?" 그녀는 될수록 천천히 또박또박 말했다.

"사장님 컴퓨터 놓고 갔어요." 남자가 창 밑 박스 위에 올려놓은 물건을 손가락으로 가리켰다. '수리비 3만 원'이라는 포스트잇 아래 그녀의 이름이 붙어 있었다. "수리비 드리고 가져가면 되는 거죠?"

"지금 사장님과 전화해요." 남자가 휴대폰으로 전화를 하는 동안 그녀는 실내를 둘러보았다. 창문이 없는 벽 쪽에 여러 개의 액자가 걸려 있었다. 이름조차 생소한 자격증들이었다. 리눅스 관련 국제자격증 LPIC, 자바 관련 국제자격증 SCJP, 보안 관련 국제자격증 CISA, 솔라리스 관련 국제자격증 SCSA, MS사 시스템 관련 국제자격증 MCP. 그녀는 쭉 훑어보면서 무언가 굉장하다는 생각이 들었다. 통화가 되는가 싶더니 남자가 짧게 통화하고 끊었다. "사장님 지금 올 거요. 잠깐 기다려요."

남자의 능숙한 한국말에 놀라면서 그녀가 고개를 끄덕였다. 얼마나 되었냐고 물었다.

"십 년. 방글라 갔다 다시 왔어요. 내 동생 같이 왔어요. 여기 대학교 다녀요. 내 동생 한국 국적 있어. 나도 한국 국적 신청해요."

"올, 어쩐지 잘하신다 생각했어요. 한국 이름 있어요?"

"한국에서 처음 회사 태풍이라 불렀어요. 지금 샤리플이라 불러요. 진짜 내 이름이요."

"샤리플, 대단하네요. 국적 취득이 어려운데, 무슨 일 하세요?"

"버섯 공장 다녀요. 우리 회사 일 많이 없어요. 사장님 연결해줬어요. 사장님 계속하라고 해요. 돈 너무 적게 받아요." 샤리플이 눈앞에 들어 올린 손으로 검지와 엄지 사이를 좁히며 눈을 찡긋거렸다. 짙은 눈썹이 일그러졌다가 펴지는 모습이 익살스러웠다.

"사장님한테 다른 곳 소개시켜달라고 해요. 가로수나 벼룩신문 같은 생활정보지에서 샤리플이 직접 찾아봐도 좋을 거 같은데요." 그녀가 말하자 샤리플이 어깨를 으쓱했다.

"나 할 수 있어요. 하지만, 으리 지켜요. 사장님 진짜 좋은 사람이요. 배신 안 돼요. 하지만 나 많이 돈 필요해." 샤리플이 곤혹스럽다는 듯 고개를 저었다. 표정이 풍부한 얼굴이었다. "어딜 가나 인간관계는 다 그렇죠. 샤리플, 그런데 왜 돈 많이 필요해요?"

"나 결혼했어. 신부 데려와야 해. 방글라에 신부 지금 기다려요." 샤리플의 얼굴에 자랑스러운 미소가 번졌다. 그녀가 고개를 끄덕이자 샤리플이 같이 고개를 끄덕이면서 이야기를 이어갔다. "결혼식 일월에 했지만, 나 갈 수 없어, 동생 갔다 왔어요."

이해가 되지 않았다. 맥락을 놓친 것 같았다. "무슨 말이에요? 신랑 없는 결혼식을 했다는 말인가요?"

"동생 한국 국적 있어, 난 없어요. 한국에 오려면 남자 한국 국적 있어야 돼. 그럼 신부 한국 국적 빨리 얻어요. 그래서 동생이 결혼식 갔어요." 이상한 이야기였다. "그건 간단한 문제가 아닌데, 부모님과 일가친척들이 다 알고 결혼식을 정식으로 한 거예요?" 호기심이 발동해서 이것저것 물었다. "네. 모두 알아요. 결혼식 사진 많이 있어. 이거요." 샤리플이 고개를 끄덕이며 스마트폰 앨범을 열어 보여주었다. 화려한 금사 드레스를 입은 신부의 사진이 있었다. 신부라기보다는 모델처럼 예쁜 소녀였다. "엄청 예쁘네요. 영화배우 같아요. 신부 이름이 뭐예요?"

"앤디. 나 아직 보지 못했어. 그냥 사진만 봐요. 매일매일

결혼식 비디오 봐요. 처음 우리 부모님 사진 줬어. 동생 가져
왔어요. 신부 예뻐서 내가 결혼한다고 했어요." 샤리플이 웃
으며 말을 이었다. "결혼식 하러 동생 방학하고 갔다 온 거
요. 지금 앤디 우리 부모님 집에 있어요."

"신부가 부모님 집에 있다는 거예요? 그럼 매일 뭐 하고 지
내요?"

"매일 아침 나 전화해서 알려줘야 돼요. 신부 하루 동안 내
가 시킨 일 해요. 아침에 내가 앤디한테 할 일 말해요." 샤리
플은 자랑거리를 공개하듯 즐겁게 이야기했다. 고전소설에나
나올 법한 이야기였다. "방글라데시에선 신부가 신랑에게 복
종하나요?"

"네. 우리나라에 그런 전통 있어요."

"그러면 한국에 오는 걸 앤디도 좋아해요? 여기서 사는 걸
찬성했어요?"

"물론입니다. 앤디 내가 하자는 대로 해야 돼. 한국 좋아해
요." 샤리플이 하얀 이를 드러내며 고개를 끄덕였다. 자부심
을 드러내는 듯한 웃음이었다. "샤리플, 그런데 동생이 대신
결혼한 거 법적으로 문제 안 돼요?" 그녀가 궁금증을 이기지
못하고 다시 확인했다. "네 우리나라 가능해요."

"한국에 오면 어떻게 되는 거예요? 샤리플과 부부로 신고
하게 되는 건가요?"

"아니요. 한국 서류도 동생과 부부 해요. 내 부인이지만 동

생 한국 국적 있어. 그래서 앤디와 신고할 수 있어요."

함께 한국에서 살기로 한 앤디가 뭘 준비하고 있을지, 한국에 대해서 얼마나 아는지 궁금했다. 국적 취득 때문에 동생의 호적에 형수를 부부로 올린다는 건 상상도 안 되는 일이었다. 자녀가 태어나면 서류상으로 누구에게 올린다는 것인지 생각할수록 간단치 않은 문제였지만, 샤리플은 걱정이라곤 없어 보였다.

샤리플이 데스크탑 홈 메뉴에서 폴더 하나를 열자 이국적인 결혼식 사진이 펼쳐졌다. 그녀는 순식간에 짐 박스에 나란히 붙어 앉아 샤리플이 넘기는 포토 슬라이드 쇼를 보고 있었다. 방글라데시 전통 결혼식 전 과정을 담은 사진들이었다. 샤리플은 없고, 그를 닮았지만 턱선이 좀 더 각진 남자가 신랑의 복장을 입고 결혼식을 치르고 있었다. 특이한 사진들이 많았다. 신부의 손바닥에 그림을 그려 넣는 사진도 있었다. 헤나 염료로 손바닥에 멘디를 장식하는 것이 혼례 의식인 모양이었다. "결혼식 때문에 이렇게 하는 건가요?"

"네. 우리나라 결혼식에서 두 사람 하나 되려면 이렇게 해야 돼요." 샤리플이 그 의미를 설명하려고 애썼다. 이집트에서 시작된 헤나 염료가 중동을 거쳐 인도와 접경 국가들에까지 영향을 미쳤다는 정보를 본 적이 있지만 방글라데시 결혼식에서도 아직까지 행해지고 있다는 것이 신기했다.

"아까 동생이 대신 결혼식 했다고 했잖아요? 한국에선 있을 수 없는 이야기인데, 신부 입장에서는 정말 평생 한이 될 거 같아요. 국적 때문에 동생의 부인으로 신고를 한다고 해도 결혼식은 본인이 해야 되는 거 아니에요?" 그녀의 질문에 그가 곤란한 표정을 지었다. "나 들어가면 비행기 비싸요. 다시 나오려면 삼 년 지나. 그때 심사 받고 비자 받아요. 돈 많이 많이 있어야 돼." 샤리플이 고개를 흔들었다. 씁쓸한 웃음이 지나갔다. 납득이 되는 이야기였다. 궁금증을 넘기지 못하고 캐물은 것은 실례였다. 미안하다고 사과하자 샤리플이 손을 내저었다.

"많이 기다리셨죠?" 사장이 들어왔다. 어제와는 다르게 부드러운 얼굴이었다.

"아뇨. 샤리플이 사진을 보여줘서 재미있었어요." 짐 박스에서 일어난 그녀가 대답했다.

"또 자랑했어? 이 친구 매일 신부 사진만 들여다봐요." 그가 놀리자 샤리플이 환하게 웃으면서 어깨를 으쓱했다. 하얀 조팝꽃이 연상되는 웃음이었다.

"오프라인으로 작업하신 건 복원했고, 필요한 자료는 바탕화면에 백업해두었어요. 확인해보세요." 말하면서 컴퓨터를 연결해서 부팅했다. 그러곤 바탕화면에 띄워놓은 창들을 마우스 커서로 가리키며 설명했다. 그녀가 쓰지 않을 것 같은 낯선 프로그램들이었다. "구입하려면 비용이 좀 들어가는 유료 프로그램들인데, 필요하시면 쓰시라고 깔아드렸어요. 추가 비용은 없습니다." 갑자기 서비스 정신이라도 발휘하기로 작정한 것 같았다.

"자료를 살려주셔서 감사해요. 어제 바로 찾으러 와야 하는데 다른 일이 생겨서 못 왔어요. 오늘 문 안 열면 어쩌나 걱정했는데, 고맙습니다." 비용을 치르며 진심으로 인사했다. 남자가 본체를 옮겨 자전거 안장에 얹더니 바로 단단히 고정까지 해주었다. 확실히 전날과는 다른 친절이었다. "자전거 즐겨 타시나 봐요. 자전거에 짐 싣고 다니는 여성분은 처음 봤어요."

"그래서 저는 자전차라고 불러요." 그 말에 남자가 소리 없이 웃었다. "저도 자전차 좋아합니다. 이제 꺼내놓고 수리해서 타야겠어요."

민교는 반가운 마음에 덧붙였다. "즐겨 타세요? 시내엔 자전거길이 따로 없지만, 강변 산책로로 내려가면 양지나 광주 쪽으로 전용도로가 이어져 있어서 좋아요. 궁뜰 들어가는 샛길도 예쁘고, 도자기 엑스포도 좋구요."

"출장 서비스 다니다 보면 타는 분들이 꽤 있더라구요. 그런데 곤지암에 애착이 많으시네요. 고향이세요?" 남자가 물었다.

"고향은 아니지만 명소가 많잖아요. 곤지암 잠수교나 리버사이드를 모르면 지역 주민이라고 할 수 없지요."

"지역 홍보 해설사시네요. 글 쓰시는 분이라 뭔가 시각이 다른 것 같아요." 순간 당황하는 그녀의 얼굴을 보고 그가 재빨리 설명했다. "백업하면서 꽃 이름 폴더 제목들이 특이해서 인터넷에서 이름을 찾아봤어요. 출간하신 책이 있어서 놀랐습니다." 남자가 또 수줍게 웃었다.

"부끄럽네요." 그녀가 어색해진 목소리로 대답했다. 그러자 남자가 정색을 하고 말했다. "아니 대단한 겁니다. 글은 아무나 쓰나요? 제 인연 중에선 글 쓰는 분 처음이에요."

"뭐 대단한 걸 쓴 것도 아닌데, 앞으로도 그럴 거 같구요."

"글 쓰는 것 자체가 능력이에요. 전 학생 때부터 지금까지 제대로 마침표를 찍어본 적이 없어요. 글 좀 써보려고 블로그도 시작하고 했지만, 역시 힘들더군요." 남자의 말과 표정에서 과장된 엄살이 느껴졌다.

"블로그 하세요? 저는 그게 더 대단하게 보여요."

"제대로 하는 사람은 그것도 대단하지요. 전 그냥 포털사이트에 가입해서 영상이나 올리고 배너 꾸미는 정도예요. 시간도 없지만 글이 딸려서요."

"컴퓨터를 배우면 좋은데, 용어가 어려운 것 같아요." 그녀가 슬며시 화제를 돌렸다.

"명령어 체계만 조금 이해하면 활용할 게 많아요. 작가님이 배우신다면 제가 가르쳐드리죠." 남자가 선심을 쓰듯 말했다.

"휴, 겁부터 나네요. 매일 대하는 게 전산 업무라 기회 주시면 배워야 하는데, 제가 컴맹이나 다름없어서요. 그럼 나중

68

에 왜요." 인사하고 돌아서는데 그가 명함을 내밀었다. 대표 유은도라는 이름 아래 '시스템해킹보안 SIS, 정보보안전문가, 정보처리기사'라고 적혀 있었다. 뒷장엔 '현재 국가 및 공공기관 주요 전산망에 대한 사이버보안, 전자정보보안, 사이버위기관리 등 보안전담조직에서 활동 중'이라 쓰여 있었다.

"기다리면서 벽에 걸린 액자들 구경했어요. 처음 보는 자격증이 이렇게 많은 것에 놀랐어요. 정말 대단하세요."

"뭐 대단할 건 없는데, 필요한 일 있으면 언제든 연락 주세요." 그녀와 시선이 마주치자 유은도가 수줍게 웃으며 눈길을 피했다.

"나 매일 여기 와요. 또 만나요." 박스에서 몸을 일으키면서 샤리플이 말했다.

"사진 보여줘서 고마워요. 앤디 오면 소개시켜주세요." 그녀가 앤디의 이름을 부르자 샤리플이 웃었다. 새하얀 조팝꽃 웃음이 순식간에 피어났다.

자전거 핸들이 묵직했다. 유은도는 첫인상과는 매우 다른 모습을 보여주는 사람이었다. 그렇게 중요한 일을 하는 사람이 왜 이런 곳에서 고작 컴퓨터 수리점을 운영하는지 알 수 없지만, 컴퓨터를 맡길 곳을 알게 된 것이 다행스러웠다.

상담자와 내담자

 교육이나 세미나에 참여하느라 외근을 한 다음날엔 센터에
밀린 일이 많았다. 민교는 출근할 때부터 마음을 조였다. 중
앙본부에서 내려오는 스케줄을 변경하거나 조정할 여지는 없
었다. 지난주에 경기 남부 지원단에서 추진하는 지역아동센
터 생활복지사 의무교육에 원장부터 복지사들이 하루씩 다녀
왔는데, 이번 주엔 중앙지원단 교육이 이어지고 있었다. 시설
종사자 전원이 전문역량 강화 및 직무능력 향상 교육에 참여
해서 다섯 시간 이수증을 받아야 했다. 고도화 시스템을 활용
한 아동 관리 프로그램, 아동 발달 단계에 따른 인문학적 지
도 등 현장에서 필요한 사안이었다. 경력 차수에 따라 교육
일정이 정해져 있어서 해당 일자에 맞추어 신청을 하고 교육
에 참여했다.

원장은 원장대로 시설장 의무교육 외에 칠 년 차 이상 된 센터의 운영비 지원을 위한 특례시설 평가지표 설명회에 참여하느라 외근이 잦았다. 그때마다 참고할 지시 자료와 업무가 늘어나는 건 당연한 결과였다. 얼마 전에도 '아이 마음과 소통하는 독서심리 교육' 자료를 가져와서 프로그램에 넣으라고 했다. 현장 교육에 개입할 여력이 별로 없는 원장은 무슨 자료든지 민교에게 떠넘겼다. 센터의 아이들에게 교육 콘텐츠를 적용해서 질 좋은 돌봄을 제공하고 싶은 원장의 열정이야 모르는 바 아니었다. 그 뜻에 전적으로 부응하기엔 인력이 부족하다는 것이 문제였다.

오늘은 조하영 선생이 의무교육에 참여하고 있었다. 본부에서는 상관하지 않았다. 수용 인원이 정원을 초과한 센터에서 복지사 한 명의 빈자리가 어떤 영향을 미치는지. 민교는 마음을 졸이면서 기관 정보시스템 신청서에 기입할 새로운 프로그램의 세부 계획 작성에 매달렸다. 그동안 운영했던 체육활동을 방문교사의 개인 사정으로 중단하게 되었기 때문이다. 시기를 놓치면 다음 달에 프로그램을 진행하지 못할 수도 있었다. 재량을 발휘해야 할 상황은 무시로 찾아왔다. 일단 아이들에게 문제 풀이를 시켜놓고, 조리사 김 선생에게 채점을 부탁했다. 급할 땐 상급생에게 교실 관리를 맡겨 위기를 넘길 때도 있었다.

아이들이 좋아하는 옥외 활동 계획서를 작성하고 있는데

손님이 찾아왔다. 민교는 심해의 고래가 물 위로 떠오르는 모습을 상상하면서 심호흡을 했다. 방문객은 6학년 성중이 엄마였다. 요즘 들어 자주 결석하는 성중이 소식을 조 선생에게 들어 알고 있었다. 상담실을 겸하는 원장실로 안내하면서 담임인 조 선생이 중앙본부에 복지사 의무교육 받으러 갔다는 사실부터 알렸다. 성중이 엄마가 막막한 얼굴로 그녀를 보았다.

"성중이가 결석해서 안 그래도 원장님께 보고했는데, 무슨일이 있어요?" 조심스럽게 묻자마자 성중이 엄마의 눈에 눈물이 고였다.

"우리 성중이가 이상한 친굴 만난 거 같아요. 옷에서 담배냄새도 나고, 자꾸만 밤늦게 들어와서 야단쳤더니 피시방에만 간 거라는데…… 아빠가 그렇게 되고 나선 애가 영 맘을못 잡는 거 같아서……"

"어머님 걱정이 크시겠어요. 성중이가 힘든 마음을 친구들에게 의지하나 봐요."

"센터 선생님이 전화 주실 때까지 전 모르고 있었어요. 주말에 시간 내서 좀 챙겨봐야지 했는데, 지난 금요일부턴 아예집엘 안 들어와서, 큰일이다 싶어 이렇게 학교에도 가보고 여기도 왔어요."

무언가 적절한 위로를 하고 싶은데, 어떤 말도 할 수 없었다. 상담자가 되어 내담자를 만날 때, 무언가 실제적인 사례관리가 필요하다고 느끼는 이런 순간이 곤혹스러웠다. 절박

한 상황을 벗어나게 해줄 만한 대안이 그녀에겐 없었다. 정기적으로 슈퍼바이징이 이루어진다면 실무에 대한 상담과 점검을 통해 한계를 개선할 가능성이라도 있겠지만, 현장에 투입할 기본 인력조차 부족한 상황이니 무력감만 누적되고 있었다. 교실에서 여자아이들이 고함치는 소리가 들렸다. 그녀의 내면에 황색 점멸신호가 켜졌다. 방치하면 아수라장이 될 거였다. 양해를 구하고 교실로 뛰어가보니 몸싸움이 벌어지기 직전이었다. 그녀는 최대한 목소리를 낮추고 말했다.

"학부모님 상담 중인데, 선생님 돌아올 때까지 조용히 집중하면," 그녀의 등장으로 일순 조용해졌던 아이들이 작은 목소리를 들어보려고 집중했다. 그녀가 차분하게 이어서 말했다.

"상담 끝나는 대로 자유시간 주려고 했는데, 계속 떠들고만 있으면 오후 내내 수학이랑 한자 쓰기 할 거니까 뭘 할 건지 너희들이 결정해." 수군대던 아이들이 그녀와 눈을 한 번씩 맞추곤 문제집을 향해 고개를 숙였다. 그녀는 잠깐 지켜보다 상담실로 돌아갔다.

상황을 이해한 듯 성중이 어머니가 일어서며 말했다. "바쁘신데, 죄송합니다."

"괜찮습니다. 어머니, 센터에서도 성중이한테 마음을 더 쓰겠구요, 담임선생님 오시면 연락드리도록 할게요. 일부러 시간 내서 오셨는데 죄송해요." 아이들을 핑계로 몰아낸 것만 같아 면목이 없었다. 화장기 없는 얼굴로 성중이 엄마가 연신 고개 숙여 인사했다.

교통사고로 남편을 잃고 혼자서 남매를 키우고 있는 성중이 어머니의 뒷모습이 어른 옷을 입은 아이처럼 헐거워 보였다. 마음을 쓰겠다고 했지만, 센터에 오지 않는 아이를 찾아다닐 여력은 사실 없었다. 지키지 못할 헛말을 한 것 때문에 마음이 무거웠다.

김 선생이 저녁 식사를 준비하러 주방으로 가고 없는데도 아이들이 집중하고 있었다. 약발이 먹힌 거였다. 민교는 서둘러 프로그램 신청서를 마무리해놓고 두 반을 들락거리며 채점을 했다. 센터를 거쳐 학원에 가는 아이들을 챙겨 보내놓고 나자 잠깐 여유가 생겼다. 아이들이 자유시간은 언제 주냐고 투덜거리기 시작했다. 담당 복지사가 없으면 아이들은 숫제 엉덩이를 의자에 붙이고 있지 않았다. 초등학교 4, 5, 6학년이 모인 조 선생 반의 사춘기에 접어든 몇몇 아이들은 감정이 솟아 있어서 작은 일에도 책상을 두드리며 소리를 질렀고, 공부보다 노는 것을 원하는 남자아이들은 그때마다 일어나 선동을 했다. 민교네 반은 7세부터 초등학교 3학년까지인데, 나이 차가 많아서 규칙을 적용하기 애매했다. 인내심을 갖고 하나하나 지도해야 한다는 것이 어려운 점이었다. 전날엔 조하영 선생이 그녀의 빈자리를 채우느라 애썼을 거였다.

간식 시간을 알리고 아이들에게 찰떡과 두유를 나눠주었다. 잠깐 조용하던 아이들은 채 오 분도 되지 않아 다시 소란해졌다. 적절한 보상이 필요한 시점이라 아이들에게 조건부 선택을 하도록 했다. 삼십 분 뒤에 다 함께 참여하는 오락을 할 건지 문제 풀이를 마친 친구들부터 휴게실로 옮겨가 자유롭게 팀 게임을 할 건지. 아이들이 '게임! 게임!' 하고 외쳤다. 그녀가 '오케이' 하자 여자아이들은 만세를 부르고, 남자아이들은 주먹을 힘껏 당기며 '오예!'를 외쳤다.

간간이 소란했지만 그래도 고학년 아이들이 엉덩이를 든 채 문제집을 풀어 검사를 맡았다. 산만한 아이들이 빠져나가자 교실이 좀 안정되었다. 휴게실로 옮겨가는 아이들이 많아져서 게임을 원하지 않는 아이들은 책을 보도록 했다. 게임을 하고 싶지만, 도구가 없어 기다려야 하는 아이들에겐 자율 활동을 허용했다. 늦게 온 아이들에게 문제 풀이를 시키고 있는데 휴게실에서 큰 소리가 났다. 녀석들이 싸우는 건 점수 계산 방법의 착오나 한쪽이 일방적으로 게임의 룰을 어기는 경우였다. 예측과 달리 이번엔 게임과 관계없이 놀리는 말 때문이었다. 무심코 던진 남자아이들의 빈정거림에 여자아이들이 남녀 차별 발언이라며 협공을 한 거였다. 말싸움에선 여자아이들을 이길 수 없었다. 남자아이들이 분통을 터뜨리며 게임판을 뒤집었다. 그녀는 이왕에 편을 나눴으니 대표선수를 정해서 부루마블로 승부를 겨루면 어떠냐고 제안했다. 아이들이 대표를 뽑기 위해 모였다. 곧 다시 휴게실이 들썩거렸다. 의견을 일치시키는 건 어느 집단에서나 어려운 일이었다. 교실은 텅텅 비어 있었다. 문제 풀이를 끝내지 않은 채 휴게실로 건너간 건 규칙 위반이지만 그 애들을 다시 부를 힘은 남아 있지 않았다. 다행히 시설장 회의에 갔던 원장이 돌아왔다. 중고등부 회원이 등원하는 시간에 맞추느라 식사 회동은 포기한 거였다. 꼴깍 넘어갈 뻔했던 긴장이 해소되는 순간이었다. 성중이 엄마가 다녀갔다는 말에 원장은 말없이 고개를 끄덕였다. 돌아선 원장의 어깨도 성중이 엄마처럼 처져 있었다.

계란찜에 돈가스, 볶은 나물과 깍두기를 배분받은 아이들은 삼삼오오 모여 앉아 식사를 했다. 조리사 김 선생이 급식을 지도하며 돈가스를 잘라주고 있었다. 아무리 좋게 이야기해도 집에서 굳어진 아이들의 편식 습관은 잘 고쳐지지 않아서, 나물이나 김치가 그대로 버려졌다. 다문화가정의 쌍둥이 세보와 세준이가 식판을 받아놓고 손장난하는 게 보였다. 엄마가 우즈베키스탄 사람인 세보 형제는 한국 음식을 좋아하지 않았다. 같은 학년 아이들 말이 학교에서도 급식을 거의 안 먹는다고 했다. 음식을 앞에 두고도 결식자가 나오는 상황이라 두 아이의 급식지도를 하느라 조리사가 애를 먹었다. 쌍둥이는 다행히 피자, 햄버거, 우유 등 간식 종류는 먹었다. 결국 오늘도 두유와 남은 간식을 먹이는 것으로 급식지도가 끝날 거였다.

일찍 귀가하는 아이들의 건널목 통행을 도와주고 왔을 때였다. "컴퓨터가 이상한데 고장인가요?" 원장이 물었다. "설마요. 작업하던 것도 있는데……" 당혹감에 심장이 졸아들었다. 작성하던 신청서를 저장했던가, 기억나지 않았다.

성격 유형이 일 중심인 원장은 그녀에게 빨리 어떻게든 해보라고 다그쳤다. 컴튜닝이 생각나서 방문 서비스를 요청했다. 조 선생이 쓰는 컴퓨터와, 원장의 노트북까지 합하면 세 개나 되었기 때문에 원장은 방문 기사가 일을 잘해주면 다른 것도 맡기고 이제부터 거기서 관리를 받으라고 했다.

유은도는 처음 보았을 때처럼 수줍은 얼굴로 센터에 왔다. 그를 보자 일단 마음이 놓였다. "작업하던 걸 살릴 수 있을까요?" 유은도가 보일 듯 말 듯 웃으며 본체의 커버를 열었다. "고장 나기 전에 이상한 신호는 없었어요? 디지털 기계는 갑자기 서지는 않아요. 뭔가 신호를 주거든요."

"이것도 가끔 랙이 걸렸어요. 요즘 들어 불안하긴 했는데." 그것 보라는 듯이 그가 고개를 끄덕였다. "컴퓨터는 매일 청소하고 관리해야 돼요. 시스템 점검 사인 뜰 때마다 업데이트를 해줘야 원활하게 시스템이 유지되는데 무시하면 점점 더 느려져서 명령을 인식하지 못하고 엉켜버리죠. 종료할 때도 업데이트 항목 확인해서 바로바로 명령만 하면 알아서 처리하고 꺼지게 되어 있거든요." 그는 공구가 장착된 작업조끼 주머니에서 드라이버를 꺼내 본체에 연결된 케이블을 분리했다.

"점검할 컴퓨터가 두 대 더 있어요. 이제부터 관리해주세요." 유은도가 그녀의 말을 막았다. "나머지는 이거 수리해놓고 볼게요. 자료만 먼저 백업해놓으세요. 급하시면 오늘 밤 안에 해드릴 수도 있고, 아니면 내일 오전까지 해드릴게요." 그녀는 망설였다. 옥외활동 신청서를 메일로 보내놓지 않은 것이 찜찜했지만 어쩔 수 없었다. "내일 오전까지 해주세요."

본체의 커버를 끼우면서 그가 물었다. "센터에서 뵈니 또 다른 분 같네요. 어떻게 불러드리면 좋을까요?"

"저는 그냥 생활복지사예요. 제 이름으로 불러주세요."

"네, 그럼 민교 씨한테 메시지 할게요." 본체를 가지고 나가면서 유은도가 또 수줍게 웃었다. 사무적으로 대할 때와는 다른 표정이 순식간에 떠올랐다 사라졌다.

다음 날 유은도의 메시지를 받았을 때 민교는 베리의 아침을 챙겨주고 있었다. 수리한 컴퓨터를 센터로 가져온다는 거였다. 아침 여덟시였고 아직 씻지도 않은 상태였다. 시간을 정하지 않고 막연하게 오전까지 수리를 부탁했으니 변명의 여지가 없었다. 그녀는 한 시간 후에 와달라고 답장했다.

센터에 도착하자마자 유은도가 왔다. 케이블을 연결하는 모습에서 전문성이 느껴졌다. 속도가 훨씬 빨라져 있었다. "선별해서 백업했는데, 자료가 생각보다 많더군요." 유은도가 덧붙였다. "효율적으로 사용할 수 있도록 저장 공간을 나눠놓긴 했는데, 그래도 저장 공간이 더 필요할 땐 보통 외장 하드를 사용하죠. USB 수십 배 되는 용량이니까 데이터 보존용 컴퓨터를 한 대 더 쓰는 거나 다름없어요." 유은도가 보여준 하드디스크 드라이브는 용량이 거의 채워져 있었다. 행사 동영상들과 교육 프로그램들을 두서없이 저장한 결과였다.

민교는 잠깐 생각했다. "외장하드가 있으면 좋기는 하겠네요. 논의해볼게요. 구입하려면 얼마나 들어요?" 센터에서 새로운 품목을 구입하려면 절차가 까다로웠다. "요즘은 많이 저렴해졌어요. 오백 기가 정도면 십오만 원 내외예요. 좋은 음악이랑 영화 자료도 많이 있는데, 컴퓨터 용량이 작아서 드릴 수가 없어요. 쓸 만한 소프트웨어도 그렇구요."

센터 문서 자료를 전산으로 바꾸면 묵은 자료들이 차지하고 있는 공간을 활용할 수 있을 거였다. 하지만 그건 어마어마한 시간과 인력이 필요한 일이었다. 당장 필요한 것도 아니고, 그녀가 결정할 수 있는 건 더욱 아니었다. "수리를 받았으니까 우선은 써보고 필요하면 할게요. 어제 말씀드렸던 컴퓨터 두 대 오늘 해주세요."

원장의 노트북을 조 선생 책상에 옮겨놓자 유은도가 두 개의 컴퓨터를 부팅했다. 데스크탑 시스템 제어판을 열어 환경을 복구해놓고, 업데이트되는 동안 원장의 노트북을 점검했다. 그녀는 돌려받은 USB에 담긴 백업 자료를 확인했다. 전날 작업했던 것들이 고스란히 살아 있었다. "자료를 살리셨네요. 정말 다행이에요. 감사해요."

"제가 만들어낸 건 아니고요, 컴퓨터가 임시 저장한 것들을 찾은 것뿐이에요." 유은도의 얼굴에 수줍은 웃음이 떠올랐다. "제가 관리용 프로그램 하나 넣어두었는데, 한번 보시겠어요? 이렇게 자동 복구 프로그램을 설정해뒀어요. 혹시 느려진다 싶으면 새로 만든 자료만 백업해놓고 이 복구 프로그램을 불러서 이렇게 날짜를 지정한 뒤에 실행하세요. 보통 정상적으로 작동하던 날짜, 혹은 시스템을 최적화시킨 날짜로 설정하는데, 그때의 환경으로 돌아가는 거예요. 복구만 해도 웬만한 문제들은 해결이 될 겁니다. 단 자료를 백업시켜놔야 잃어버리지 않아요. 문제가 생기기 전으로 되돌리는 거니까요." 그가 의자를 가리켰다. 그녀가 앉자 마우스를 움직여 화면 아래쪽 아이콘에 커서를 놓았다. "V3 백신은 필요할 때마다 업데이트될 거예요. 메시지 뜨면 무시하지 마시고 승인만 해주면 자동으로 실행돼요. 호환이 안 되는 백신들을 다운로드하면 서로 엉켜서 오히려 방해만 되니까, 하지 마시고 이것 하나만 쓰세요. 아, 그리고 인터넷 종료할 때마다 쿠키 삭제하는 것도 잊지 마세요. 설정해놓긴 했는데, 건드리다 보면 변경이 되니까 가끔 한 번씩 점검해주는 게 좋아요." 유은도가 메뉴를 보여주면서 설명했다.

"쿠키가 뭐예요?" 그녀의 물음에 그가 장난스럽게 웃었다. "네트워크 접속해서 웹서핑 하다보면 흔적들이 남거든요. 그것들이 쌓이다 보면 명령 실행이 점점 더 느려지는데, 그 흔적들을 과자 부스러기에 비유해서 쿠키라고 해요."

"그런 것도 모르고 무작정 다운로드하라면 하고, 느려지면 느려지나 보다 생각했으니, 쓰는 사람이 문제군요."

"그럼요. 컴퓨터는 기계예요. 명확하죠. 자기 용량만큼 움직이고 약속된 명령어에 반응하고, 규칙에 따라 정확한 값을 내죠."

"저는 어렵다고 느끼는 것을 명확하다고 표현하시네요." 그녀의 말에 유은도가 고개를 끄덕이며 수줍게 웃었다. "문제 있으면 연락하세요. 민교 씨가 부르면 달려올게요."

"그렇게 말씀해주시니 정말 마음이 놓여요."

"제가 할 수 있는 일이니까요. 그리고 전 이제 민교 씨의 독자예요. 민교 씨가 쓴 책들을 주문했거든요." 급습을 당한 것처럼 당황한 그녀가 말했다. "누가 책 이야기만 하면 이렇게 부끄러운지 모르겠어요. 여튼 감사드려요."

"책 오면 사인 받을 거니까, 그때 한번 따로 뵙죠." 유은도가 말했다.

"긴장이 되네요. 수리 비용은 명함에 있는 계좌로 입금할게요."

유은도가 웃으면서 인사하곤 순식간에 눈앞에서 사라졌다. 닫힌 현관문 밖에서 계단을 내려가는 발소리가 들렸다. 컴퓨터 두 대를 최적의 환경으로 만드는 데 한 시간도 걸리지 않았다. 디지털리스트인 유은도가 부담스럽기도 하고 경이롭기도 했다. 분명한 건 복잡하고 민감한 컴퓨터를 사용할 일

이 점점 더 많아진다는 것과, 그가 가진 기술이 필요하다는
거였다.

하객이 된다는 것

　종일 침구에 파묻혀 뒹굴고 싶었다. 몇 달 동안 긴장시킨 복지기관 평가인증을 마무리하고 처음 맞은 주말이었다. 하지만 미련을 털고 일어나야 했다. 서른 중반이 되자 오랜만에 연락해오는 친구들의 소식이 부담스러워졌다. 결혼식이거나 첫아이 돌잔치 혹은 부모님의 장례 같은 가정의 대사를 치르게 되었다는 소식인데, 일단 연락이 닿으면 모른 척할 수 없었다. 결혼식을 한다고 알려온 친구는 함께 사회복지학을 전공한 대학 동기 혜미였다. 달갑지 않은, 한 번도 마음 편하게 기억한 적 없는 친구였다. 자주 연락하는 수정이도 혜미 소식은 모른다고 했다. 삼 년 전 지호 결혼식에서 잠깐 들은 이야기가 혜미에 대해 알고 있는 전부였다. 특별한 존재감으로 주변의 인연들을 아우르던 지호의 결혼식은, 알 만한 친구들이

총동원된 자리였다.

여자 이름에는 쓰지 않는 '호랑이 호'가 들어간 지호는 얼굴선이 또렷한데다 성격까지 호방해서 강한 인상을 주는 친구였다. 웃을 땐 반달이 되었다가 마주 볼 땐 닦은 유리창처럼 맑고 단단한 눈이 지호의 매력이었다. 게다가 경계를 허물어버리는 진솔함은 사람을 끌어 곁에 머물게 하는 힘이 있었다. 민교가 로드바이크 동아리 활동과 봉사활동에 참여한 것도 지호때문이었다. 행동 성향이 잘 맞는다고 느꼈을 땐 이미 지호에게 푹 빠져 있었다.

호기심이 많은 지호는 라이딩 가서도 쉬지 않았다. 동아리의 남자 회원들이 도맡아서 하는 기계관리팀에 자원해서 남들 쉴 때 자전거 점검도 돕고, 어디든 숙소에 들면 그 주변을 탐색했다. 어느 가을날 자작나무 숲을 목적지로 삼고 라이딩을 가서 강원도 인제군의 원대리 근처에 머물렀을 때였다. 다음 날 계획한 코스가 가리왕산 임도여서 컨디션 조절이 필요했다. 고단한 일정 때문에 정신없이 자다가 목이 말라서 깬 민교는 숙소 밖에서 들어오는 지호를 보았다. 후드점퍼를 입고있었다. 시간을 보니 이른 새벽이었다. 어딜 갔다 왔냐고 묻자품속에서 두껍고 빨간 책을 꺼내 흔들어 보였다. 그때 비로소이해했다. 전날 숙소에 도착하자마자 지호가 주변을 탐색한이유가 새벽에 기도하러 갈 교회를 찾기 위해서였단 걸.

머잖아 지호의 새벽 외출은 가십거리가 되었다. 어떤 친구는 그 정도면 광신도라고 했다. 자기를 위해 기도해달라고 너스레를 떠는 친구도 있었다. 지호는 반달눈으로 즐겁게 승낙했다. 동아리 일정에 일요일이 포함되면 깨끗이 라이딩을 포기했다. 왜 빠지는 건지 이해하는 친구는 없었다. 한 번쯤 빠져도 하나님이 벌주지 않을 거라고 설득하는 친구에겐 간단하게 대답했다. "나보다 더 나를 사랑하시는 아버지한테 빚진 게 너무 많아서 감사하러 가는 거야."

짓궂은 친구들은 어떻게든 지호의 일요일을 방해하려 했지만, 일요일만큼은 타협하지 않았다. 어느 크리스마스에 지호는 특별한 수제 카드를 몇몇 친구들에게 주었다. 그것은 크리스마스이브 파티 초청장이었다. 지호네 교회에 놀러 간 친구들은 지호가 그곳에서 단체로 흰옷을 입은 무리 속에서 성가를 부르는 걸 보았다. 뿐만 아니라 교사가 되어 어린이들이 공연하는 연극을 지도하고, 아이들이 춤을 추며 발표를 할 땐 예배석 앞자리에 앉아 율동을 지도하는 걸 보았다. 그날 지호는 초청에 응한 친구들을 대학 청년부 모임에 데려갔다.

"이 땅의 소외되고 가난한 사람들을 마음에 품고 그들을 위해 헌신할 귀한 일꾼들입니다. 환영하고 축복해주세요. 그리고 하나님의 은혜와 사랑을 공급받고 그 무한한 사랑을 세상에 나눠줄 수 있도록 기도해주세요." 친구들을 일일이 소개하면서 지호는 친구들의 숨겨진 재능과 남다르게 가지고 있는 자원과 관심사 등을 설명하며 비전을 이루어갈 수 있도록 기도해달라고 부탁했다. 그 어색한 인사와 교인들이 사용하는 은혜니 달란트니 하는 용어에 반감을 느끼면서도 모르는 사람에게 관심을 집중하며 환영해주는 교인들의 분위기에서 푸근함을 느꼈다. 지호의 말을 듣는 순간 친구들의 숨겨진 가능성이 발견되고 미래의 모습이 그려졌다. 근사한 이미지와 함께 그것은 일종의 예언처럼 마음에 새겨졌다. 지호는 어떻게 현재의 친구들의 모습에서 감춰져 있는 장점들을 발견하고 미래의 가능성까지 제시할 수 있었을까. 지호의 관찰력과 상상력이 남다른가. 그만큼 특별한 관심을 모두에게 기울이고 있었다는 말인가. 알 수 없는 일이었다.

청년부 모임을 주도적으로 인도하는 모습을 보고서야 친구들은 지호가 주일에 빠질 수 없는 이유를 이해했다. 놀리던 친구들은 지호의 에너지의 원천을 확인한 후론 그 한결같은 모습에 고개를 내저었다. 지호처럼 주일을 교회에서 보내기 위해 모여든 청년들이 그렇게 많다는 것도, 그들이 수년 동안 주일마다 그 모임을 지속해왔다는 것도 놀라운 일이었다. 주어진 시간은 같은데, 그 많은 역할을 다 소화하면서 학업에 아르바이트까지 어떻게 해내는지, 왜 그렇게 복잡하게 사는지 이해할 수 없었다. 그날 지호에게 느꼈던 이질감은 쉽게 지워지지 않았다.

가까운 친구지만, 민교는 그때나 지금이나 지호를 이해한다는 말을 할 수 없었다. 다만 인정하지 않을 수 없는 부분이 지호에겐 있었다. 이를테면 팀의 분위기를 통합할 줄 안다는 것이 그랬다. 긍정적 역할을 하고도 야단스럽지 않게 다른 사람에게 공을 돌리는 지호 때문에 존재감이 없었던 친구들은 주목을 받았다. 애써서 만들어낸 성과를 칭찬하면 지호는 함께한 이들과 하나님 혹은 주님께 감사하다고 했다. 점차 지호는 원래 그런 친구로 치부되었다. 친구들이 기도를 흉내 내거나 야유를 보내기도 했지만 바보처럼 웃었다. 그런 모습이 처음엔 낯설었는데, 어쩌다 한 번이 아니라 지금까지 늘 그런 모습이었다.

인적 관계망이 풍부한 지호는 사회복지 실습 기관을 정하지 못하는 친구들에게 결정적인 도움을 주었다. 공무원이 된 친구도 있고, 대학원에 들어가 차근차근 공부해서 석박사 학위를 따고 강사가 된 친구도 있지만, 지호는 종횡무진 현장의 경험을 쌓더니 결혼도 하기 전에 지역아동센터를 설립했다.

민교에게 연락해서 업무와 관련된 이야기를 나누는 것도 지호였고, 센터 운영의 노하우나 중앙지원단에서 진행하는 프로젝트에 대한 정보를 주는 것도 지호였다. 그 바쁜 틈에 일일이 친구들의 생일까지 챙겨주는 걸 보면 남다르게 섬세한 성품인 건 틀림없었다. 누군가 마더 테레사 이름을 들먹일 때마다 지호가 생각날 정도였다. 자기중심적인 모습이나 목적을 드러낸 적 없고, 관계를 긴장시키지도 않는다는 걸 인정하기 전까지는 민교 역시 자신과 지호를 비교하면서 질투와 경쟁을 느꼈고 가끔은 의구심을 품거나 무서운 친구라 생각했다. 하지만 긴 시간을 함께 지내온 지금은 어떤 말을 어떻게 해도 오해되지 않을 만큼 서로 검증된 사이가 되었다. 그녀뿐 아니라 지호에게 빚을 진 친구들은 많았다. 지호의 늦은 결혼식에 하객이 많았던 건 챙김을 받은 친구들이 그만큼 많았다는 증거였다.

교회 예식으로 진행된 결혼식은 일반 예식보다 절차가 좀 복잡했다. 초등학생으로 보이는 여자아이 둘이 들러리로 앞장서고 뒤이어 신랑과 지호가 같이 입장했다. 목사는 신랑과 신부와는 상관없을 것 같은 예화로 주례사를 시작했다. 피아노 반주로 예배를 섬기다가 하나님의 부름을 받고 일찍 소천해서 많은 이들에게 안타까움을 주었다는 어떤 자매에 대한 이야기였다. 그 자매는 천사 같은 두 딸과 사랑하는 남편을 이 땅에 남겨두었다. 남겨진 자들에겐 사명이 있고, 그 사명을 다하기 위해서는 선한 동역자가 필요하므로 온 교회의 성도들이 함께 기도했다는 거였다.

"여기까지가 프롤로그입니다. 모든 교우님들이 잘 알고 기도했던 일이지요. 자, 하객 여러분, 이제 저는 선포합니다. 이 결혼식은 방대한 사도행전의 본편이고, 오늘 이곳이 두 사도의 출발점입니다." 목사의 이야기는 알쏭달쏭했다. 그러고는 신랑 신부에게 성혼 서약을 시키고 혼인을 선포했다. 이어진 축복의 시간은 하객의 기대를 의구심으로 전복시키기에 충분

했다. 들러리로 선 두 여자아이가 나와 축복의 편지를 읽었다. "이렇게 천사 같은 지호 선생님을 엄마로 허락해주신 하나님께 감사해요. 우리 가족 모두 새엄마를 사랑할 거예요. 우리 엄마와 아빠의 결혼식을 축하해주셔서 고맙습니다." 아이들이 편지를 읽을 때 예식에 참석한 하객들 중엔 눈물을 닦는 사람도 있었다. 예식장은 숙연해졌고, 내용을 모르고 결혼식에 왔던 친구들은 확연히 드러난 결혼식의 실상에 충격을 받았다. 상식적 차원으로는 이해할 수 없는 결혼식이었다. 두 아이가 지호를 향해 '당신은 하나님의 언약 안에 있는 축복의 통로'라는 축하곡을 불렀다. 교인으로 보이는 하객들도 함께 부르며 신랑 신부에게 팔을 뻗고 축하했지만 친구들의 얼굴은 심각했다. 교회 주일 학생들이 단체로 촛불을 들고 둥글게 신랑 신부를 둘러싸고 '당신은 사랑 받기 위해 태어난 사람'이라는 축가를 불렀다. 스크린으로 가사를 띄워 노래의 의미를 볼 수 있었다.

당신은 사랑 받기 위해 태어난 사람 당신의 삶 속에서 그 사랑 받고 있지요.
태초부터 시작된 하나님의 사랑은 우리의 만남을 통해 열매를 맺고
당신이 이 세상에 존재함으로 인해 우리에겐 얼마나 큰 기쁨이 되는지

당신은 사랑 받기 위해 태어난 사람 지금도 그 사랑 받고
있지요.

지호의 초청을 받았던 크리스마스에 지호와 교회 청년들이
불러주었던 노래였다. 그때는 잘 몰랐는데 결혼식에서 스크
린에 띄운 노랫말이 마음에 와 닿았다. 가사의 내용처럼 지호
의 존재가 그 교회의 아이들과 모든 사람에게 기쁨이 되고도
남을 거라는 생각이 들었다. 다른 사람은 몰라도 사회복지사
를 천직으로 여기면서 많은 아이들을 돌보는 일에 사명감을
가진 지호는 신의 사랑을 받을 만한 존재가 틀림없으니까.
　예식이 끝난 줄 알았는데, 축사 순서가 있다는 안내를 받고
머리가 하얀 노신사가 나왔다. 주례를 맡은 목사의 소개에 의
하면 그도 목사라고 했다. 결혼식에 축사가 있었던가? 그는
축사를 대신하여 '이어달리기'라는 제목으로 권면을 하겠다
며 입을 열었다. "이 땅에서 사랑을 받고 사랑을 전하는 자로
서 선한 사명을 감당하기 위해 돕는 배필을 허락하셨으니, 이
제부터 두 사람은 바통을 들고 정해진 지점까지 달려가는 이
인삼각 선수처럼, 하나님이 허락하신 날까지 서로의 부족함
을 채우고 세워주어야 합니다. 귀한 동반 사역으로 달려갈 길
을 마친 후에 부부가 함께 면류관 받기를 당부합니다. 두 사
람 앞에 힘든 일상이 광야처럼 펼쳐질 수도 있겠지만 서로 사
랑할 수 없을 때라도 이웃을 껴안고 사랑하는 일에 합력하다

보면 그 사랑으로 진실된 사랑에 이를 수 있을 것입니다. 선한 열매를 맺기까지 피차 사랑의 빚을 지며 부부에게 명하신 사도행전의 본편을 써나가길 축복합니다." 여기까지 말을 마친 그는 머뭇거렸다. 침을 삼키고 떨리는 목소리로, 이 일을 허락하신 하나님께 무한히 감사하다고 말하곤 목이 메어 말을 잇지 못했다. 하객들도 눈물을 닦았다. 가까스로 감정을 수습하고 그가 말했다. "이 작은 자의 기도에 응답해주신 하나님께 영광을 올립니다." 말을 끝내고 노신사는 신랑에게 다가가서 가볍게 안아주었다. 그가 자리로 돌아가 앉을 때까지 하객들의 긴 박수가 이어졌다. 나중에 지호에게서 그분이 바로 들러리를 선 아이들의 외조부라는 말을 들었다. 딸을 잃은 아버지가 혼자 된 사위를 재혼시키기 위해 주도적인 역할을 했다는 것도, 그 결혼식에 와서 축사를 했다는 사실도 상식을 뛰어넘는 일이었다. 달콤한 신혼 기간도 없이 그 가족에게 편입될 지호에게 연민이 생기는 결혼식이었다. 함께 앉아 식사를 하는 친구들의 대화는 엇갈렸다.

지호 정말 대단하다. 지호답지 않냐? 말이 그렇지 현실이 쉽겠냐. 아이들이 귀티 나게 입었던데, 남자가 돈 좀 있는 사람이겠지. 그래도 그렇지, 곧 사춘기 되겠던데, 내 자식도 부모 싫다고 가출하는데 무슨 원망을 들을지 알 수 없지. 지금이야 좋다지만 갈수록 후회할걸, 정상적으로 만나도 맞추고 살기 힘든 세상에. 멀쩡한 커플도 별거 아닌 일로 찢어지더

라. 당사자들끼리 아무리 좋아도 역시 쉬운 선택은 아닌 거
지……

민교는 궁금했다. 무엇이 지호로 하여금 그 무거운 짐을 지
게 했을까. 지호는 진심으로 행복할까. 한복으로 갈아입고 연
회장으로 내려온 지호는 자신과 닮아서 웃을 때마다 눈이 사
라지는 신랑과 들러리를 섰던 두 딸의 손을 잡고 하객들에게
인사했다. 민교와 친구들에게 다가와서는 하나님이 자기에게
거저 주신 선물이라며 아이들을 소개했다. 친구들은 각자 표
정 관리하기에 바빴다. 반면 지호 부부는 물론이고 계모를 맞
이한 아이들에게서도 그늘은 보이지 않았다. 복잡한 마음을
무색하게 만들 만큼 붙임성 있게 지호를 따르는 아이들의 모
습에 인지부조화가 일어날 지경이었다.

옆 테이블에서 밥을 먹던 사람들이 지호를 맞이하며 덕담
을 했다. 하나님의 귀한 선물을 더 많이 받으라는 말이었다.
지호의 손을 잡고 있는 딸들에겐 예쁜 선생님을 엄마로 주시
라고 그동안 기도 많이 했다며 축하해주었다. 방금 전에 가족
이 된 네 식구는 지금까지 쭉 가족으로 살아온 사람들보다 더
자연스럽게 어우러졌다. 지호가 다가오길 기다리다 축하 인
사를 건네고 돌아서서 눈물을 닦는 이도 있었다. 교인들의 거
침없는 스킨십과 야단스런 인사법은 다른 하객들과는 구별되
었다. 결혼식에서 가족이 아닌 사람들이 허물없이 부둥켜안
으며 인사하는 걸 민교는 본 적이 없었다. 처음 만나본 지호

의 부모님 역시 경사를 치르는 분들답게 밝고 행복해 보였다. 사실 가장 이상한 건 그 가족의 모습이었다. 평범하지 않은 딸의 결혼식을 지극히 상식적인 모습으로 치르고 있는 부모님을 담대하다고 해야 할지, 무정하다고 해야 할지 판단이 서지 않았던 것이다.

그 결혼식은 지호 때문에 경험할 수 있었던 사건이었다. 강렬하고도 큰 의구심은 쉽게 가시지 않았다. 지호를 그런 삶으로 이끈 것이 순전히 비상식적인 종교 탓인 것만 같았다. 민교의 기억으론 엄마에게도 그런 사건이 찾아온 적이 있었다. 동생 민수가 병원에 있을 때 가끔 기도해주러 오던 원목 목사와 이야기를 나누곤 하던 엄마가 어느 날 갑자기 하나님이 있다는 건 인정한다고 말해서 그녀를 놀라게 했다. 민수의 침상에 매달려 간절히 기도하는 엄마의 모습은 낯설었다. 그때는 그저 마음이 약해져서 그런가 생각했다. 그 후에도 엄마가 교회에 나가지는 않았다. 하지만 범죄 뉴스를 보거나 들을 때면 공자도 하늘에 죄를 지으면 빌 곳이 없다고 했다면서 하늘의 뜻을 거스르면 벌을 피할 방법이 없다고 말했다. 눈살을 찌푸리게 하는 기독교 관련 뉴스가 보도될 때마다 하나님을 두려워할 줄 모르고 똑바로 믿지 않는 사람들이 문제라고 일축했다. 중학교 시절, 친구와 동업하던 아버지가 사라진 적이 있었다. 한 달 만에 돌아온 아버지는 알코올중독에 노숙자가 따로 없었다. 그때 부도난 어음을 흩뿌리며 울던 아버지의 모습은 그녀에겐 큰 충격이었다. 그 후로 종종 아버지와 엄마가 싸웠고, 엄마는 극단적으로 냉철하고 이기적인 말로 아버지를 제압했다. 부모가 이혼할까 봐 전전긍긍하던 날들이었다. 아이러니한 건 민수의 면역질환이 악화되면서부터 부모님의 갈등이 사라졌다는 거였다. 아버지가 경제력을 회복한 것도 아닌데 불안했던 엄마가 안정을 찾은 것도 그즈음이었다. 알 수 없는 이야기였다. 엄마 말대로 하나님이 정말로 선하고 전능하다면, 왜 부조리와 악이 가득한 세상을 그대로 두는 건지 성경의 어법을 이해할 수 없었다.

언젠가 지호에게 도대체 무엇을 두고 기도하는지 물어본 적이 있었다. 지호는 세상의 빛과 소금이 되라는 예수의 말을 지키기엔 자신이 너무 세속적인 죄인이라 늘 돌이켜 회개하고 그분의 선하신 뜻을 구한다고 했다. 선한 마음을 유지할 수 있다면 그 기도는 양질의 명상과 같은 거라는 생각이 들었다. 센터 원장도 기독교인이고 원장의 친척인 조리사 김 선생은 지호만큼이나 열심인 신자여서 생각해보면 그녀 주위엔 기독교인들이 많았다. 원장은 별로 드러내지 않지만 조리사 김 선생은 종종 퇴근하면서 센터의 아이들을 위해 기도하러 간다고 말했다. 그녀가 알고 있는 지역아동센터들도 교회의 부속시설이거나 기독교인이 운영하는 곳이 많았다. 뿐만 아니라 어려운 형편에서 센터를 찾아오는 아이들도 교회에 다니는 가정이 많았다. 타락하지 않은 진정한 교회 공동체를 만드는 것이 이 시대의 상처받은 아이들을 사랑으로 양육할 수 있는 유일한 대안이라고 확신하는 지호의 생각에 어느 정도 동의하게 된 건 그녀를 둘러싼 주변의 영향이었다. 하지만 이상적인 공동체를 이룰 수 있다는 확신은 그녀에게 없었다. 그것이 지호의 생각과 다른 지점이었다.

이직률이 매우 높은 이 일은 센터의 행정을 도맡아 하고 있는 민교가 보기에 경제적 이윤을 낼 여지가 없었다. 대부분 현물이나 교육 콘텐츠로 지원되는 미미한 후원은 그대로 센터의 회원들에게 배분되었다. 더 많은 혜택을 만들어주기 위해 백방으로 뛰어다니는 원장은 정작 자기 자녀들은 결손가정의 자식처럼 만들었다. 원장은 남편과 남동생 부부를 후원자로 등록시키고 일정액의 기부금을 청구하여 가족에게서 후원금을 받아내고 있었는데, 후원자를 확보해야 센터 운영에 따른 성과급을 받을 수 있기 때문이었다. 평가지표에서 요구하는 조건을 충족하기 위해 가족을 동원하는 원장을 보면서 그녀는 시설장이 된다는 건 어림없는 일이라고 지레 포기하고 있었다. 종종 조하영 선생이 '크레이지'를 연발할 때가 있었다. 회원들을 위해 필요하다며 원장이 센터 운영에는 도움이 안 되는 일들을 벌일 때였다. 문화 지원이나 공동모금회 등 업무만 가중되는 행사들은 실제로 결과가 미미한 것도 사실이었다. 그런 걸 보면 이미지는 다르지만 원장과 지호가 같은 부류로 느껴졌다. 지호의 카카오톡 상태 메시지에는 "너는 구제할 때에 오른손이 하는 것을 왼손이 모르게 하여 네 구제함을 은밀하게 하라. 은밀한 중에 보시는 너의 아버지께서 갚으시리라"는 글이 적혀 있었다. 지호라면 그러고도 남았다. 센터의 액자에도 같은 글이 걸려 있었다. 잘 알려진 구절이지만 실천은 쉬운 일이 아니었다. 지킬 수 없기 때문에 성경에 있는 건지도 몰랐다.

결혼식 이후 민교는 지호를 이전과 같이 가볍게 대할 수 없었다. 결혼식을 올린 지 이 년이 지나자 지호는 지역아동센터를 추가로 설립했다. 소외계층이 밀집한 지역인데, 마침 조건들이 허락되어 열게 된 거라고 했다. 남편이 도와준다곤 하지만, 두 개의 센터를 운영하는 일이 어떠할 것인지 상상할 수 없었다. 지호를 떠올리면 언제나 마음가짐이 달라졌다. 애초에 용량이 다른 친구였는데 몰라본 거라고 결론을 짓고도 무슨 힘으로 그 일들을 다 감당하는지 존경스러울 뿐이었다.

결혼식을 본 친구들의 억측에도 불구하고 지호는 늘 활기찬 소식을 보내왔다. 센터를 운영하기 위한 후원회 소식이나 복지 이슈들이 주된 내용이었다. 때론 관계의 본질을 생각하게 만드는 좋은 책 리뷰나 메시지인 경우도 있었다. 활동이 많아지면서 통화는 줄었지만, 그래도 늘 연락을 하는 쪽은 지호였다. 민교는 가끔 자신이 지호에게 관리를 당하고 있다는 느낌을 받았다. 소원해질 만하면 연락해오기 때문이었다.

그런 지호는 아직 아이가 없었다. 동기인 영선이가 쌍둥이를 낳았다는 소식을 전해주면서도 자신의 이야기는 하지 않았고 그녀도 차마 물어볼 수 없었다. 무언가 위로를 건네고 싶은데, 지호는 여지를 주지 않았다. 최근 들어 통화하면서 안 먹어도 배부른 증상 같은 건 없냐고 에둘러 물어보았다. 지호가 웃음을 터뜨리며 아기용품점에 모빌 같은 장난감 사러 가지 않아도 된다고, 그럴 일은 없을 거라고 했다. 하나님이 자기의 상황을 아시고 미리 선물을 예비해주신 거라고, 지금은 여유가 없지만, 상황이 되면 아이를 입양하고 싶어서 미리부터 남편과 합의를 했다고, 센터와 주일학교 교사만으로도 자식 복이 넘치기 때문에 어떤 결핍도 느끼지 않는다고 했다. 함께 지역아동센터를 운영하는 남편에 대해 물어보자 최고의 콤비라며 자랑을 내비쳤다. "그 사람처럼 전방위로 통하는 동역자를 찾을 순 없다는 거 알기 때문에 감사해. 「이보다 좋을 순 없다」는 영화도 있잖아, 딱 그런 사람이야."

그러면서 인생을 더 깊게 살아가려면 내 편이 필요한 거니까 결혼은 꼭 하라는 말도 잊지 않았다. 민교는 지호의 성격이 부러웠다. 자신이 하는 일에 자부심을 가진 사람은 무엇을 해도 아름다운 법이었다. 그것이 지호를 의지하는 이유였다. 상황이 어려울 때 지호가 의미를 부여하면 긍정적 상황으로 받아들여지거나 더없이 소중한 상황으로 전환되는 것을 경험한 게 한두 번이 아니었다. 생각이 막히면 지호 생각이 났고 지호와 통화를 하면 도전할 마음이 생겼다. 지호 앞에선 엄살을 부릴 수가 없었다.

　지호의 결혼식 날 혜미의 소식을 전한 건 캠퍼스 커플로 만나 결혼까지 성공해 남녀 동기들의 소식을 두루 아는 영선이였다. 혜미가 졸업 후 어학원에 놀러 다녔다는 이야기였다. 동기인데도 혜미는 별로 공감이 안 되는 친구였다. 첫 엠티 때 노출이 심한 복장으로 나타난 혜미는 사회복지학을 선택하게 된 이유가 뭐냐는 질문에 고3까지 놀다가 정신을 차려 보니 갈 수 있는 학교가 이곳으로 정해져 있더라고 했다. 그 말은 동기들 모두에게 자괴감을 불러일으켰다. 모교인 K대학이 서울의 지역 이름과 같지만 캠퍼스는 서울과 위성도시의 경계에 있었기 때문이다. 동기들의 자격지심에 불을 지핀 혜미의 말은 학교의 애매한 위상을 풍자한 것 같아서 오래도록 마음에 남았다. 실습을 나가고 봉사활동 시간을 채워야 하는데, 방학 때마다 해외로 여행을 다니느라 혜미는 그런 활동엔 관심을 보이지 않았다. 그랬던 혜미가 4학년 가을 학기 교내 축제 중에 사고를 당하고 말았다.

　졸업 사진에서 빠진 동기들 소식을 묻다가 혜미의 이름을 거론한 친구는 현주였다. 한국을 떠나고 싶다고 유학원을 찾아다니더니 결국 캐나다로 떠났다는 거였다. 그러자 더 많은 소식을 알고 있다는 듯이 영선이가 말을 받았다. "혜미가 복학해서 긴 치마 입고 다니는 바람에 학교에 때아닌 롱 패션 유행시킨 거 모르지? 후배들한텐 유명한 얘긴데. 혜미가 원래 좀 스타일리시했잖아. 상훈이가 소식 끊고 사라진 것도 개 때문이고……"

"야, 뭐 그렇게 오래된 걸 기억하냐. 따끈한 소식 나누기도 짧은 시간에." 상훈의 이름이 나오자 수정이가 영선이의 말을 끊었다. 순간 모두의 시선이 고정된 채 긴장하는 걸 민교는 보았다. 그대로 일어나서 화장실로 갔다. 자신의 등에 꽂힌 시선들을 마주 보고 싶지 않았다. 굳이 알려고 한 적 없었던 혜미의 소식은 그 후에도 궁금하지 않았다. 그런데 혜미가 직접 연락을 해서 자기 결혼식에 초대를 한 것이다.

헤어 고데기로 웨이브를 만들면서 민교는 점점 더 신경이 곤두섰다. 미장원 가는 걸 싫어해서 셀프 커팅으로 관리하는 생머리가 오늘따라 초라해 보여서 시작한 거였다. 안으로 말면 촌스럽고, 밖으로 말면 어수선했다. 안팎으로 두 번 손이 간 곳은 모발이 뻣뻣해져서 어느 쪽으로도 컬이 만들어지지 않았다. 잠깐 내려놓은 고데기 쪽으로 베리가 뛰어 올라왔다. "뜨거워!" 순간 베리가 움찔했다. 목소리를 누그러뜨리고 변명하듯 말했다. "미안. 소리칠 생각은 아니었는데, 이게 드라이어보다 더 뜨거운 거니까 조심해야 돼." 베리는 머리를 돌리곤 딴청을 했다. 오늘따라 화장대 주변을 어슬렁거리는 베리가 신경 쓰였다. 민교는 베리가 건드릴까 봐 적신 수건으로 고데기를 감싸서 식혔다. 치익 소리를 내면서 수건에서 김

이 났다. 열기가 남아 있는 채로 손수건을 말아서 서랍에 넣었다.

손으로 갈퀴를 만들어 부자연스럽게 곱슬대는 머리카락을 훑어 내리고 거울을 보았다. 컬 때문에 낯설었지만 그런대로 숱이 풍성해 보여서 마음이 누그러졌다. 외투를 입는 계절 같으면 바바리나 코트로 커버가 되는데, 더워지기 시작한 날씨여서 옷차림에 신경이 쓰였다. 무언가 갖춰 입어야 하는 자리가 불편했다. 청바지에 흰 셔츠가 출근 복장인 탓에, 하객 룩으로 갖춰입을 만한 게 없었다. 가끔 이런 시간이 찾아왔다. 계절에 맞는 마 소재의 크림색 셔츠와 카키색 배기바지를 정하고 나서야 헝클어지던 마음이 수습되었다.

정거장을 향해 가는 걸음이 무거웠다. 혜미의 결혼식도 내키지 않았지만 심통이 솟는 다른 이유가 있었다. 평가지표를 끝내고 맞이하는 첫번째 주말이었다. 현장평가단 방문에 대비해 환경 미화는 기본이고 행정 서식과 집기 및 공간의 위생까지 센터 환경 정리를 하느라 그동안 받은 스트레스가 이만저만이 아니었다. 현장평가단이 머무는 시간은 구십 분밖에 되지 않는데 그걸 준비하는 시간은 긴장의 연속이었다. 누군가에게 평가를 당하기 위해 인위적인 모습을 연출해야 하는 것이 조금도 재미없어서 하루하루 카운트다운을 했다. 현실적으로 복지시설에 대한 평가는 필요했다. 잘못된 운영 방법에 대해 올바른 방향으로 나아가도록 지도하고 결핍된 사항을 지원하기 위한 평가라면 본래의 목적에 부합하는 거였다.

평가에 따라 차등 지원을 적용하는 방식이 그럴 수밖에 없는 것처럼, 평가지표는 많은 것을 변화시켰다. 실제 아동에게 집중되어야 할 돌봄의 시간과 에너지를 시설의 환경미화나 아동의 숫자를 늘리는 데 쏟게 만들었다. 프로그램의 내용을 기록하는 건 어느 정도까지는 가능했다. 하지만 수치로 드러낼 수 없는 더 많은 실재가 존재했다. 일일이 기록할 수도 없고 그럴 필요도 없어서 돌봄의 차원으로 취급되지 않지만, 현장에서는 중요한 것들이었다. 일례로 프로그램을 적용할 수 없을 만큼 부진한 아이들은 또래들에게 당한 창피와 모욕으로 움츠러들었다. 이혼 가정이나 한부모가정 아이들은 내면화된 결핍과 상처들 속에서 무기력했다. 그런 아이들의 마음을 어루만지는 감정적 지원은 점점 사라질 수밖에 없는 것이 현실이었다. 가정에서 돌봄을 받지 못해 냄새가 나는 아이를 목욕탕에 데려가 씻기고 갈아입을 옷을 준비해서 빨아 입히는 등의 일들은 평가지표에 반영될 만한 것이 아니지만, 몇명의 아이들에겐 정기적으로 진행해오고 있었다. 센터에서 나가면 형식적으론 퇴근이지만 내용적으론 업무가 연장되는 경우도 부지기수였다.

평가지표 양식에는 웃지 않던 아이가 웃게 되고 말하지 않던 아이가 말을 하게 되는 것처럼 심층적인 변화들을 반영할 적절한 항목이나 기준이 없었다. 돌봄 현장에서는 교육적 프로그램 이전의 것들을 채워줄 필요를 요청하고 있지만 현실적인 평가지표 항목은 사설 학원들 못지않은 전시용 프로그램 이행 여부를 체크하도록 되어 있었다. 이제 평가지표는 센터의 손을 떠났다. 결과가 어떻게 나오든 평가위원의 통보를 기다릴 일이고, 재평가만 아니면 앞으로 이 년 동안은 행정 평가의 부담에서 놓여나서 아이들에게 집중할 수 있을 거였다.

모처럼 자유로운 일요일을 가깝지도 않은 친구의 결혼식 때문에 양보해야 한다는 건 그야말로 약이 오르는 일이었다. 그 친구가 하필 혜미라서 더욱 그랬다. 마음 같아서는 해방감을 만끽하며 주말 이틀 정도는 귀차니스트가 되어 책이나 보면서 침대에서 뒹굴고 싶었다. 그 정도는 쉬어야 했다. 하지만, 그것이 전부는 아니었다. 그녀는 알고 있었다. 자신이 필사적으로 방어하고 있다는 걸. 직면하기 불편한 문제를 회피하려고 아침내 서성이고 있었다는 걸.

그동안 동창들의 결혼식에 한 번도 나타난 적이 없던 친구가 어느 날 온라인 초대장을 보내온 것까지는 문제가 없었다. 혜미의 전화를 받았을 땐 평가단 방문 일이 눈앞에 다가와 있어서 쫓기고 있던 때라 감정을 들여다볼 새가 없었다. 아니, 숫제 어리둥절했다. 결혼식 초대에 가볍게 대답하고, 보내준 온라인 초대장 역시 슬쩍 보았을 뿐이었다. 여전히 예쁜, 그런데 혜미가 맞나 싶을 만큼 낯선 얼굴이었다. 연락하고 지내는 친구가 있냐고 혜미가 물었을 때, 수정이와 지호라고 했더니 이미 다 통화했다며 전화를 끊었다. 그 후로 두 주가 얼굴로 날아드는 눈송이처럼 녹아버렸다. 여전히 바쁜 중이었다면 고민도 안 했을 거고, 기억도 나지 않았을 거였다.

며칠 전 혜미 소식 들었냐고 전화한 수정이가 이야기 끝에 물었다. "민교야, 너 괜찮아?" 아무렇지도 않게 괜찮다고 했다. 그땐 그럴 수 있다고 생각했다. 혜미가 얄밉다는 말을 수정이에게 들었을 때 일말의 통쾌함이 있었다. 때문에 아무렇지 않은 척 수정이를 속일 수 있었다. 자신까지 속일 수 없다는 것을 그땐 몰랐다. 어쩔 수 없이 상훈을 생각했다. 요란한 러브스토리는 없었지만 상훈이 있는 곳엔 그녀가 있었고, 그녀가 참여하는 활동엔 상훈이 있었다. 그는 대학 시절 민교에게 가장 특별한 존재였다.

처음에 상훈과 민교는 서로 잘 맞지 않았다. 로드바이크 동아리에서 라이딩을 나가서도 티격태격했다. 성적 장학금을 둘러싼 경쟁은 미묘했다. 민교와 상훈은 둘 다 장학금을 받아야 하는 처지였다. 학교에서 배정해주는 근로장학생이었기 때문에 바쁠 땐 서로 만날 수 없었고, 때론 매일 얼굴을 봐야 했다. 당시 상훈은 학교 근처에서 기숙하고 있는 친구의 집에 얹혀 지내면서 아르바이트를 했다. 방학 때는 인력시장에 나가 몇 주일씩 일을 하다가 느닷없이 라이딩을 따라나서곤 했다. 학기 중엔 캠퍼스 카페나 편의점에서 아르바이트를 했는데, 밤 근무를 하면서 공부도 할 수 있기 때문이라고 했다. 일이 없을 때는 독서실에서 지냈다.

"너네 사귀는 거 맞지?" 룸메이트인 수정이가 말했을 때 민교는 그냥 웃었다.

2학년 봄 학기에 종강 기념 라이딩을 갔을 때였다. 식사 당번인 민교와 지호를 도와 상훈이 제육볶음을 만들었다. "상훈이가 너 좋아하는 거 맞지?" 저녁을 먹고 뒷정리를 하면서 지호가 물었다. "분명 경쟁자였는데…… 아니면 민교 너가 상훈이를 좋아하는 건가?" 장난스러운 웃음에 민교가 응수했다. "아마도 그쪽이 더 신빙성이 있을 거 같은데. 경쟁자라는 말보다는 듣기도 좋고." 말해놓고 웃었다.

"민교가 상훈이 좋아한대. 내가 유도심문해서 실토하게 만들었거든. 이제 얘네 커밍아웃 한 걸로 해." 지호의 말에 일행이 와아 웃었다. 그래서 공식적인 사실이 되었다. 그 농담에 가장 먼저 반응한 건 상훈이었다. 인정해주지 않아서 드러내지 못했다는 듯 민교의 남자 친구로 행세하기 시작한 거였다. 데이트라고 해봐야 상훈이가 일하는 편의점에 가서 컵라면이나 캔 커피를 나눠 마시고 헤어지는 식이었지만 분명 이전과는 달랐다. 민교가 가끔 농담을 섞어 투정했다. "내가 그렇게 질렀으면, 정식으로 프러포즈를 해야 하는 거 아냐?"

"그런 게 중요한가? 누가 너랑 사귄대?" 말로는 어디까지나 평행선이었지만, 우정에 엉성한 연애를 포개놓은 것 같은 분방한 관계로 익어갔다. 시험이 끝나는 날이면 친구들을 따돌리고 오후 한나절 동안 학교에서 가까운 동백지구 호수공원에 나가 자전거를 탔다. 라이딩 하기에 좋은 골짜기로 연결된 백운호수는 둘 다 좋아하는 길이었다.

언젠가 숙소에 수도가 얼었을 때 수정이가 상훈을 집으로 부른 적이 있었다. 수도를 고치고 나서 상훈이 음식 만드는 걸 도왔다. 김치찌개와 계란찜이었다. 집밥처럼 맛있었다. 수정이가 요란하게 칭찬을 퍼부으며 이런 요리를 어디서 배웠냐고 물었다.

"마음의 눈을 뜨면 가는 곳마다 스승을 만나게 마련이지." 대단한 경험담을 들려주는 것처럼 폼을 잡은 상훈은 너스레 끝에 실토했다. 삼겹살집에서 일하면서 쉽게 할 수 있는 음식들을 배웠노라고.

따스한 성품 때문에 잘 드러나지 않았지만 상훈은 고집이 셌다. 더 쉽게 할 수 있는 일도 원칙을 중요시했다. 남모르는 고생을 자초할 때도 많아서 종종 민교가 잔소리를 해댔지만, 대단한 기회라도 잡은 듯 적극적으로 일거리를 붙잡았다. 엠티를 갈 때마다 매운 연기를 마시면서 끝까지 고기를 굽는 것도 상훈이었고, 모두 취해서 쉬러 간 자리를 정리하는 것도 상훈이었다. 누구보다 빠르고 부지런한 상훈은 당당한 자리보다는 궂은 자리에 있는 것을 편안하게 여기는 듯 보였다. 유유상종이라고, 지호와 함께 상훈은 끝까지 남아 정리를 하는 멤버였다. 그런 모습을 좋아했던 민교였지만, 자신과 똑같은 상훈의 모습이 보기 싫을 때도 있었다. 하지만 둘이 있을 때조차 상훈은 궂은 역할을 도맡았다. 상훈에겐 다른 사람이 흉내 낼 수 없는 무언가가 있었다. 말하자면 같이 길을 가다 누군가 물건을 떨어뜨린 채 모르고 지나가면 잠깐만, 하고 즉시 달려가 물건을 집어다 주고 돌아왔다. 그것이 지갑이나 휴대폰일 때도 있었고, 스카프나 아기의 신발일 때도 있었다. 주인이 고맙다고 말하면 손바닥이 보이게 두 손을 가슴 높이로 들어 올려 정중히 인사하곤 돌아서는 것이 다였다. 박스 줍는 할아버지의 리어카를 끌어다주거나 하수구로 빠진 공을 집어주느라 옷을 버리는 것도 일상이었다. 그러자니 어딜 가든 그는 혼자 바빴다. 귀찮은 일이 생겼을 때나 누군가 해야 할 일을 알게 되었을 때 그는 장전된 화살처럼 달렸다.

장애인 종합복지회관으로 봉사활동을 갔을 때 상훈이 아이들과 놀아주는 걸 보았다. 두 어깨에 아이들을 하나씩 매달고 목표 지점까지 뛰어갔다 오는 거였다. 상훈의 발등에 아이들이 앉아 종아리를 껴안고 있으면 그대로 발을 옮기는 거인 놀이를 하기도 했다. 누워서 아이들을 다리에 올린 채 빙글빙글 돌려주는 우주선 놀이도 했다. 아이들도 좋아했지만 상훈도 즐기는 모습이었다. 그때 민교는 천성적으로 동심을 간직한 사람의 모습을 보았다.

상훈은 감각적인 사랑을 표현하는 데는 서툴러서 달콤한

순간은 끝없이 유보되었다. 우정인지 사랑인지 모를 모호한 시간들이 지나갔다. 둘 다 열심히 아르바이트를 해서 민교가 수입이 생기면 함께 부대찌개를 먹으러 갔고, 상훈이 아르바이트비를 수령하는 날이면 닭갈비를 먹으러 갔다. 다른 친구들이 섞이지 않은 둘만의 시간이 누적되어갔다.

상훈이 계획한 라이딩 코스를 하나씩 섭렵한 것도 그때였다. 남한산성 수어장대를 보고 내려올 때 땀 좀 씻고 가자며 두 대의 자전거를 번쩍 메고 상훈이 계곡으로 내려갔다. 그 바람에 따라 들어가 얼음장 같은 여울에 발을 담그고 쉬었던 기억은 사진처럼 선명하게 남아 있었다. 다산 생가가 있는 남양주의 여유당까지 꽤 긴 코스를 간 것도 그즈음이었다. 둘 다 형편이 여유롭지 않아서 길게 여행할 기회는 없었지만 상훈이 드문드문 자기 이야기를 했다. 그때 들은 이야기를 민교는 기억나는 대로 한 편씩 기록해서 간직하고 있었다. 때론 희미해진 기억을 더듬어 동행했던 곳을 다시 찾아가보기도 했다.

곤지암은 상훈의 고향이었다. 백마산 백고개를 넘어 태화산 시어골을 라이딩 하면서 상훈이 처음으로 가족 이야기를 했다. 그는 언젠가 광주 7봉 종주길을 함께 가보자고 하면서 노고봉과 말아가리산에 얽힌 이야기를 해주었다. 그곳은 북한군과 중공군이 동네 사람들을 끌고 가서 총살시킨 곳이었다. 당시 청년이었던 그의 할아버지가 주검들 속에 묻혔다가 살아 돌아온 곳이기도 했다. 할아버지는 두 번의 결혼을 하고도 마음을 잡지 못해 술로 세월을 탕진했다. 그분의 막내아들은 혼인을 치른 직후 군에 징집되어 갔다. 그사이에 상훈이 태어났다고 했다. 상훈의 아버지는 비무장지대에 매설된 지뢰를 제거하다 폭발 사고로 산화했다. 아들인 상훈을 단한 번도 만나지 못한 채였다. 생활고와 싸우며 상훈을 양육한 홀어머니마저 그가 고등학생이 되던 해에 패혈증으로 사망했다. 북한군과 중공군에 의해 대부분의 주민이 몰살당한 탓에 고향인데도 불구하고 친척이 없었던 상훈은 그때부터 물류창고에서 아르바이트를 했고, 아저씨들과 같이 쓰는 숙소에서 공부하면서 고3을 보내고 입시를 치렀다.

상훈의 내력을 듣고 마음이 먹먹해진 민교는 그제야 그를 이해할 수 있었다. 동기들이 입대를 할 때도, 제대해서 복학을 할 때도 그는 학교에 붙어 있었다. 방학에도 학교 주변에서 아르바이트를 구했고, 정해진 숙소도 없이 학교 도서관에 상주하다시피 했다. 그 모두가 돌아갈 집이 없었기 때문이었다는 걸 알아채지 못한 것이 미안했다. 담담하게 말했지만 혼자된 그가 가족의 비사를 내면화한 모습에서 민교는 가늠할 수 없는 비장함을 느꼈다.

수정이가 부모님 집에서 한 달간 실습을 하고 있을 때였다. 그 기간 동안 상훈이 민교의 룸메이트가 되었다. 그는 집 같은 데서 자본 것이 언제인지 생각도 나지 않는다고 했다. 민교는 그의 형편이 마음 아팠다. 한 달간의 동거는 그런 형태가 아니면 도저히 알 수 없는 것들을 알게 해주었다. 둘 다 말이 많지 않았으나 몸의 언어는 격하고 따스했다. 상훈은 러닝만 입고 있어도 모든 걸 갖춰 입은 것보다 멋진 몸을 가지고 있었다. 가슴에 머리를 기댄 채 이야기를 나눌 때 쿵쿵대는 심장의 비트에 그의 목소리가 우렁우렁 파장을 일으키던 것을 그녀의 몸은 아직 기억하고 있었다.

자전거만 있으면 세상에 가지 못할 곳이 없다고 말하던 상훈은 실제로 몸에 장착한 기계처럼 자전거로 개인기를 부려서 민교를 놀라게 했다. 핸들을 잡지 않고 몸의 움직임만으로 방향을 조절할 줄 알았고, 페달을 씽씽 밟고 가속도가 붙으면 핸들을 들어 올려 뒷바퀴 하나로 달릴 수도 있었다. 장애물을 피하거나 계단을 내려가는 건 일도 아니었다. 기네스북에 도전하려고 난이도가 높은 기술을 연마했는데, 생각해보면 아찔한 장면들이 수도 없이 많았다. 그 무렵 민교가 찍은 사진은 거의 자전거와 한 몸이 된 상훈의 모습이었다. 그녀가 간직하고 있는 상훈의 사진들은 그대로 작품이었다. 민교는 아직까지 그렇게 멋진 바이크 모델을 본 적이 없었다.

여성성이 상대적이라는 것에 놀란 것도 그 무렵이었다. 함께 지내는 동안 민교는 비로소 자신이 여성으로 존재할 때의 기쁨을 알게 되었다. 사춘기 감성이 싹을 틔우던 중학교 2학년 화이트데이에 몇 명의 남학생에게 사탕과 편지를 받고 공식적인 왕따로 남은 해를 보낸 뒤부터 그녀는 원피스나 스커트를 입지 않았다. 그런 그녀가 달팽이처럼 촉촉한 여성성을 회복한 거였다.

4학년이 되었을 때 민교와 상훈은 결혼에 대해 농담도 하고 진지한 이야기도 나눴다. 하지만 불투명한 시간이 다가오고 있었다. 입대를 미뤄놓고 있었기 때문이다. 상훈이 군대에 가 있는 동안 취업을 해서 결혼식 비용을 마련하겠다는 것이 민교의 생각이었다.

마지막 학기는 취업 때문에 분주했다. 가을 축제 때였다. 과별로 축제 기간 중에 음식을 만들어서 팔았다. 언제나 그랬듯이 일복이 많은 상훈이 꼬치구이를 맡았다. 메뉴는 인기를 누렸다. 매운맛 꼬치를 특히 더 많이 찾았다. 날이 더워서 준비한 물이 떨어지자 상훈이 후배에게 꼬치를 맡기고 물을 사러 갔다. 돌아왔을 땐 이미 꼬치가 다 팔린 후였다. 그때 친구들과 함께 나타난 혜미가 꼬치를 주문했다. "아이코 늦었어! 인기가 좋아서 품절됐거든. 소문도 못 들었니?" 상훈의 농담에 혜미가 졸랐다. "끝나려면 아직 멀었는데 지금 장난해? 팔아줄 친구들 데려왔잖아. 매운맛으로 좀 구워주라."

새 꼬치를 얹어놓고 불을 켜자 버너에 불이 들어오지 않았다. 상훈은 버너의 가스를 교체하고 불을 켰다. 다행히 불이 켜졌다. 꼬치는 양념 냄새를 피우면서 지글지글 구워졌다. 노릇해진 꼬치를 뒤집는데 버너에서 툭 소리가 나더니 손쓸 새도 없이 부탄 캔이 폭발했다. 끓는 기름 덩어리나 다름없는 꼬치들이 날아가면서 주변에 있던 학생들이 크고 작은 화상을 입었다. 그중에 혜미가 있었다. 비명을 지르며 넘어진 혜미의 무릎에서 피가 솟구쳤다. 놀라서 혜미에게 달려간 상훈도 목과 가슴에 화상을 입은 상태였다. 축제 장터는 아수라장이 되었고, 화상을 입은 여덟 명의 학생들이 병원으로 실려 갔다. 대부분은 1도, 2도의 경미한 화상이라 치료를 받고 퇴원했다. 상훈도 여러 곳을 치료했다. 제일 많이 다친 건 혜미였다. 하필 폭발할 때 버너와 가장 가까이 있어서 부탄 캔의 결합부가 혜미의 무릎으로 날아간 거였다.

사고는 많은 것을 변화시켰다. 혜미는 무릎의 반월상 연골판이 파열되고 전방십자인대가 손상되었다. 무릎에 생긴 굴곡 구축 증상 때문에 크고 작은 여러 번의 수술을 거쳤지만 완전한 회복은 불가능했다. 혜미가 치료를 받고 있는 동안 상훈은 민교에게서 멀어졌다. 혜미에게 문병을 갔다가 상훈을 만났다. 사고의 원인을 제공했다는 죄책감 때문에 혜미를 돌보면서 고통을 나누고 싶어하는 상훈에게서 민교는 낯선 타인을 느꼈다. 짜증과 응석을 부리던 혜미는 점점 더 상훈에게 함부로 대했다. 그런 혜미 앞에서 민교는 상훈보다 더 비루해졌다. 혜미 주변에서 전전긍긍하는 상훈에게 민교를 돌아볼 여유는 없어 보였다. 장애를 입은 혜미에게 굴복하기로 작정한 것 같았다. 진퇴양난에 빠져버린 상훈의 처지를 이해했지만, 민교는 깊은 배신감과 함께 자존감에 상처를 입었다. 감정의 역학 관계에 무지했던 그녀는 질투가 이성에 브레이크를 걸면 애정은 물론 그 골조를 떠받치고 있는 신뢰까지도 파괴시킬 수 있다는 걸 알지 못했다. 회복시키려 할수록 불편해지는 관계의 흐름과 감정의 얄팍함에 절망한 그녀는 자신을 소모시킬 일을 찾아서 몰입하는 방식을 택했다. 왜 그렇게 모든 것을 속단했는지 나중에 두고두고 후회했지만 그땐 시간이 필요하다는 생각을 결코 할 수 없었다. 사고가 일어난 지두 달이 됐을 때 그녀는 상훈과의 관계가 이전으로 돌아갈 수 없다는 걸 받아들였다. 모호하기 짝이 없는 상훈의 태도에 일방적으로 이별을 고하고 돌아서면서 그녀는 울지 않았다. 그것이 마지막이 될 줄 알지 못했으니까.

그녀에게 일어난 일을 지호와 룸메이트 수정이는 알고 있었다. 이후 지금까지도 두 친구가 그녀 앞에서 상훈의 이야기를 꺼낸 적은 없었다. 혜미와 연결되지 않고 상훈을 생각할수 있었다면 이렇게 마음이 불편할 이유는 없었을 거였다. 어떤 이유로든 혜미는 다시 보고 싶지 않은 인연이었다.

마음 가는 대로 해. 안 가도 뭐랄 사람 없잖아. 마음의 소리가 그녀에게 속삭였다. 맞는 말이었다. 수정이는 신호가 가자마자 전화를 받았다.

"나 안 가려고. 내키지 않네." 연결 상태가 고르지 못한 듯 잠깐 동안 바람 소리만 들렸다. "그래 민교야. 안 내키면 오지 마. 누가 뭐랄 사람 없어." 수정이가 말했다. 그리고 덧붙였다. "지호도 올 수 없다고 축의금 전해달랬어. 다들 그렇지 않을까?" 분명 의견을 물어보는 것 같은데 뭐라고 말해야 할지 알 수 없었다.

수정이가 다시 말했다. "여튼 잘 생각했어. 보고 싶은 건 너뿐이라 나도 맥이 빠지네. 나중에 전화할게." 수정이가 전화를 끊을 때까지 아무 대답도 할 수 없었다.

솔로 하우스

여름내 민교는 자전거를 탔다. 출퇴근은 물론이고 아침마다 강길을 한 번씩 돌았다. 민수의 자전거를 가지러 갈 수 없는 상황이라 멀쩡하게 굴러가는 자전거가 신통할 뿐이었다. 센터의 컴퓨터는 한 달에 한 번 이상 꼭 점검을 받아야 돌아갔다. 버전이 낮아서 그렇다는 것이 유은도의 설명이었다. 번번이 수리비가 들어가는 것에 대해 원장이 결론을 내렸다. 기사가 실력이 없든가, 아니면 싸구려 부품을 쓰는 거라고. 그에 비해 민교의 집에 있는 데스크탑은 여름이 지날 때까지 탈 없이 잘 쓰고 있었다. 9월 첫 주에 컴퓨터가 문제를 일으켰을 때 민교는 드디어 올 것이 왔구나 생각했다. 본체를 자전거에 싣고 출근길에 컴튜닝에 맡겨놓았다가 저녁에 퇴근하면서 찾아왔다. 한동안은 문제없이 쓸 수 있을 거였다.

며칠 후 컴퓨터가 또 말썽을 부렸다. 버퍼링이 걸린 모니터 화면을 살려보려고 엔터를 두드렸다. 그러자 그대로 꺼져버렸다. 재부팅을 해도 결과는 같았다. 솔직히 짜증이 치밀었다. 원장의 불평이 생각나서 그랬는지도 몰랐다. 전화를 받은 유은도는 컴퓨터 상태가 어떤지 묻고는 잠깐 뜸을 들였다. "민교 씨, 랜선이나 공유기 상태를 좀 확인해봐야겠어요. 방문해서 점검해드릴게요."

이십 분쯤 후에 연장이 나란히 꽂힌 작업 조끼를 입고 유은도가 집으로 왔다. "민교 씨 집에 오는 건 처음이라 들을 만한 CD를 구워 왔어요." 유은도가 내민 건 여러 개의 CD가 담겨 있는 케이스였다. "전 아무것도 준비하지 못했는데, 이런 걸 그냥 받아도 되는 건가요?" 민교가 선뜻 받아 들지 않고 바라보았다. "그럼요. 민교 씨가 들어만 주셔도 제겐 영광이죠. 작품 쓸 때 백색소음으로 쓰시라고 클래식 음반도 하나 구웠고요, 아침에 잠자리에서 일어났을 때 듣기 좋은 연주곡들, 그리고 뉴에이지 피아노 연주곡과 팝페라 곡들로 모아봤어요. 제가 좋다고 느끼는 거니까 그냥 들어보세요."

"클래식 좋아해서 멜론에도 가입해서 듣고, 가끔은 유튜브 찾아서 듣는데, CD가 있으면 유용하겠네요." CD를 받아 책상에 올려놓았다. 책꽂이 한쪽에 정리되어 있는 CD를 훑어보면서 유은도가 말했다. "음악 좋아하시면 간단한 프로그램 하나 설치해드리죠. 매일 아침 오케스트라가 민교 씨를 찾아와서 연주할 건데, 교향곡 들으면서 잠 깨면 멋질 것 같지 않아요? 엘리자베스 여왕도 경험해보지 못했을 겁니다." 유은도가 바이올린을 연주하는 모션을 취하며 웃었다.

"그런 게 가능해요?"

"프로그램 깔고 타이머 설정만 하면 되니까 복잡할 거 없어요." 유은도는 랜선을 확인하고 컴퓨터를 복원시킨 후에 몇 가지 파일을 다운 받았다. 바탕화면에 새로운 아이콘이 생성됐다. 마우스 커서를 그 아이콘에 얹어놓고 은도가 기상 타이머 작동 원리를 설명했다. 자긍심을 감추고 웃는 유은도의 시선이 침대 머리맡에 놓인 둥글이 침구에 머물렀다. 방 안을 둘러보더니 그가 물었다. "고양이 키우세요?"

"네. 낯가림이 심해서 숨었어요." 그녀가 침대 밑에서 탐색하고 있는 베리를 불렀다. 유은도가 허리를 굽혀 베리를 들여다보았다. "이름이 베리인가요? 이쁘게 생겼네요. 저도 고양이를 키운 적이 있었는데, 그땐 출장이 잦을 때라 자꾸 옆집에 맡기니까, 어느 날 집을 나갔어요. 가출한 고양이를 돌아오게 하는 방법이라고 해서 녀석의 물건들과 배변통에 있는 모래를 집 주변에 뿌려놓고 기다렸지만 돌아오지 않더라구요. 그 녀석 생각하면 미안해서 그 뒤로는 입양을 못하고 있어요." 음울한 은도의 얼굴 한쪽에 희미한 흉터가 보였다. 웃으며 말을 할 때는 보이지 않던 거였다.

"그렇게 잃어버리면 진짜 걱정될 거 같아요. 베리는 원래

길고양이였는데 아이들이 센터에 데려오는 바람에 제가 맡게 된 거예요."

"운이 좋네요. 민교 씨와 동거하다니. 반려동물이 있으면 확실히 외로움은 덜하지요."

"맞아요. 제가 빚진 것이 많아요. 베리가 아이들과 저를 연결해주거든요."

"민교 씨가 좋은 선생님이라 그런 겁니다. 베리나 아이들이나 운이 좋은 거구요." 거듭 추켜세우는 말이 거북하게 느껴졌다.

"침대에서 재우는 걸 보면 애교가 많은가 봅니다." 유은도가 말했다. "애교보다는 주관이 뚜렷해요. 시크한 귀족을 모시고 사는 느낌이죠. 침대에서 지내는 시간을 따져보면 베리가 주인이라는 걸 인정할 수밖에 없어요."

"진짜 고양이 집사가 되었군요. 민교 씨 이야길 들으니 생각납니다. 고양이가 매력 있는 동물이에요. 고고하달까 뭐, 반기고 달려드는 애견과는 다르지요." 개를 키워본 적 없지만 고개를 끄덕였다. "지내다 보면 베리보다 제가 하수라고 인정하게 될 때가 많아요. 고양이가 다 그런지는 모르겠는데, 베리는 자존감이 높은 것 같아요." 그러자 유은도가 의미심장한 웃음을 지으며 말했다. "집사 닮아서 그런 거 아닐까요? 반려동물은 주인 닮는다고 하잖아요." 긍정도 부정도 아닌 애매한 웃음이 나왔다.

"수리는 다 됐구요, 또 문제가 생기면 바로 달려오겠습니다. 복구 파일 설정하는 건 아시니까 간단한 문제는 그렇게 관리하면 되고, 만약을 대비해서 외장하드 하나쯤 사용하시는 것도 좋지 않을까 싶어요. 쓸 만한 중고가 나오면 구해드리고 싶은데, 만나기 어려워요. 원하시면 좀 싸게 구입해드릴게요." 유은도가 말했다. 판촉을 하는 것 같지는 않은데, 벌써 두번째 외장하드를 권하고 있었다.

"컴퓨터가 말썽을 부릴 때마다 좀 불안한 건 사실이에요. 제 메일에 저장하는 것이 좋은 방법인 줄 알았는데 포털 사이트 없어지니까 메일 계정까지 사라져서 놀란 적이 있어요. 외장하드는 안전하다는 말씀이죠?"

"그럼요. 다른 것에 비해 안정적이지요. 용량이 PC 하드디스크보다 크니까 웬만한 자료는 다 보존할 수 있구요." 유은도의 목소리에 확신이 실렸다.

오래된 사진 파일이며 작업 파일들을 안전하게 보관할 수만 있다면 괜찮을 것 같았다. "그럼 저렴한 걸로 구해주세요. 중고 말고요."

"제가 보고 쓸 만한 걸로 구해놓고 연락할게요. 출장 예약이 있어서 이만." 유은도는 문밖으로 나오지 말라며 자기 손으로 현관문을 닫고 갔다.

다음날 민교는 오케스트라 연주를 들으면서 잠을 깼다. 스마트폰의 알람과는 다른, 스피커로 울려 나오는 클래식 곡이었다. 그대로 눈을 감고 귀를 기울였다.

바순이 정갈한 음색으로 첫 발짝을 옮기자 플루트와 클라리넷이 부드러운 걸음으로 따라나서고 바이올린과 첼로도 우아한 템포로 뒤를 이었다. 관악기와 현악기의 정교한 호흡으로 시작된 오케스트라의 선율이 보폭을 옮기다 잠시 숨 고르기 하듯 잦아들 즈음, 바이올린 주선율이 등장하면서 솔리스트의 독주가 울려 퍼졌다. 신선한 초가을 아침, 햇살이 반짝이는 숲속으로 산책을 나선 듯 감미로운 바이올린을 따라 악기들이 행진했다. 오케스트라는 솔리스트의 주선율이 멈추면 사뿐히 멈추고 다시 걸음을 옮기면 따라나서면서 주거니 받거니 상생했다. 오케스트라의 화음이 깊은 파장을 만들며 울려 퍼졌다. 민교는 숨을 죽이고 몰입했다. 솔리스트의 화려한 선율이 절정을 향해 한껏 고양되었다가 분수가 흩어지듯 여운을 남기고 소멸했다. 눈앞에 펼쳐지던 아름다운 풍경이 사라져도 잔상이 이어지는 것처럼. 마음 가득 행복감을 채우는 이 느낌은 멘델스존이었다. 「바이올린 협주곡」 2악장의 감미로움이 그녀를 다른 공간으로 데려다 놓았다. 그녀는 가만히 몸을 일으켜 모니터를 확인했다. 데스크탑 화면에 기상 타이머 프로그램이 실행되고 있었다. 유은도의 웃음이 생각났다. 엘리자베스 여왕도 경험해보지 못한 근사한 아침을 맞이할 거라던. 그 말에 전적으로 동감했다. 여운이 사라지는 것이 아쉬울 지경이었다.

졸음에서 깨어나지 않으려는 듯 베리가 앞발로 얼굴을 덮고 있는 것이 보였다. 키우던 고양이가 집을 나갔다고 말하던 유은도의 우울한 얼굴이 생각났다. 알 수 없는 사람이었다. 수줍은 웃음과 호의를 생각하면 여리고 따스한 느낌이 들다가도 뭔가 방어하고 경계하는 모습을 생각하면 불편한 느낌이 들었다. 발톱을 숨기고 애써 친절한 건지도 몰랐다. 하지만 샤리플이 들려준 이야기를 생각하면 처지가 어려운 외국인들에게 좋은 역할을 하는 것만은 의심의 여지가 없었다.

그녀는 클래식 음악 카페 베토벤하우스에 들어가 한 줄 인사를 남기고 브람스의 「더블 콘체르토」를 찾았다. 현악기의 선율에 휘감기고 싶은 아침이었다. 멘델스존으로 아침을 시작했더니 브람스를 충전하고 싶어지는 것이 신기했다. 보통은 브람스를 듣다가 밝고 조화로운 음색이 그리워지면 멘델스존을 찾는 것이 순서인데 그 반대로 듣는 것도 괜찮을 거 같았다. 클래식 연주를 들으면서 시작한 아침을 일상의 잡다한 생각들로 흘려보내고 싶지 않았다. 하여 그녀는 잠에서 깨어나는 베리를 만지작거리며 브람스를 들었다.

음악을 선곡할 때의 기대감을 무엇과 비교할 수 있을까. 세상에서 가장 아름다운 곡을 감상하기 직전의 행복감을. 듣고 싶은 곡들이 아우성을 치듯 한꺼번에 생각나 순서를 정하면서 고민하고, 시간이 모자라 아쉬움으로 감상을 마무리하면

하루 종일 귓속에서 무한 반복되는 우아함을. 이런 날 마지막 감상곡은 언제나「한국 환상곡」이었다. 일종의 아쉬움에 대한 보상이었다. 그녀는 드뷔시와 바흐를 거쳐 마지막 곡으로「한국 환상곡」을 들었다. 종일 아리랑을 읊조리게 될 거라 생각하면서. 전통 민요의 애절한 가락에 신비로운 자연의 소리를 옹그려 담은「한국 환상곡」은 특유의 서정에서 출발해 숨 막히는 휴지와 여린 박동을 거쳐 비장한 애국가로 이어지며 만세 선포로 절정에 도달했다. 그 비약 속엔 누웠던 마음을 일으켜 세우는 힘이 있었다. 작곡가 안익태 선생이 친일인 명사전에 오르며 시비가 일고, 그만큼이나 안티 팬들에게 비난과 저주를 받는 곡이었다. 하지만「한국 환상곡」이 연주될 때 그 음률 속에 생동하는 민족 정서와 혼을 부정할 수는 없을 거였다. 그녀는 어떠한 명곡이라도 그 곡을 창작한 예술가의 혼에는 민족 고유의 리듬과 정서가 축적되어 있는 거라고 생각했다.

그날 저녁, 유은도가 외장하드를 구입했다며 전화했다. 퇴근해서 집에 돌아온 후라 다시 나가고 싶지 않아서 다음 날 찾으러 가겠다고 했다. 베리의 밥을 챙겨주고 샤워를 하려고 막 옷을 벗었을 때였다. 현관문을 두드리는 소리가 났다. 택배조차 센터에서 받을 만큼 누군가 집으로 오는 걸 경계하는 그녀였다. 이렇게 불쑥 찾아올 사람은 없었다. 그녀가 대답하지 않자 밖에서 부르는 소리가 들렸다.

"민교 씨 저 은도예요. 외장하드 드리고 갈게요."

그녀는 당황했다. 재빨리 옷을 입었지만 아무 준비 없이 손님을 맞이할 수는 없었다. 그렇게 하고 싶지 않았다. 불쾌한 마음이 앞서 문을 노려보았다. 아무래도 이건 아니었다. 식탁과 침구를 정리하고 건조대에 널어놓았던 속옷을 걷어 서랍속에 넣었다. 유은도가 주고 간 CD가 신경 쓰여서 데스크탑 옆에 가지런히 세워놓았다. 마치 만진 적이 없는 것처럼. 베리 때문에 정리하는 습관이 몸에 배어 손댈 것은 없었지만 불청객을 맞을 기분은 아니었다.

그녀가 얼굴에 평정을 찾고 현관문을 열었을 때 유은도는 없었다. 대신 휴대폰에 메시지가 들어와 있었다. "보고 싶은 민교 씨한테 빨리 외장하드를 주려고 들렀는데, 불편을 드린 것 같군요. 내일 가게에서 뵙지요."

메시지에 답을 쓰지 않은 채 휴대폰을 껐다. 무음으로 설정된 걸 풀어놓지 않아서 시간을 낭비한 꼴인데, 불쾌감은 가시지 않았다. 앞으로 그가 이렇게 불쑥 찾아오는 걸 원하지 않았다. 창밖을 내다보았다. 고등학교 담장을 끼고 뻗어 있는 골목에는 다세대주택 거주민들의 차가 빼곡하게 주차되어 있었다. 차 한 대가 겨우 빠져나갈 만큼의 여유밖에 없는 좁은 골목은 가로등이 없어 침침했다. 순간 그녀는 암막 커튼을 치고 창문에서 물러섰다. 불 켜진 창문에 선 자신의 모습이 훤히 보일 거라는 생각이 들었던 것이다. 그가 확인도 없이 바로 집으로 온 걸 보면 자신의 생활 리듬을 알고 있었기 때문이라고밖에 생각되지 않았다. 아니면 미행을 당했던지. 이틀 전, 고장 난 컴퓨터를 들고 컴튜닝으로 가지 않은 걸 후회했다. 열 번이라도 들어 날랐어야 했다. 잦은 고장에 기분이 틀어진 채로 통화한 것이 실수였다. 랜선을 점검해주겠다고 했을 땐 왜 경계하지 않았을까. 수리비에 합당한 방문 서비스를 받을 권리가 있다고 생각했는지도 몰랐다. 편리함에는 반드시 지불할 대가가 있는 거였다. 생각할수록 찜찜했다.

멘델스존의 「바이올린 협주곡」 2악장이 그녀를 깨웠을 때 그녀는 전날 밤의 기분에서 벗어나 있었다. 유은도의 선의를 무시한 채 방어에만 몰두한 건 아닌지 자신을 돌아봤다. 자기 입장에 함몰되면 상대의 진심 따위는 볼 수 없게 마련이었다. 문득 무서워졌다. 혹시 조울증이나 피해망상증의 전조는 아닌지. 혼자 사는 여성들이 당한 범죄 뉴스들 때문인지도 몰랐다. 어떤 잔혹한 범죄들은 잊히지 않는데, 그런 공포는 불특정 다수를 범죄자로 설정할 수밖에 없어서 벗어나고 싶었다. 그러나 공포를 재생시키는 유사한 사건들이 빈번하게 일어나고 있기 때문에 잊을 수도 경계를 늦출 수도 없었다.

사회복지사를 전공하면서 그녀가 가장 집중해서 공부한 것이 사례조사와 상담이었다. 특히나 상담의 방대한 임상 자료에 압도당했다. 그녀는 프로이트 전집과 국제적으로 공인된 정신장애 진단 통계 편람을 읽는 데 몰두해서 시험공부를 따로 할 시간이 없을 정도였다. 관련된 논문을 읽으면서 정신의학을 공부하고 싶다는 열망에 부풀기도 했다. 인간이 얼마나 복잡한지, 또 건강한 상태와 병적인 상태가 얼마나 가까운지 생각하면서 늘 자신의 마음을 진단하게 되는 것도 그 영향이었다. 자신을 향해서만 기울어지고 있다면 가볍게 넘길 일이 아니었다.

퇴근하면서 유은도에게 메시지를 보냈다. 컴튜닝 문을 열고 들어가자 안쪽 책상에 앉아 있던 유은도가 잠깐만 기다려달라고 부탁했다. 밝은 스탠드 아래 잡다한 부품들이 펼쳐져 있었다. 유은도는 마치 그녀가 와 있는 걸 잊은 듯이 일에 몰입했다. 뭘 하는지 독한 냄새가 났다. 방독면이라도 써야 하는 건 아닌가 걱정될 정도로 고약했다. 잠시 후에 은도가 책상에서 일어났다. "기다리게 해서 미안합니다. 납땜이 필요한 급한 수리가 있어서요."

"집중해서 일하시는 데 방해된 건 아닌지 모르겠어요." 민교의 대꾸에 그가 손사래를 쳤다. "아뇨. 하던 거 끝내고 저도 퇴근하고 싶어서요. 냄새가 좀 심하죠?" 그가 창문으로 다가가더니 창문 덮개를 들어 올렸다. 유리가 끼워져 있지 않은 창틀이 드러나면서 골목이 보였다. 햇볕을 가리려고 붙여놓은 줄 알았는데, 유리가 없어서 가려놓은 모양이었다. 유은도가 탁상용 선풍기를 창틀에 올려놓고 창문 밖으로 바람을 내

보냈다. "아, 그걸 환풍기 용도로 쓸 생각은 못했는데, 기발하시네요. 살아남기 시리즈 주인공 같으세요." 민교의 말에 은도가 장난스럽게 웃었다.

"어젠, 미안했어요." 유은도가 느닷없이 사과했다.

"찾아오는 사람이 없어서 놀라긴 했지만, 이해했어요." 대수롭지 않게 대꾸했다. "아, 그럼 제가 민교 씨의 솔로 하우스 첫번째 방문객인가요? 이거 영광인데요." 민교는 또 당황했다. "그런 건 아니구요. 친구나 가족이 올 때는 미리 연락하고 오니까요." 불쾌감을 누르고 차분하게 대꾸했다. "또 이렇게 넘겨짚네요. 민교 씨만 보면 제가 정신을 못 차려요." 그녀는 대꾸하지 않았다. 유은도가 선풍기를 제자리에 놓고 창문 덮개를 내렸다. 감쪽같이 창문이 없어졌다.

"외장하드는 여기 있구요. 제가 가지고 있는 자료 중에 괜찮은 것들을 담았는데, 허락도 안 받고 뜯어서 좋아할지 어떨지 모르겠네요. 혹시 필요 없으면 포맷하세요. 예술가를 다룬 영화 몇 편과 명화들, 그리고 좋아하실 만한 클래식 곡들이에요." 은도가 회색 파우치를 넘겨주었다. 열어보니 포장이 제거된 외장하드와 연결 잭이 들어 있었다. 기분이 묘했다. 몸통이 회색 가죽으로 덮인 은색의 외장하드는 마치 중고 물건처럼 보였다. 조명 때문인지 가죽 케이스 때문인지 알 수 없었다.

"파우치는 제가 따로 구입한 거예요." 유은도가 그녀에게

영수증을 보여주었다. "이게 도매가예요. 민교 씨한테 장사할 건 아니라서요." 영수증엔 십이만 원이라 쓰여 있었다. "감사합니다. 계좌로 송금할게요." 외장하드를 파우치에 챙겨 넣고 인사하자 유은도가 물었다. "민교 씨 식사는 했어요?"

"네. 센터에서 저녁까지 먹어요. 좋은 직장이죠?" 유은도의 얼굴에 실망한 빛이 뚜렷했다. "아, 전 식사라도 하려고 서둘러 일을 끝낸 건데, 바쁘시지 않으면 뭐 차라도 한잔할까요?" 민교는 잠깐 고민했다. "특별히 바쁘진 않아요. 하지만 식사 전이시잖아요, 차는 다음에 하는 것이 좋지 않을까요?"

"간단하게 식사도 되는 곳으로 가면 되잖아요, 그래도 되지요?" 웃을 듯 말 듯 긴장한 얼굴이었다. 민교는 부담스러웠다. "음, 갑자기 좀 그러네요. 역시 다음에 하는 게 좋을 것 같아요." 조심스럽게 말했지만 유은도는 서운한 듯이 받았다. "아, 불편하시면 그래도 되는데, 저 민교 씨 책 다 읽었어요. 책에 사인도 해주셔야죠. 약속했잖아요."

더 이상 거절할 수가 없었다. 그녀는 잠깐 시간을 내기로 했다. 그렇지 않으면 밀린 숙제가 될 거였다. "그럼 가까운 곳에서 할까요?" 유은도가 해맑은 웃음으로 고개를 끄덕였다.

민교가 아는 찻집은 터미널 이층에 있는 힐리아나 그 건너편에 있는 엔젤리너스였다. 힐리아는 칸막이가 쳐져 있고 좀 어두웠다. 엔젤리너스는 환하게 오픈된 공간인데, 정류장 앞이라 이용하는 사람이 많았다. 좁은 지역사회에서 가십거리가 되고 싶진 않았다. 유은도가 서둘러 가게를 정리했다. 은도의 차는 도로변 공용주차장에 있었다. 업무용 밴이라 뒷자리가 없다며 조수석으로 안내했다.

"민교 씨 안전벨트 매세요. 작가님을 제 차로 모시게 되어 영광입니다." 유은도가 소풍을 떠나는 아이처럼 들뜬 얼굴로 말했다. 대놓고 추켜세우는 말이 편치 않아 말없이 안전벨트를 맸다. 은도가 만드는 분위기엔 뭔가 석연찮은 거품이 있었다. 사람을 긴장하게 만드는 불안한 기류였다. 민교는 대꾸하지 않고 정면의 차창 밖에 시선을 두었다.

"몇 시까지 와야 하죠? 허락하시는 시간 동안만 제가 책임질게요. 한 시간이라고 말씀하시면 한 시간 후에 정확히 댁으로 모실게요. 두 시간쯤 주시면 더 좋겠지만요." 출발하면서 은도가 협상하듯 물었다. "가까운 곳에서 차나 한잔하자는 거 아니었어요?" 은도가 잠깐 말을 끊었다가 차도로 진입한 뒤에 말했다. "네 그런데, 주변엔 마땅한 곳이 없어서 딱 오 분 안에 도착하는 곳으로 모시려구요."

민교는 아무 말도 하지 않았다. 호의 속에 포함된 일방통행의 질주를 느끼는 순간 경계심이 작동해 억지로 웃거나 편한 척할 수 없었다. 안색을 살피는 은도의 시선이 느껴졌다. 눈길에 담겨 있는 열기를 의식하자 견딜 수 없이 불편해졌다. 잠시 후 은도가 어썸브로 커피숍 앞에서 차를 세웠다. 지역민들이 애용하는 강변 카페였다.

"가까운 곳으로 왔어요. 생각 같아서는 좀 근사한 곳으로 모시고 싶었는데, 민교 씨가 허락하실 때 가기로 하죠." 그녀는 분명하게 고개를 끄덕여 동의를 표하고 안전벨트를 풀었다. 여기라면 집까지 걸어서 갈 수 있는 거리였다. 내려서 보니 카페 테이블을 빼곡하게 차지한 사람들이 눈에 들어왔다. 대충 훑어봐도 빈자리가 보이지 않았다. 보도블록에 걸쳐서 주차를 하고 내린 은도가 말했다. "자리가 없겠어요. 다른 곳으로 옮길까요?"

민교는 선뜻 대답이 나오지 않았다. 유은도의 차로 돌아가고 싶지 않았다. "테이크아웃 해서 강변길로 내려가도 좋을 것 같은데, 괜찮으세요?" 유은도가 입술 끝을 잡아당겨 어색한 웃음을 지었다. "네 뭐 원하시면 그렇게 하죠. 대신 다음에 꼭 대접할 기회를 주셔야 해요." 호의를 베풀 듯이 그가 말했다. "알겠어요. 그런데 자꾸 대접을 하신다니까 부담스러워요."

"무슨 말씀을요. 제가 아는 사람 중에서 작가는 민교 씨밖에 없다니까요."

"그게 뭐 대단한가요? 대단한 분도 있지만, 전 그냥 무명작가인걸요."

"아니에요. 정말 대단하세요. 어떻게 그런 긴 글을 써나가시는지, 글이라곤 두 줄을 못 넘기는 저 같은 사람한텐 그저 존경스러울 뿐입니다."

"겸손이 지나치세요. 지난번에 메시지를 몇 줄이나 쓰셨잖아요."

"그 정도 쓰고 나면 머리에 지진 나는 거 모르시죠? 메시지 쓸 때도 누군가 가르쳐줬으면 좋겠어요. 도무지 뭘 써야 할지 깜깜해질 때가 많거든요." 유은도가 장난스럽게 웃었다. 그러곤 잠깐 기다리라는 수신호를 하고 카페로 갔다. 그녀는 계단으로 발길을 옮겼다. 발아래로 산책로가 펼쳐져 있었다. 드문드문 걷는 이들도 눈에 띄었다. 가로등 아래 물풀이 뒤엉킨 둔덕을 껴안은 채 검은 실루엣을 그리며 시냇물이 흘러갔다. 강변으로 내려서자 물소리가 와락 가까워졌다. 어느덧 초가을이 된 듯 밤 기온에 서늘함이 느껴졌다.

유은도가 산책로 계단을 내려와 그녀에게 종이컵을 내밀었다. 컵을 받아 들고 몇 발짝 걸어가자 카페에서 흘러나오는 음악 소리가 풀벌레 소리에 묻혔다. 강 위의 건물들이 까마득히 멀어지고 하늘이 가까이 드리워졌다. 물소리와 풀벌레 소리가 귀에 그득해지며 기이한 느낌이 들었다. 강 위에 늘어선 건물들이 조명을 쏘는 것처럼 예쁘게 보였다. 그 빛에 익숙해질수록 점점 더 시야가 환해졌다. 두 손 안의 따스한 잔에서 신선한 커피 향이 새 나왔다. 밤 시간엔 카페인 반응 때문에 마실 수 없지만, 에티오피아산 싱글 오리진을 바리스타 취향으로 로스팅한 어썸브로 커피의 향미는 매혹적이었다.

"현실감이 없어요. 민교 씨랑 강길을 걷다니요. 전에 민교 씨가 이야기해줘서 자전거 타러 왔었어요. 몇 번 탔는데, 올 때마다 좋았어요. 덕분에 새로운 정서를 공급받은 느낌이라고 할까요. 여러 가지로 힘들었거든요. 세상 살다 보면 환멸 같은 거 느껴질 때 있잖아요. 민교 씨가 쓴 글 읽으면서 위로도 받고, 그래서 좀 깊이 있게 모색하는 시간을 가졌던 것 같아요. 그런 걸 공감이라고 하나요? 제가 느끼는 걸 글로 쓴 사람은 처음 만나봐서 설레기도 하고 그랬어요. 책으로든 실제로든. 이렇게 가까이 있는데, 식사라도 대접하고 싶었거든요."

유은도의 이야기를 듣고 있으니 경계가 풀어졌다. 방어막을 세우고 있던 자신이 오히려 비겁하게 느껴졌다.

"자전거를 타러 오실 줄은 몰랐어요. 제 글을 읽고 공감해주셔서 감사한데요, 누구든 한 가지 일은 하잖아요. 유 선생님이 컴퓨터를 다루시는 것처럼요. 그냥 그런 거죠 뭐. 제가 할 수 있는 일이어서 하는 건데, 자꾸 특별하게 봐주시니 부담스러웠던 거구요."

무거운 외투를 벗어던진 느낌이었다. 한 발짝 앞서 걷는 유은도의 걸음이 편안해 보였다. 간혹 두세 명의 여자들이 팔을 높이 휘저으며 지나갔다. 자전거를 타는 사람도 있었다. 물소리와 바람 소리가 잔잔하게 뒤섞인 강바닥의 소음이 더 이상 시끄럽지 않았다. 건물들이 내쏘는 빛이 사라지자 사위가 더 고즈넉해졌다. 물은 더 검게 보이고 시멘트가 깔린 산책로는 더 희게 보였다. 은은한 달빛에 적응하자 시계가 넓어지면서 앞서 걷는 사람들의 실루엣이 보였다.

"민교 씨를 모르는 사람은 이름만 들으면 남자인 줄 알겠어요."

"학생 때 놀림 많이 받았어요. 돌림자가 민인데, 생각나는 이름은 사촌들이 다 써버려서. 제 이름 짓느라 부모님이 고심 좀 했다고 들었어요."

유은도가 고개를 끄덕였다. 한참을 그냥 물소리만 들으며 걸었다. 키를 넘을 만큼 무성한 갈대를 지나 다리 밑을 통과했다. 마른장마로 여름을 지내선지 강바닥엔 물이 별로 없었다. 물가의 둔덕이 저렇게 두툼한 건 어쩌면 갈대가 제 뿌리로 욕심껏 강물을 마셔버렸기 때문인지도 몰랐다. 생명이란 어떤 양분이라도 그악스럽게 빨아먹으면서 성장하는 법이니까. 바람이 갈대밭을 훑고 지나갔다. 갈댓잎 사이를 통과하는 바람 소리가 수수밭을 지나는 소나기 소리처럼 수런거렸다. 목이 선득했다. 그녀가 움츠리는 걸 보고 유은도가 물었다. "카페로 돌아갈까요? 사람들이 좀 빠졌을지도 모르잖아요."

"괜찮아요. 이제 돌아가야죠."

"민교 씨는 곁을 안 주네요. 원래 글 쓰시는 분들이 냉정한가요?"

"제가 그래요? 생각해본 적이 없어요."

"글 쓰다가 밤도 새고 그러나요?"

"잠드는 시간이 좀 늦어질 때도 있지만, 전 그냥 밤엔 자고 낮엔 일하는 편이에요. 무리하게 밤을 새면 다음 날을 망치거든요. 체력이 불량해서 그런가 봐요."

"민교 씨는 그럴 것 같았어요. 역시 자기 관리가 되는 분이세요. 전 보통 불면일 때가 많은데, 그런 날은 컴퓨터 서버를 점검하고 업그레이드해요. 코드를 입력하면 명령을 해독하고 출력 신호음을 보내거든요. 그 소리를 듣는 순간 의식이 편안해지면서 잠에 빠져들죠."

희미한 불빛이 유은도의 옆모습을 비추고 있었다. 순간 그의 낯가림이 이해가 되었다. 짧은 머리칼 아래로 동그란 이마와 몽툭한 코, 그 아래 입매가 단정하고 완만하게 연결되면서 곡선을 이루고 있었다. 정면에서 보았을 때 자주 흔들리던 눈빛이 가라앉아 있었다. 느린 발소리가 낮고 일정하게 울렸다.

"민교 씨 그런 경험 있어요? 어릴 때 빗소리 들으면서 잠들면 편안하잖아요. 컴퓨터가 명령어를 실행하면서 보내는 신호음이 저한텐 그런 거예요. 그런 날은 아주 푹 자요. 기계는 정확해요. 어떤 면에서 보면 사람은 종잡을 수 없고 때론 믿을 수 없는 존재가 되기도 하거든요. 사람뿐 아니라 세상일들은 항상 변수가 있어 불안하지만 기계는 입력한 대로 결과를 돌려주죠. 세상이 그렇게 돌아가면 얼마나 좋겠어요. 제일 위대한 학문은 수학이라고도 하죠. 제가 수학을 좋아하는 것도, 컴퓨터가 좋아진 것도 같은 맥락인 거 같아요. 정확한 계산식으로 접근 가능하든가, 아니면 아무 계산도 필요 없는 것이 좋아요. 그 사이에서 불분명하고 애매한 것들이 문제지요. 사람은, 너무 어려워요. 느닷없이 들이대고, 비위에 안 맞으면 화를 내는데, 그런 사람일수록 자기 말만 하니까 소통이 안 되잖아요. 예측불허의 상황을 만드는 모든 것들이 불편한 건데, 이런 내가 어젯밤 나도 모르게 민교 씨한테 실수를 한 겁니다. 좋은 마음으로 다가갔지만 분명 실례한 거죠. 생각할수록 미안하더군요."

말없이 고개를 끄덕였다. 천성적으로 여린 사람이라는 것이 확실해졌다. 표현에 서툴러서 그렇지 악의가 없다는 것도. 의도한 것이 아니라면, 그러면 된 거였다. 민교는 대화가 마법 같다고 생각했다. 오해가 풀리니 마음도 편해졌다. 유은도를 이해할 수 있을 것 같았다. 그녀는 말없이 걸었다. 유은도 역시 말이 없었다. 필요 이상 의식하거나 밀어내지 않고도 동행할 수 있다면 친구가 되지 못할 것도 없었다. 카페로 돌아왔을 때 그녀가 걸어서 가겠다고 말하자 유은도는 더 권하지 않고 먼저 출발했다.

외장하드는 십 퍼센트 분량이 채워져 있었다. '카라꽃'이라는 새로운 폴더에 영화, 미술, 음악 등의 하위 폴더가 있었다. 예술가들의 삶을 다룬 영화가 열 편이 넘었다. 고흐와 에곤 실레, 클림트의 이야기를 담은 영화들, 파블로 네루다와 그의 편지 배달부의 일화를 담은 「일 포스티노」, 「카미유 클로델」, 「샤인」, 「아마데우스」, 베토벤을 그린 「불멸의 여인」, 「쇼팽의 연인」 등 예술가들의 삶을 다룬 것들이었다. 그 외에도 화가들의 그림과 클래식 연주 실황을 담은 동영상이 들어 있었다. 청하지도 않은 선물을 넣어주려고 새 상품의 포장을 뜯었다는 것이 처음처럼 거슬리진 않았다. 선의로 한 일이라는 확신이 들었다. 그녀는 은도에게서 느껴지는 여러 모습 중 혼란에 마침표를 찍기로 했다. 이제부턴 그가 직접 표현한 것에 신뢰를 두기로 했다. 사람은 외형적 단서들로 파악되는 존재가 아니었다. 어느 누가 판단을 당하고 싶을까. 단지 친절을 베풀었을 뿐인 타인의 이면을 필요 이상으로 해석하는 것이 오히려 병리적 증상 아닐까. 거기까지 생각하고 휴, 한숨을 쉬었다. 거품을 걷어내고 단순해지는 건 언제나 어려운 일이었다.

그녀는 자료를 점검했다. 영화는 대부분 본 것들이었다. 다만 이렇게 모아놓은 것이 반가웠다. 기회가 되면 다시 한 번 보고 싶었던 영화들이기도 했다. 클래식 연주 실황에는 그녀가 좋아하는 클라우디오 아라우가 지휘한 루체른 페스티벌 오케스트라의 공연 실황이 담겨 있었다. 말러 3번이었다. 또 이자크 펄만의 차이코프스키 「바이올린 협주곡」 연주 실황도 있었다. 무엇보다 1962년에 자클린 뒤 프레가 영국의 로열 페스티벌 홀에서 연주한 엘가 「첼로 협주곡」 동영상과 1968년 로열 알버트 홀에서 연주한 드보르작 「첼로 협주곡」 동영상이 담겨 있었다. 뿐만이 아니었다. 첼리스트 장한나가 연주한 「자클린의 눈물」이 들어 있는 것을 발견했다. 이 곡을 알게 된 건 거의 매일 접속하다시피 하는 클래식 음악 카페 베토벤하우스를 통해서였다. 19세기 오펜바흐에 의해 작곡되어 묻혀 있던 이 곡을 젊은 첼리스트 베르너 토마스가 발표하면서, 요절한 첼리스트 자클린 뒤 프레에게 헌정하고 「자클린의 눈물」이라는 제목을 붙여 명성을 얻은 곡이었다. 이에 얽힌 이야기가 많지만, 천재성과 비극적 소멸이 짝을 이루는 불꽃의 이미지가 슬픈 곡조 속에 재연되는 느낌은 특별한 정서적 체험을 동반했다. 사라장이 연주한 비탈리의 「샤콘느」와 함께 그녀가 자주 듣는 곡이었다.

끝내기 아쉬운 책을 읽을 때처럼, 눈을 떼지 못하고 연주 동영상들을 감상했다. 클래식에 이끌려 조금씩 알아갈 때 한 번씩 찾아보고 따로 목록을 만들어 감상을 적기도 했던 것들이었다. 그녀는 내심 유은도에게 감탄했다. 다른 사람을 위해 이렇게 자신 있게 연주 실황 자료를 골라서 줄 수 있다는 건 대단한 안목이라고 생각하지 않을 수 없었다. 섬세함을 넘어선 어떤 지점인데, 그것이 무엇인지 알 수 없었다.

몰입에서 빠져나왔을 때 유은도를 향한 마음의 온도는 따스해져 있었다. 그녀는 열두시를 넘기기 전 외장하드 대금을 이체했다. 그리고 검은 색지에 행사 광고나 안내문을 써넣을 때 사용하는 흰색 유성펜을 꺼냈다. 완전히 자신의 것이 된 외장하드의 가죽 커버를 벗기고 은색 펄로 코팅된 몸통에 이니셜을 써넣었다. 미음자 안에 시옷과 기억을 겹쳐 써넣은 그것은 한자 모양을 하고는 있지만 옥편에 없는 서민교의 자음 조합 사인이었다. 표식을 써넣자 인생 자료들을 저장할 소중한 애장품이 되었다. 유은도가 담아준 자료들은 기분 좋은 덤이었다. 사람을 향한 미묘한 감정의 변화가 마음을 간질이는 걸 그녀는 오랜만에 느끼고 있었다.

다음 날 민교를 깨운 건 멘델스존의 「바이올린 협주곡」이 아니었다. 메시지 진동음에 반사적으로 휴대폰을 집어 든 그녀는 시간부터 보았다. 새벽 다섯시였다.

"저 오늘부터 2박 3일 남해의 기지국 없는 섬에 갑니다. 섬 아이들도 인터넷 해야죠. 전에 같이 봉사 다니던 친구들과 네트워크 장비 싣고 출발해요. 다녀와서 연락할게요."

유은도였다. 글이라곤 두 줄을 못 넘기는데, 그 정도 쓰면 머리에 지진 난다고 엄살하던 모습이 생각났다. 다시 읽어보았다. 기지국 없는 섬으로 간다는 말이 마음에 들었다. 배선 케이블과 컴퓨터 부품들을 싣고 여행에 나선 유은도의 모습을 떠올렸다. 예측할 수 없는 사람이었다. 육지에서 멀리 떨어진 섬에 들어가 문명을 심고 오는 건 아무나 할 수 있는 일은 아니었다. 보통 사람이라면 생각지도 못할 일이었다. 눈앞에서 플래시가 터진 듯 신선했다.

그녀는 침대에서 일어나 찻물을 올렸다. 뭔가 생산적인 일을 해야만 할 것 같았다. 일상이라는 묽은 반죽에 섞여 소모되는 시간들이 부끄러웠다. 어쩌면 이 지점이 그녀의 딜레마였다. 복지를 실현한다고 했지만 시키는 일이나 겨우 하면서 센터 아이들에게도 변변한 역할을 못하고 시간만 허비하고 있었다. 건설적인 일을 계획하고 실행하는 용기는 얼마나 멋진가? 그녀가 하고 싶으나 할 수 없는 일들을 그는 하고 있었다. 자신이 길을 나선 것도 아닌데 가슴이 벅찼다. 순수한 봉사자로 협력할 일이 있다면 은도를 따라나설 수도 있을 것 같았다. 상상만 해도 설레는 기분이었다. 그 마음으로 따끈한 응원의 메시지를 적어 보냈다. "멋지세요. 남이 하지 않는 일을 생각하는 것도 어렵고, 또 생각한 것을 실행하기는 더 어려운 일인데 떠나시는 용기에 박수를 보냅니다. 계획한 일에 보람 얻고 돌아오세요."

허브차를 고르는 사이에 답이 왔다. "예. 돌아가면 식사 초대해서 보고할게요."

"외장하드에 선물을 잔뜩 넣어주셨으니 식사 대접은 제가 해야죠." 전송 즉시 답이 왔다.

"선물이라고 하시니 기쁘네요. 식사는 제가 삽니다. 출발하면 통신 끊겨요." 유은도의 말투가 고스란히 적힌 메시지였다. 자꾸만 웃음이 났다. 감기 바이러스가 몸에 퍼질 때처럼 마음이 근질거렸다. 심호흡을 하자 접혀 있던 가슴이 열리면서 마음이 시원해졌다. 박하 잎을 베고 누워 파란 하늘을 바라보면 딱 이런 느낌일 거였다.

토요일 저녁이 되어서야 유은도에게서 연락이 왔다. 외장하드에 담겨 있던 영화 「일 포스티노」를 보던 중이었다. 네루다가 떠난 뒤 섬의 소리를 녹음하면서 시인에 대한 그리움을 영상 편지에 담는 마리오는 여전히 어설퍼 보였다. 그럼에도 불구하고 일상의 모든 것에서 아름다움을 발견하게 된 한 인간의 내적 성장을 그려낸 영상은 다시 봐도 흡인력이 있었다. 마리오의 목소리를 들으며 네루다가 섬과 바다의 풍경을 바라보는 마지막 장면에서 마리오의 바다는 네루다의 바다가 되고 다시 그녀의 바다가 되어 출렁였다. 배경 음악으로 삽입된 조시 그로반의 노래에 정서적으로 감염된 그녀는 처음보다 더 강렬한 감동에 포박되었다.

유은도의 메시지는 식사 초대였다. "섬에서 일 마치고 막 부두에 도착했어요. 일요일 저녁 어때요?" 그녀는 즉시 은도의 제안을 받아들였다. 어떤 경계심도 일어나지 않았다.

"천천히 빨리 오세요. 초대할 수 있어서 영광입니다." 민교는 재촉하는 은도의 메시지에 차분하게 답글을 보냈다. "일찍 오셨네요. 곧 도착합니다."

퇴촌에 있는 로즈가든은 대중교통으로 가기엔 불편한 장소였다. 태우러 오겠다는 그에게 광주 시내에서 볼일 있다고 거절했다. 물론 사실이 아니었다. 시간 여유를 충분히 두고 택시를 탔는데도 단풍철이 시작되어 산업도로에서 차가 막혔다. 근처에 있는 L리조트에서 산자락 한 면을 인공 숲으로 조성해 관광객을 불러들인 탓이었다. 힐링 숲을 개방하는 봄과 가을에 지역민들이 때 아닌 교통 혼잡을 겪고 있었다. 택시 기사가 지역의 길을 잘 아는 듯 고속도로 아랫길로 빠지더니 번듯한 농로를 달렸다. 퇴촌으로 가는 옛길이라고 했다.

로즈가든은 옛날 방식으로 스테이크를 굽고 수제 치즈소시지를 만드는 곳으로 나름 마니아층이 형성되어 있는 프리미엄급 레스토랑이었다. 지역민들보다는 미식가들이 찾는 곳이었다. 한식, 중식, 일식, 양식당이 팔당호를 배경으로 리조트 형식으로 조성되어 있어 각종 행사는 물론 예식장으로 애용되는 기업형 식당이었다. 식사 후엔 강을 배경으로 조성한 멋진 산책 코스를 이용할 수 있었다. 물론 한 번도 가본 적은 없었다. 조하영 선생이 잡지에 나온 로즈가든의 코스 요리와 산책 코스 사진을 보여주면서 거기서 결혼식을 하고 싶다고 해서 알게 된 거였다. 유은도가 약속 장소로 로즈가든을 말했을 땐 낯설지 않은 이름이라고만 생각했다. 스마트폰으로 로즈가든을 찾아보고 나서야 비싼 식당이라고 했던 조 선생의 말이 생각났다. 고민이 됐지만 거절하거나 바꾸기엔 역시 애매했다.

로즈가든 주차장은 고속도로 휴게소처럼 가득 차 있었다. 희끗한 머리카락에 고급 정장을 입고 주차 관리를 하는 사람은 직원이 아니라 회장쯤으로 보였다. 그가 택시에서 내린 그녀에게 어디로 예약했는지 물었다. 레스토랑이라고 답하자 직접 안내했다. 로마네스크 양식으로 가꿔진 정원을 지나 유럽풍의 건물로 들어갔다.

강이 내려다보이는 창가에 자리를 잡고 있던 유은도가 그녀를 맞이했다. 그녀가 외투를 벗자 웨이터가 와서 외투를 받아주었고, 그녀가 앉으려고 하자 의자를 살짝 밀어주었다. 그 모든 것이 낯설고 어색해서 그녀는 즉시 주눅이 들었다. 식탁에 세팅된 여러 개의 잔들을 보자 겁이 났다. 아직 주문도 하지 않았는데 웨이터가 와인을 가져오더니 은도에게 상표를 보이고는 바로 호일 캡을 벗겼다. 코르크에 스크루를 대고 부드럽게 돌려서 빼낸 웨이터는 그녀를 향해 웃음을 지었다. 행주로 병 입구를 닦아내고 은도의 잔에 조금 따랐다. 화이트와인이었다. 은도가 맛을 보고 웨이터를 향해 고개를 끄덕였다. 웨이터는 민교의 잔에 와인을 따르고 은도의 잔에도 마저 따랐다. 웨이터가 식탁을 떠나자 은도가 잔을 들었다.

"민교 씨가 어렵게 허락해주신 기회라 좀 괜찮은 곳에서 대접하고 싶었어요. 달팽이 요리에 어울리는 걸로 골랐는데, 화이트와인 좋아하실지 모르겠어요." 예의 수줍은 표정으로 이야기하는 유은도의 목소리가 평소보다 낮았다. 편한 자리가 아니라는 느낌이 더 확실해졌다. 하지만 유은도가 준비한 자리를 망치고 싶지는 않았다.

"이렇게 과분한 식사는 처음인 것 같아요. 제가 서민 중의 서민이라는 걸 유 선생님께 말씀드린 적이 없었네요. 부담스럽고 조심스럽지만 유 선생님이 이런 곳을 원하신 것 같으니 잘 먹겠습니다. 하지만, 오늘 식사 대접은 제가 하겠습니다."

"민교 씨, 저 시간 많아요. 앞으로 그럴 기회는 쎄고 쎘으니, 오늘은 저한테 맡기세요. 섬에서 민교 씨 생각 많이 했어요." 은도는 단호한 표정으로 말했다.

무력감 같은 것이 그녀를 둘러쌌다. 그녀의 표정이 어두웠던지 그가 해맑게 웃으며 농담처럼 말했다. "불편해하지 마세요. 오늘은 그냥 편안하게 제 넋두리나 들어주세요. 섬에 같이 갔던 친구들 얘기도 하고 싶고, 제가 좋아하는 노래 얘기도 하고 싶어요."

웨이터가 개인용 샐러드 접시와 함께 요리를 가져다 놓으면서 달팽이 요리라고 소곤소곤 설명했다. 은도가 와인 잔을 들고 건배를 제의했다. "불후의 명작을 위해. 그리고 저와 민교 씨를 위해."

와인은 상큼한 향기와는 다르게 신맛이 강했다. 그녀의 입맛엔 그저 샴페인이면 족했을 거였다. 편도가 약해 탄산음료도 즐기지 않는 그녀였다. 대학 첫 학기 엠티에서 맥주 한 잔에 고꾸라진 후부터는 모든 술자리는 열심히 봉사하는 자리였을 뿐이었다.

위장에 퍼져나가는 알코올 기운이 가슴을 덥히고 뜨거운 날숨으로 뿜어져 나왔다. 달팽이 요리는 마늘 맛과 낯선 향 사이에서 미끄덩거리다 미처 씹기도 전에 넘어가버렸다. 달 팽이가 위에 얹히지는 않을까 걱정됐다. 은도가 그녀의 잔에 와인을 조금 따르고 자기 잔에도 따랐다. 개인용 접시에 샐러 드와 스테이크가 각각 담겨서 나왔다. 그녀는 샐러드 접시를 비우고 스테이크를 잘랐다. 와인에는 손이 가지 않았다. 잔 을 비우지도 않았는데 은도가 웨이터를 불러서 와인을 추가 했다. 웨이터가 태블릿 단말기를 들고 와서 은도를 향해 상체 를 숙이고는 메뉴를 보여주었다. 디지털 메뉴판을 사용하는 걸 처음 본 그녀는 가만히 두 사람의 대화를 듣고 있었다. 어 차피 와인에 대해선 아는 것도 없었다. 암호 같은 말을 주고 받더니 웨이터가 새 잔을 가져왔다. 사이즈가 훨씬 큰 잔이었 다. 그사이에 비워버린 은도의 잔은 가져가고 그녀의 잔은 그 대로 두었다. 웨이터가 새 와인을 가지고 와서 따랐다. 레드 와인이었다.

"민교 씨, 이건 스테이크와 어울리는 빈티지 와인이에요. 맛을 보세요. 제가 특별한 날을 기념할 때만 먹는 건데 평도 좋고 맛도 괜찮아요." 그녀는 조심스럽게 손을 뻗어 잔을 들 었다. 달큼하고 묵직한 향기가 났다. 한 모금 입에 넣자 떫은 맛과 함께 입안 가득 침이 고였다. 그녀가 스테이크 한 조각을 입에 넣었을 때 은도가 건배를 제의했다. 그녀도 잔을 들어 부딪쳤다. 이런 맛이 좋다고 느끼려면 뭐가 달라져야 하는 걸까 생각하면서 조금씩 입술을 적셨다. 떫은맛은 여전했지만 와인의 향기와 혀에 남은 칼칼함이 입맛을 당겼다.

연한 스테이크는 한 점을 먹고 나면 신기하게 와인을 불렀다. 은도의 이야기가 멀리서 들렸다. 차츰 시야가 정돈되었다. 처음엔 음악과 함께 들려오던 주변의 소음이 줄어들더니 레스토랑의 천장이 희미해졌다. 음식을 가지고 웨이터가 걸어오던 홀이 사라지고 잠시 후엔 옆 테이블도 사라졌다. 식탁 건너편 조명 속에서 은도가 웃고 있었다. 그녀를 향해 뭐라고 말을 하는데 도무지 알아들을 수 없었다. 이윽고 기름이 묻어 반들거리는 은도의 입술마저 희미해졌다.

그날 밤 레스토랑에서의 나머지 시간은 복원이 불가능했다. 민교는 그 날짜를 전후로 다이어리의 일정표와 에피소드북을 살펴보았다. 그 며칠의 기록이 아예 없었다. 아주 간단한 글이 다이어리에 적혀 있을 뿐이었다. 짧고 모호한 글이었다.

거대한 식당의 위압적인 서비스에 굳어버렸다. 와인 때문에 아무 말도 들리지 않았고 아무것도 느끼지 못했다. 와인처럼 적응할 수 없는 사람이 있는 거라고 생각했거나 혹은 느꼈거나.

그는 섬이다. 인간은 모두 고독한 섬이다. 그러나 고독한 것이 다 아름다운 건 아니다.

그 고독에 숭고한 정신이 깃들어 있을 때 아름다운 것이다.

세상엔 아름답지 않은 섬들도 존재한다.

사람마다 내면의 토양에 비밀스럽게 감추어져 있는 무언가를 찾으려 애쓰지만, 존재가 희구하는 것은 진실이다. 진실의 양지는 사랑에 닿아 있는 것이다.

욕망과 허기만을 채우려고 할 때 그 섬은 더 이상 아름답지 않다.

이런 내용이 전부였다. 그녀가 기억하는 건 어지러움을 느끼며 손을 식탁에 얹고 그 손등에 이마를 대면서 푹신한 곳으로 끌려 들어가던 느낌과 유은도의 뜨거운 볼과 팔의 완력을 거칠게 뿌리치던 기억이었다. 로즈가든 산책길의 후미진 곳에 혼자 앉아 있었던 시간부터는 기억이 선명했다. 먹은 것을 모조리 토한 덕분에 취기에서 빠르게 벗어날 수 있었다. 선득한 추위 때문에 입술이 덜덜 떨려서 두 팔로 어깨를 감싸 안으면서 정신을 가다듬었다. 정원의 조명은 이미 꺼져 있었다. 차도 건널목에서 깜박이는 황색등 덕분에 길의 윤곽을 알아볼 수 있을 뿐이었다. 어지러움을 느끼며 일어났을 때 유은도가 나타났다. 생수병과 외투를 들고 있었다. 물을 받아 마시면서 그녀는 창피함을 느꼈다. 은도가 그녀의 등에 외투를 씌워주면서 어깨를 팔로 감쌌다. 은도의 팔을 슬쩍 뿌리치고 말없이 발걸음을 옮겼다. 투박한 발소리 때문에 그녀는 유은도 역시 취했다는 것을 알아차렸다. 그 많던 차들이 빠져나가서 주차장은 낯선 광장이 되어 있었다. 유은도의 차 앞에서 급작스럽게 사태가 파악된 그녀는 불길한 느낌에 사로잡힌 채 황색신호가 점멸하는 차도를 살폈다. "대리기사를 불렀으니 좀 기다리면 올 겁니다. 유은도가 차 문을 열어주었다. 그가 그녀보다 더 취한 것처럼 보였다. 차에 오르자마자 전화가 걸려오더니 대리기사가 나타났다. 유은도가 대리기사에게 운전석을 내줘서 그녀도 차에서 내렸다. 밴의 중간 자리에 유은도가 타고 그녀는 문 쪽에 앉았다. 키도 크고 체격도 좋은 유은도와 같이 앉기에 조수석은 좁았다. 유은도의 팔이 그녀의 팔과 닿았다. 그가 잠긴 듯한 목소리로 세월리로 가자고 했다. 그녀가 차분한 목소리로 말했다.

"곤지암으로 가주세요. 저부터 내려주시는 게 편하실 거예요."

유은도의 눈과 그녀의 눈이 마주쳤다. 그녀가 기사에게 고개를 끄덕이자 차가 출발했다. 더 이상의 대화는 없었다. 은도가 곧바로 잠들어버렸기 때문이었다. 유은도의 들숨과 날숨을 따라 그녀의 팔과 어깨가 들렸다 내려지기를 반복했다. 그의 잠을 방해하지 않으려고 그녀는 그 호흡에 맞춰 숨을 쉬었다. 곤지암 사거리에서 그녀가 손짓으로 차를 세웠다.

어깨에 걸쳤던 외투를 벗어놓고 내리면서 기사에게 물었다.

"아까 이분이 말씀하신 곳 기억하세요?"

"예, 세월리 전원주택단지요."

"그쪽으로 부탁드려요." 그녀가 내려도 모를 만큼 은도는 취한 상태였다.

불 꺼진 상가들을 지나 으슥한 밤길을 걸으면서 그녀는 완전히 취기에서 벗어났다. 긴장을 했음에도 불구하고 휘말렸다는 자책에 휩싸였다. 집에 들어와서는 꼬리를 무는 생각들 때문에 뒤척였다. 그러다 결론을 내렸다. 누군가를 만나고 뒤끝이 개운하지 않다면 지속할 관계가 아니라고. 그래서 지나치게 대인관계가 단조로운 상태에 빠지게 되었지만 자신에겐 그편이 낫다는 결론을 곱씹었다. 관계란 역시 쉽지 않았다.

선물

"지난번엔 실례했어요. 전 무사히 집에 왔던데, 민교 씨도 잘 들어가신 거죠? 와인에 민교 씨가 그 정도로 약하신 줄 몰랐어요." 유은도의 메시지였다. 민교는 두어 시간 동안 망설이다 회신했다. "일부러 그런 건 아니었잖아요. 제가 촌스러워서 그런 거죠." 유은도는 힘을 얻은 듯 변명을 늘어놓았다. "저도 좀 과했던 것 같아요. 나중에 시킨 레드와인이 무거운데다 민교 씨가 전혀 못 드셔서 혼자 마셨더니 취해버렸어요. 이제 몸이 예전 같지 않아요."

응답할 상황이 아니라 휴대폰을 무음으로 설정해서 서랍에 집어넣었다. 나중에 보니 유은도의 메시지가 더 들어와 있었다. "새로 나온 첼로 연주 CD 하나 드리려고 구입했는데, 시간 되실 때 한번 들러주세요." 민교는 난감했다. 당분간은 유은도를 만나고 싶지 않았다. 하지만 명분도 없이 성의를 무시하면 뭔가 또 빚을 지게 될 것 같았다. 파악이 안 되는 사람이었다.

저녁에 민교가 컴튜닝에 들렀을 때 유은도는 마치 처음 만난 사람처럼 깍듯이 인사를 건넸다. "어서 오세요, 민교 씨. 출장 서비스가 많아서 저도 방금 들어왔어요. 전 아직 저녁을 못 먹었는데."

"전 센터에서 먹었어요."

"그렇게 말씀하실 줄 알고 있었어요. 오늘은 정말 간단하게 밥만 먹기로 해요. 이건 첼로 연주곡집이에요. 민교 씨가 좋아할 만한 거예요." 음반의 재킷에 빨간 드레스를 입은 첼리스트가 우아한 포즈로 시선을 뻗어내고 있었다. 그녀는 오늘이 바로 빚을 청산할 날이라고 생각했다. "감사해요. 오늘 저녁은 제가 사야겠네요." 은도의 얼굴이 즉시 밝아졌다. 그녀가 재빨리 말했다. "L리조트 한식당이 괜찮다고 하던데, 한식도 괜찮으세요?"

"좋습니다. 밥 사달라고 음반 드린 건 아니지만요."

유은도의 밴을 타고 리조트로 이동했다. 한식당은 빈 테이블이 거의 없었다. 쌀쌀해진 날씨 탓인지도 몰랐다. 갈비탕을 먹으면서 왁자하게 이야기를 나누고 있는 대가족 테이블 뒤에 빈자리가 있었다. 민교는 지체하지 않고 갈비탕을 시켰다. 좁은 테이블을 사이에 두고 마주 앉은 유은도는 메뉴판을 보지 않고 같은 걸로 주문했다. 거침없이 일방적 질주를 하던 때와 대조적이었지만 그의 양면성이 이제 새롭지도 않았다.

갈비탕은 정말 순식간에 나왔다. 유은도는 말없이 갈비탕을 먹었다. 민교는 갈비 네 토막 중 한 개를 먹었을 뿐인데, 은도는 이미 밥공기를 다 비우고 마지막 갈비를 먹고 있었다. 이미 저녁 식사를 하고 온 그녀는 밥에는 손을 대지 않고 달큰한 파향이 가미된 육수를 음미했다.

한식당을 나오는 길에 은도가 커피를 사겠다고 했다. 그녀가 망설일 사이도 없이 앞장서서 카페로 들어갔다. 주문을 확인하는 직원에게 그녀가 부탁했다. "혹시 카페인 없는 음료도 있나요?" 직원이 매대 앞에 세워놓은 임시 메뉴판을 가리켰다. 허브티와 홍차 종류가 적혀 있었다. 그녀는 캐모마일을 골랐다.

"저녁엔 항상 허브차를 마시는 건가요? 왠지 민교 씨는 그럴 것 같아요." 유은도가 창가 테이블에 앉으며 물었다. "꼭 그런 건 아닌데, 낮에 커피를 마셨어요." 그녀가 둘러댔다. "지난번 강변길 걸을 때 커피 사드린 거 생각나서요. 그날은 괜찮았어요?" 민교는 대답 대신 웃었다. 민감한 사람이었다. 유은도는 뭔가 할 말이 있는 듯 뜸을 들였다. 그녀를 바로 보지도 않았다. 참 알 수 없는 사람이었다. 벨이 울리자 벌떡 일어나는 은도에게서 민첩한 긴장이 느껴졌다.

테이크아웃 잔에 담겨온 캐모마일 차는 뜨거웠다. 높은 온도에서 오래 우리면 특유의 사과 향에 흙 맛이 느껴질 수도 있었다. 조심스럽게 플라스틱 뚜껑을 벗겨 내려놓고 티백을 확인했다. 다관이 아닌 종이컵이라 휘발성인 차향은 빨리 사라질 거였다. 민교는 두 손으로 종이컵을 감싸 쥐었다.

"민교 씨, 무슨 생각 하세요?" 은도가 낮은 목소리로 물었다. 그녀는 흘러가던 생각을 그대로 말했다. "이렇게 향기로운 차를 다관에 우려먹으면 좋지 않을까, 일회용 종이컵은 좀." 말해놓고 웃었다. 질문의 의도를 벗어난 것 같아서.

"일회용이 좋을 수 없지요. 운치도 없고, 빨리 식고." 은도가 혼잣말처럼 중얼거렸다. "그런 것보다 종이 냄새가 싫어요. 차 맛을 온전히 느끼는 걸 방해하고 심하면 비위가 상할 때도 있거든요." 말하고 보니 너무 까다로운 취향을 드러낸 것 같았다.

"민교 씨가 친환경주의자라 그래요. 저번에 집에 갔을 때 알았어요. 미니멀 라이프 실천하는 분이라는 거. 저는 왜 그런 민교 씨가 자꾸 좋아지는지 모르겠어요." 은도가 수줍게 웃었다. 적절한 말이 생각나지 않았다. "미니멀 라이프라 하기엔 의식 수준이 미달이구요, 딱히 친환경주의라고 말할 수도 없어요. 오히려 무감각에 가깝죠."

"그렇게 지내면서 불편을 느끼지 않는 거잖아요. 삶 자체가 친환경적이고 소박함에 머물러 있는 건데, 일부러 야단스럽게 표출하지 않아도 정신적으로 풍족한 사람, 민교 씨가 바로 그런 사람이에요."

"그렇게 보셨다니 의외네요." 민교가 대꾸하자 유은도가 웃으면서 고개를 저었다. "지난번에 이야기하려다 못했지만, 같이 섬에 봉사하러 갔던 친구가 저를 오래 봤고, 가장 잘 이해하는 친군데, 저한테 항상 하는 말이 있어요. 제 인생에서 가장 큰 실수는 결혼을 한 거고, 두번째 실수는 컴퓨터를 배운 거래요. 아내와 쭉 별거하다 결국 이혼했는데, 정말 맞는 게 하나도 없었거든요. 쓰지도 않는 물건들로 채워버려 사람이 들어갈 자리가 아예 없는 집에서 살아보니 알겠더라구요. 물건이 저주예요." 먼 곳을 보듯 시선을 돌린 채 말하곤 유은도가 그녀를 바라보았다. 그녀는 딱히 뭐라 반응해야 할지 알 수 없었다. 아무 대답이 없자 그가 말을 이었다. "웬 여자가 십 년을 줄기차게 쫓아다니면서 집안 대소사는 물론이고 노쇠한 부모님까지 챙기더니 어느 날부터 빨리 혼인을 하라고 부모님한테 잔소리를 듣게 만들더군요. 전역하고 나서 어쩌다 보니 임신을 했다고 해서 결혼했지만, 곧바로 알았어요. 인연이 아니라는 거. 속은 거죠. 내가 아니라 부모님이요. 임신했다는 건 말짱 거짓말이었어요. 사람이 어떻게 그런 일을 속여요? 그리고 또 하나는 회계사 공부하다가 그만두고 컴퓨터에 빠졌는데, 그게 저한테는 불행이래요. 하지만 그걸로 봉사도 하고 직업도 삼았으니 된 거지요. 물론 이 일이 유일한 직업은 아니에요. 명함에 있는 이런저런 일들에 관여를 하고 있고 요즘은 원목을 좀 수입해볼까 알아보고 있어요. 친구가 하는 일인데, 꽤 재미있을 것 같아서요. 그냥 민교 씨에게 제 이야기를 하고 싶었어요."

은도의 말을 들으며 민교는 찻잔을 들여다보았다. 캐모마일 찻물에서 은은한 꽃향기가 났다. 조용해서 고개를 드니 은도가 대답을 기다리는 듯 바라보고 있었다. 민교는 또다시 캐모마일 잔 속으로 시선을 옮겼다. 딱히 알고 싶지 않은 개인사를 듣게 되었을 때 뭐라고 반응해야 하는지 알 수 없었다. 하고 싶은 말도 없었고, 이런 이야기를 하는 의도가 무언지 파악할 수도 없었다.

침묵을 깨고 유은도가 말했다. "요즘 가게에 자주 오시는 분이 있는데, 생활 미술품 만드는 공방을 시작한대요. 블로그 만들어서 회원제로 운영할 건데 컴퓨터 좀 가르쳐달라고 볼 때마다 졸라서, 하자고 대답했어요. 민교 씨도 같이하면 좋겠는데, 배우면 바로 쓸 수 있을 만큼 민교 씨한테 유용할 거예요. 제가 도움이 될 수 있다면 뭐든 하고 싶어서 그래요."

민교는 이번에도 대답하지 않고 유은도를 바라보았다. 시간을 맞추기 쉽지 않을 것 같았다. "민교 씨도 아는 사람이에요. 민교 씨네 센터에도 강의하러 갔었다던데." 유은도가 덧붙였다.

"그분 성함이 뭐예요?"

"정미연 씨라고 미술 하시는 분 있어요. 강의하면서 찍은 동영상 봤는데, 활동도 많이 하던데요." 기억을 더듬어보았지만 생각나지 않았다. 민교는 의아한 얼굴로 유은도를 마주 보았다. "아, 이름을 개명했대요. 뭐라더라, 그전에 정향자였다고. 향자나 미연이나 거기서 거긴데, 바꿨다고 하더라구요." 정향자라면 생각났다. 삼사 년 전에 외부 강사로 왔었다. "네, 기억나요. 보면 알아볼 수 있을 거예요."

"그분도 민교 씨를 좋은 선생님이라고 기억하던데요. 아이들과 잘 맞지 않아서 시니어 교육으로 전환했대요. 지금은 주민센터 강사로 활동하고 있어요."

"네. 시니어도 잘하실 거예요. 좀 완벽주의에 가까운 분이었던 걸로 기억해요."

"민교 씨, 그분이랑 기회 있을 때 같이해요. 전적으로 민교 씨 시간에 맞출게요. 민교 씨가 같이해야 힘이 날 것 같아서 그래요." 유은도가 조르듯 말했다.

"알겠어요. 괜히 대답만 해놓고 실수하면 안 되니까, 시간 보고 연락드릴게요."

"그래요. 민교 씨야말로 완벽주의자니까, 하는 걸로 알고 있을게요." 민교는 또 웃었다. 유은도와 있으면 자꾸 영혼 없는 웃음을 짓게 된다. 할 말을 다 했다는 듯이 의자 등받이에 몸을 젖힌 유은도가 대놓고 그녀를 주시했다.

"다 드셨으면 나갈까요?"

"어, 그렇죠. 민교 씨가 자연주의자인 걸 깜박했네요. 조금 산책하다가 모셔다 드릴게요."

은도가 벌떡 일어나며 말했다. 민교는 또 웃었다. 유은도와 함께 있으면 그녀도 모르던 그녀의 정체성이 규정되었다. 유은도가 리조트 숙소 건물들이 있는 구름다리를 건너갔다. L빌리지 라운지로 통하는 길이었다. 그녀는 주차장에서 멀어지는 것이 신경이 쓰였지만, 조금만 걷자고 생각하며 따라갔다.

"좀 여유가 있어야 되는데, 전 너무 바쁘게 사는 것 같아요. 민교 씨처럼 차분하게 시간 관리하는 분을 보면 경외감이 느껴져요. 제 주변 환경이 저를 가만히 두질 않거든요. 행복한 일도 아니고 좋아하는 일도 아닌데. 민교 씨는 좋아하는 일 하시니까 저 같은 사람 이해 못하실 거예요." 그녀는 딱히 부정도 긍정도 하지 않고 말했다. "직업이라는 게 일정한 틀을 만들어주는 것 같아요. 관리하지 않아도 저절로 주어지는 업무 시간의 틀이 있잖아요. 그것에 지배를 받는 거니까 딱히 주도적으로 시간 관리를 한다고 말할 수는 없을 것 같아요. 반면, 사업가는 자신의 재량으로 모든 것을 주도하니까 더 보람 있지 않나요?"

"맞아요. 보람이라고 할 수도 있지만, 때론 그런 일들을 딱 멈추고 싶을 때도 있거든요. 그래서 잠수 타고 싶다는 생각을 하게 되나 봐요."

"누구나 얼마쯤은 개인적인 시간이 필요한데, 바쁘시면 더 그렇겠죠."

"맞아요. 제 경우 그게 안 되니까 늘 엉뚱한 생각을 해요. 지하에 벙커를 좀 튼튼히 만들어서 들어가 누워버릴까? 아니면 어디 외딴섬에 집을 지을까? 뭐 그런 생각이요. 지금 민교 씨랑 헤어지면 저는 또 가게에 가봐야 돼요. 그 외국인 친구들이 와 있어요. 찾아와서 도와달라는데 외면할 수가 없어요. 저야 별일 아니지만, 그 친구들에겐 절실한 일이니까 도와줘야죠."

"그분들은 무슨 일을 해요? 이 밤에 컴퓨터 고치러 오는 건가요?"

"뭐 가끔 그런 걸 가지고 오기도 하지만, 영화나 드라마, 뮤직비디오랑 게임 같은 것들을 복사해요. 그 나라 애들이 그런 걸 좋아하나 봐요. 외로우니까요, 얼마나 그립겠어요. 뭔가 공유할 게 필요하겠지요. 소소하게 거래도 하는 모양인데, 그거야 걔네들 일이니까 내가 관여는 안 하지만, 가게에 있는 기기들 사용하려고 오기도 하고, 기술 가르쳐달라고 새로운 친구를 데려오기도 해요."

"그런 일이라면 위험하지 않아요? 유 선생님이 취직도 시켜주셨다고 샤리플한테 들었는데, 차라리 그런 일로 돕는 게 좋지 않을까요?"

"위험할 일 없어요. 그냥 가게를 잠깐씩 쓰는 거고. 나는 기술 가르쳐주는 것뿐이니까요. 그 친구들도 서로 차비 들여 만나니까 교통비 정도 받는 걸 나무랄 수야 없지요. 그 이상은 아닌 걸로 알고 있어요."

확신에 찬 목소리로 이야기하는 유은도의 표정은 담담했다. 그가 어떤 일을 하든지, 가게를 무슨 용도로 쓰든지 그녀가 상관할 일은 아니었다.

"샤리플의 신부는 한국에 왔어요?"

"앤디요? 벌써 왔죠. 바로 취직해서 일하고 있어요."

"대단하네요. 앤디가 한국어를 좀 하나요?"

"한국말 못하는데, 배울 시간이 없대요. 애들 생각이 짧은 거죠. 한국에 살 거면 그런 게 중요한데, 당장 돈만 벌려고 하니까. 애 생기기 전에 언어 배워놓는 게 중요하단 걸 전혀 이해하지 못해요. 내가 잔소리하니까 요즘엔 잘 안 와요." 은도가 안타깝다는 듯이 말했다. 마지막엔 거의 혼잣말처럼 흐릿하게 들렸다. "앤디에게 한국어 교사를 연결해주면 샤리플이 좋아할까요?" 그녀가 물었다. 은도는 고개를 저었다. "그 친구 관심 없어요. 자기가 가르쳐주면 된다고 할걸요." 샤리플은 그렇다 치고 앤디는 공부할 시간이 있을까 궁금했다.

센터에서 미영이의 슬라임을 뺏은 남자아이들에게 조하영 선생이 야단치는 소릴 들었을 때였다. 느닷없이 정미연, 아니 정향자 선생이 떠올랐다. 정장 차림에 윤기가 흐르는 단발머리를 하고 있어 첫인상이 강한 여자였다. 그녀가 가져오는 공예 수업들은 단순하면서도 나무랄 데 없었다. 짧은 시간에 소품을 만들어내는 것이 쉽지 않은데, 재료를 다루는 솜씨도 좋았다. 다만 성격이 깔끔해서 수업 시간에 아이들이 실수하는 걸 참지 못했다. 처음엔 열심히 하는 줄만 알았다. 지켜보니 아이들이 할 수 있는 것까지 다 만들어주어야 직성이 풀리는 완벽주의 성격이 드러났다. 재료를 주무르고 자르고 붙여야 하는 까다로운 공예 수업임에도 불구하고 그녀의 개입으로 결과는 항상 좋았다. 하지만 시간이 지날수록 수업은 의존적이 되어갔다. 무언가를 주도적으로 해보려다 강사한테 야단 맞은 아이들은 재료를 들고 눈치를 보게 되었고 소심한 아이들은 강사가 만들어주길 기다리느라 스스로 만들 생각을 안 했다. 주도성을 빼앗기는 순간 아이들은 방관자가 되거나 무기력한 학습자로 전락했다. 재료를 사용할 때도 인색하게 굴어서, 실수로 재료를 망치면 날카롭게 반응했기 때문에 수업 분위기가 매번 불편하게 흘러가는 걸 목격해야 했다.

또 다른 문제도 있었다. 지역아동센터에는 교육 지원 대상이 아닌 회원도 꽤 있었다. 그걸 구분하는 건 기관의 몫이고 아이들은 보는 대로 참여하는 것이 관례였다. 그 대상을 민감하게 따져서 구분하려면 아이들 사이를 갈라놓게 되고 배우려는 아이에게 프로그램에 참여할 수 없는 이유를 설득해야 했다. 아이들이 전한 말이 부모를 통해 항의로 되돌아오는 건 최악의 결과였다. 강사 입장에서는 본부에서 지원되는 강사료에서 재료비를 제해야 실수익이 되는 문제가 있었다. 그렇다고 하더라도 실제 수업에서 함께 배우려는 아이들을 배제시키는 건 문제가 있었다. 대부분의 강사들은 센터의 특수성과 대상 아동의 특수성을 이해하고 유연하게 운영하는 편이었다. 센터에서 지시하거나 주문할 수 있는 내용도 아니었다. 어차피 지역아동센터에 자녀를 맡기는 가정은 기초생활수급자 가정이든 차상위계층이든 일반 회원이든 아이들을 위해 다른 교육 콘텐츠를 제공하거나 기타 비용을 지불할 수 없는 경우가 대부분이었다. 결국 어느 만큼은 봉사와 헌신의 마음으로 껴안아야 가능한 일이었다. 정 선생은 그런 사정을 이해하지 못했다. 그 부분은 접어놓고, 학습자에게 주도권을 허락하지 않는 것에 대해 원장이 정 선생에게 이야기한 적이 있었다. 아이들이 시행착오를 겪을 기회를 주라고 부탁한 거였다. 원장과 선생들 비위를 맞추면서도 수업은 자기 마음대로 하는 것이 대부분의 강사들인데, 정 선생은 그런 요령도 없었다. 차기 프로그램을 준비하지 못한 상태에서 갑자기 출강을 중단했던 것이다.

민교는 궁금했다. 그렇게 좋은 기억이 아닌데도 센터 이야기를 한 걸 보면 정 선생이 그때 마음이 상해서 그만둔 것이 아니라 다른 사정이 생겼던 건지도 몰랐다. 어쨌든 유은도가 조만간 시간을 만든다고 했으니 만나게 될 거였다.

며칠 후 센터에 출근한 민교는 불길한 예감을 느꼈다. 원장이 그녀보다 일찍 나오는 건 드문 일이었기 때문이다. 인사를 건넸지만 민교에게 눈길도 주지 않은 채 원장이 나가버렸다. 쌩한 분위기에 긴장하며 둘러보니 두 대의 컴퓨터 본체가 분리되어 있었다. 어떤 상황인지 감이 잡혔다.

잠시 후에 돌아온 원장이 쏘아붙이듯 물었다. "서 선생 거래하는 컴퓨터 수리기사 순 엉망이에요. 이거 다 어떻게 할 건지 연락 좀 해봐요. 어젯밤 급하게 컴퓨터로 처리할 일이 있어서 왔는데, 컴퓨터 세 대 중에 어쩜 하나도 되는 게 없어요? 마침 우리 조카애가 온다기에 이쪽으로 불렀어요. 군대 가기 전까지 컴퓨터 조립해서 알바 했던 앤데, 와서 보더니 완전 조립품이라는 거예요. 이게 말이 돼요? 정품으로 산 컴퓨터가 왜 조립품이 된 건지 내가 직접 확인을 해봐야겠어요. 내 조카 말로는 사양이 낮아서 도저히 쓸 수가 없다는데, 멀쩡한 컴퓨터를 이런 쓰레기로 바꿔놓고 꼬박꼬박 수리비 받아 간 그 기사한테 설명이라도 들어봐야죠."

분리해놓은 컴퓨터를 들여다보는 민교에게 원장이 다그쳤다. "말하기 곤란하면 연락처 주세요. 내가 직접 부를 테니까." 서랍에 모아놓은 명함첩에서 유은도의 명함을 찾아내자 원장이 빼앗아 전화를 걸었다.

이십 분도 걸리지 않아서 유은도가 왔다. 교실 청소를 하고 있던 민교가 미처 내다보기도 전에 원장의 목소리가 들렸다. "오늘은 컴퓨터를 고쳐달라고 부른 거 아니에요. 기사님한테 이야기를 들어봐야 내 의문이 풀릴 거 같아서요." 조금 뜸을 들인 후 은도가 말했다. "컴퓨터에 무슨 문제 있나요? 제가 일단 좀 보겠습니다." 원장이 말했다. "아니요. 컴퓨터는 저렇게 분해돼 있잖아요. 만지지 마세요. 그냥, 왜 내가 산 정품 컴퓨터가 조립품으로 바뀌어 있는 건지 납득할 수 있게 설명이나 들어봅시다."

민교는 아차 싶었다. 인사는커녕 끼어들 분위기도 아니었다.

곧 유은도의 목소리가 들렸다. "정품이니 조립품이니 하는 건 어차피 아무 차이 없어요. 그건 케이스일 뿐이에요. 컴퓨터는 관리가 중요합니다. 업데이트 없이 쓸 수 없어요. 매일 해야 돼요. 중요한 건 껍데기가 아니라 그래픽 카드나 메인보드예요. 어차피 버전이 달리는 걸 계속 업그레이드 해드린 겁니다. 더 이상 안 될 만큼 한 거예요. 누구라도 알 만한 얘깁니다. 누가 뭐라고 했는지 몰라도 그분한테 해결해보라고 하세요. 저만큼 할 수 있나. 진즉에 폐기해야 되는 걸 서 선생님 때문에 사용할 수 있도록 해드린 건데, 만지지 말라고 하니 해드릴 게 없군요. 저는 가보겠습니다." 유은도의 건조한 목소리가 뚝 끊기고 계단을 내려가는 발소리가 들렸다.

붙박이장이라도 된 것처럼 서 있던 원장이 그녀를 불렀다. "서 선생, 저 사람이 지금 뭐라는 거예요? 우리가 산 물건이 고물이었다는 건가요? 자기가 관리를 잘못하고 누구 탓을 하는 거죠? 기가 막히네, 정말." 민교 역시 원장에게 할 말이 없

160

었다. 원장은 그제야 진짜 화가 난 목소리로 빠르게 쏟아냈다. "거기가 어디랬죠? 내가 불매운동이라도 해야지 그냥은 못 참겠어. 컴퓨터를 하루이틀 쓴 것도 아니고, 기사가 저 하나밖에 없는 줄 아나, 사기꾼에 좀도둑인 주제에 누굴 가르치는 거야."

민교는 원장이 이렇게까지 화내는 걸 본 적이 없었다. 엄하기는 해도 상식이 없는 사람은 아니었다. 센터에 유은도를 부른 것을 후회했다. 앞으로 다시 만날 일이 있을까 싶었다.

불편한 마음으로 오후 시간이 흘러갔다. 작은 갈등도 견디지 못하는 자신의 성격을 탓하며 민교는 헝클어진 마음을 가라앉히려고 내내 아이들에게 집중했다. 한 그룹의 아이들이 귀가를 하고 난 뒤에야 그녀는 자신의 속마음을 알아차렸다. 차라리 잘된 거였다. 이참에 더 이상 만나지 않게 되길 원했다. 하지만 그녀의 추측은 빗나갔다. 퇴근 직전에 메시지가 들어왔다. "민교 씨, 오늘 저녁 첫 수업 있어요. 일곱시에 시작합니다. 늦더라도 꼭 오세요."

컴튜닝에 도착할 때까지도 민교는 망설였다. 불편한 대면을 하고 싶지 않았다. 은도는 물론이고 다시 만나게 될 정미연 선생도 그랬다. 조하영 선생을 남겨두고 먼저 퇴근하면서도 마음을 정하지 못했던 그녀는 문득 자신이 지겨워졌다. 어떻게든 문제를 회피하려고만 하는 성격에 끌려다니다가는 어느 날 무덤보다 좁은 공간에 자신을 가두게 될지도 몰랐다.

질식할 것 같은 답답함에 이대로 함몰될 순 없었다.

정미연 선생은 민교를 즉시 알아보았다. 민교 역시 낯익은 정 선생의 단발머리가 반가웠다. "어머, 서 선생님 오랜만이죠?" 달라진 것이 있다면 똑떨어지는 정장 대신 세미캐주얼 차림을 하고 있어서 이미지가 한결 편안해 보인다는 거였다. "안녕하세요, 정 선생님. 예전하고 똑같으세요."

"난 좀 변한 것 같은데, 고마워요. 그런데 서 선생님 용하세요. 그 호랑이 원장님하고 벌써 몇 년이에요?" 민교는 대답하지 않고 웃었다. 자칫 원장의 이야기를 하게 되면 본의 아니게 뒷담화로 이어질 수도 있었다. 아침에 있었던 일 때문에 은도에게도 신경이 쓰였다.

"두 분 서로 인사 교환했으니 1강 시작할까요?" 유은도가 끼어들어 어색한 대면을 정리해주었다. 은도는 오전에 센터에서 있었던 일 따위는 잊은 듯 유쾌하게 수업을 진행했다. 블로그 만드는 방법을 순서대로 설명하고 실습에 들어갔다. 실수를 연발하고 말을 알아듣지 못하는 두 사람에게 인내심을 발휘하면서 격려해주고 무언가 하나라도 진행하면 위트 있는 농담으로 칭찬해주었다.

정 선생은 블로그에 쓸 운영자 닉네임을 '미소'라고 지었다. 무슨 의미가 있냐고 물으니 앞으로 운영할 가게 이름이 '미소공방'이라고 했다. 민교는 '여뀌와 달개비'라고 지었다. 좋아하는 가을꽃 이름을 엮었더니 꽃 무리에 둘러싸인 듯 기분이 좋아졌다. "민교 씨랑 어울리는 닉네임은 아닌데요. 흰 카라꽃이 민교 씨 이미지에 맞는데." 은도가 말하자 정 선생이 거들었다. "와, 서 선생님 카라꽃 완전 어울려요. 그런 비유 아무나 듣는 건 아닌데, 나 같음 가만있지 않겠다. 오늘은 제가 바쁘니까 다음번에 거하게 한턱내셔요!" 닉네임을 바꾸는 대신 민교는 그냥 웃었다.

블로그의 배너를 바꾸고 글씨체를 지정하고 콘텐츠를 추가하고 하위 영역을 만들어가는 작업은 재미있었다. 직접 선택한 스타일로 하나씩 구성해가다 보니 블로그를 꾸미는 것이 생각만큼 어렵지 않았다.

한 주간 실행해볼 과제도 받았다. 자기 블로그에 인사말 써넣는 것과 사진 및 개인 자료 업로드해보는 것. 그리고 서로의 블로그에 방문해서 축하 인사 남길 것. 이렇게 즉석에서 배우다보면 그럴듯한 블로그 운영자도 될 수 있겠다는 자신감이 생겼다. 정 선생은 다음 시간엔 동영상을 편집하고 사진을 영상으로 묶는 것을 가르쳐달라고 건의했다. 컬러 감각이 좋고 적용이 빠른 정 선생은 배우고 싶은 게 많은 것 같았다.

은도가 수업 순서를 정리해주었다. 다음 시간엔 카페 개설 및 자료 업로드와 운영 방법을, 3강에선 소셜네트워크별 특성을 파악하고 가입 및 활동 요령 익히기를, 4강에서는 소셜커머스의 기초를 배우기로 했다. 정 선생이 가르쳐달라고 조르는 동영상 편집과 광고 공유 방법은 다 같이 여유 있는 날

진행하기로 했다.

"배울 거 많네요. 부지런히 실습해서 수제자 될게요." 은도를 향해 인사를 하던 정 선생이 물었다. "서 선생님이 시간 좀 앞당기면 실습 충분히 해보고 갈 텐데, 안 되나요?"

"민교 씨도 바쁘지만 제가 시간 맞추기 힘들어서 그래요. 이만하면 딱 좋잖아요. 혼자 해봐야 실력이 늘죠." 민교에게 던진 질문을 은도가 받자 정 선생이 입술을 샐쭉 내밀어 보이고 바쁘다며 가버렸다. 민교도 메모하느라 꺼내놓았던 다이어리와 펜을 에코백에 집어넣었다.

"센터 컴퓨터에 있던 자료는 백업해뒀어요? 시간 들여 만든 것들 날아가면 안 되잖아요."

건조하게 말했지만 기분이 상한 것 같지는 않았다. 순간 당황했던 민교는 가볍게 대답했다. "대부분 정리해서 시스템 파일로 등록했어요. 개인적인 것들은 메일에 분산해서 저장해놓은 것도 있고, USB에 저장한 것도 있어서 별 손실은 없을 거예요."

원장에게 그런 소리를 들은 마당에 자료 걱정을 해주는 은도에게 고마운 마음이 들었다. "그걸론 부족해요. 자료 잃어버리면 컴퓨터 사는 것보다 자료 복원하는 데 비용이 더 들어요. 그만큼 어려워요. 중요한 자료는 안전하게 백업해놓는 게 좋아요. 웹 공간에 하나, 프린트 출력본 하나 남겨놓는 정도로. 일단 업무 자료들은 USB에 보관하도록 해요."

유은도가 새롭게 보였다. 감정을 배제하고 일을 일답게 하는 건 프로와 아마추어를 구분하는 경계였다. 고맙다는 말 대신 고개만 끄덕였다.

가게를 나오다 외국인 두 명과 마주쳤다. 집업 후드티를 입은 샤리플이 그녀를 알아보고 조팝꽃 웃음으로 인사했다. "샤리플 오랜만이에요. 앤디 왔다면서요?"

"네, 앤디 임신해요. 오늘 병원 갔어. 베이비, 베이비 보고 왔어요."

샤리플이 급하게 알렸다. 가슴을 쫙 편 샤리플의 얼굴이 자랑스러움으로 빛났다. "축하할 일이네요. 그런데 앤디는 괜찮아요?"

"네. 좋아요. 앤디 좋아요."

"앤디 이제 일 못하겠네요." 평소와는 다르게 샤리플이 민교의 말을 알아듣지 못한 듯 눈을 크게 뜨면서 애매하게 턱을 저었다. "앤디 이제 출근 못하겠어요." 그제야 알아들은 듯 고개를 끄덕였다. "앤디 건강해요. 계속, 일해요. 베이비 나오기 전 돈 벌어야 돼. 마니 마니요." 말해놓고 뭐가 좋은지 웃었다. 말의 뉘앙스까지 파악하는 건 외국인에게 역시 어려운 모양이었다. "그렇군요. 나중에 쉬게 되면 한국어 선생님 연결해줄게요. 앤디랑 아기랑 한국어 배워야죠."

"감사하미다. 나중에 앤디 같이 만나요." 샤리플은 기분이 좋아 보였다. 앤디에게 한국어를 가르쳐야 한다는 말에는 대답이 없었다.

"혹시 노트북 필요하지 않아요? 민교 씨 집에 있는 것도 버전이 낮아서 버티는 데 한계가 있어요. 제가 소니 노트북 정품 좋은 조건에 살 수 있는데, 것도 기회니까 생각해봐요." 유은도가 따라 나오며 말했다. 생각해보겠다는 의미로 고개를 끄덕이고 돌아섰다.

에코백이 어깨에서 가볍게 달랑거렸다. 날이 흐려서 자전거를 가져오지 않았지만 아직은 걸을 만했다. 길이 얼어붙거나 칼바람이 불면 센터에서 집까지 걷는 이십여 분 거리가 멀게 느껴질 거였다. 그때가 되기 전에 부지런히 추위에 적응하고 다리근육을 길들여야 했다. 정품이라고 강조하던 유은도의 말을 생각하면서 집으로 통하는 샛길로 들어섰다. 언젠가 국산 노트북 때문에 마음이 상한 원장이 전에 쓰던 소니 제품은 팔 년 동안 한 번도 문제를 일으키지 않았다고 했던 말이 기억났다. 소니 노트북이라면 한번 써보고 싶었다.

슈퍼 앞 진열대에 쌓여 있는 단감이 눈길을 잡았다. 가을을 알리는 신호탄처럼 느껴져 사 들고 들어왔다. 단감을 깎는데 베리가 쓱 다가오더니 칼 밑에 늘어진 껍질에 코를 댔다. 웬만해선 하지 않는 행동이라 껍질을 잘라서 공중에서 흔들었다. 사뿐히 점프해서 껍질을 낚아챈 베리가 껍질을 먹기 시작했다. "베리야, 입맛에 맞아?" 들은 체도 않고 찹찹 소리를 내면서 먹어치우는 베리에게 잠깐 동안 눈을 빼앗겼다. 민교는 감을 썰어서 접시에 담고 그중 한 조각을 베리에게 주었다. 조금 전까지 껍질을 먹어치운 베리는 관심 없는 듯 침구로 들어가버렸다. 동영상을 찍어놓았으면 아이들과 재미있게 봤을 거였다. 그녀를 둘러싼 모든 존재들이 너무 빠르게 변해가고 있었다. 센터 아이들이 자라는 모습도 현기증이 날 정도였다.

감 접시를 닦아놓고 휴대폰을 꺼내보니 노트북 상품 모델이 줄줄이 들어와 있었다. 그녀는 유은도가 앞에 있는 것처럼 웃었다. 처음처럼 당황스럽지는 않았다. 그녀의 느린 기질과 우유부단한 성격이 여지없이 궁지에 몰리는 느낌은 희석되고 있었다.

유은도가 보내준 소니 모델을 확인해보려고 데스크탑을 부팅했다. 정 선생과 함께 만든 블로그도 궁금하고 숙제도 하고 싶었다. 부지런히 응용해서 운영하다 보면 관심사를 공유할 사람들과 만나 복지사로 일하면서 얻은 경험도 진솔하게 나눌 수 있을 거였다. 베리와 함께 아이들의 마음을 열었던 이야기를 공유하면 누군가에겐 도움도 되고 재미있을 것 같았다. 사회적 존재감이 거의 없는 복지사들이 서로 위로와 격려를 나눌 수 있다면 무력감으로 소진되지 않도록 다독이는 것도 가능할 터였다. 블로그 운영으로 친구들과 후원자를 관리하는 부지런한 지호가 새삼 존경스러웠다. 늦었지만 이제라도 블로거가 되어야 할 이유들이 줄줄이 생각났다. 센터를 떠나간 아이들과도 연락이 닿을 수 있을 거였다.

컴퓨터가 부팅되는 동안 베리의 저녁을 챙겨주었다. 중성화 수술을 하고 나선 행동이 좀 느려졌지만 베리는 여전히 사랑스러웠다. "베리야, 입맛 돋울 간식이 있는지 찾아볼게." 베리는 둥글이 침구에서 우아하게 점프해서 내려오더니 스트레칭을 했다. 그녀의 등과 옆구리까지 시원해지는 느낌이었다.

컴퓨터가 부팅이 되지 않았다. 모터 돌아가는 소리는 요란한데 모니터는 깜깜했다. 기다리기 답답해서 샤워를 하고 나왔는데도 그 상태였다. 릴레이리셋 버튼을 눌러 재부팅을 시도하고, 케이블을 다 분리했다가 다시 접속해도 마찬가지였다. 한 시간이 넘도록 데스크탑에 매달려 애를 쓰고 나니 실망보다는 단념이 되었다. 새 노트북을 구입하려고 하자 옛것이 작별을 고한 꼴이었다. 약이 올라 있던 원장의 심정도 이해됐다. 그나마 외장하드에 자료들을 옮겨놓은 것이 다행스러웠다.

그녀는 정 선생을 만난 에피소드를 기록했다. 요즘 들어 에피소드북을 쓰는 날이 많지 않았다. 새로운 소설을 쓰는 것도 아니었다. 그녀는 타인에게 많이 휘둘리는 성품이라는 걸 인정했다. 생활을 단조롭게 만들지 않으면 글은 써지지 않았다. 그런 날들이 길어지면 막연한 불안과 공허감에 빠져 무력해진다는 걸 경험으로 알고 있었다. 주기가 일정치 않은 에피소드 기록은 9월과 10월 두 달 동안 손에 꼽을 정도였다. 갑자기 초초해졌다. 노트북을 구입하면 들고 다니면서 써야겠다고 생각했다. 자전거에 싣고 다니다 일찍 퇴근하는 날은 도서관이나 카페에 들어가 쓸 수도 있을 거였다. 상상만 했을 뿐인데 기분이 누그러졌다.

아침 일찍 원장이 비상소집 문자를 보내왔다. 출근 시간을 당겨 센터에 도착해서 보니 조하영 선생은 물론이고 실습 교사와 조리사까지 이미 모여 있었다. "갑작스럽기는 하지만 청석극단에서 협조 요청을 받았어요. 당초 협의한 날은 금요일이었는데, 이틀 앞당겨 오늘 연극 관람을 와달라고 해서요. 그동안도 그래왔고 앞으로도 지원받을 곳이니 협조할 수 있도록 준비해주세요."

청석극단의 단장은 원장과 각별한 사이였다. 공연이 있을 때마다 아이들이 무료 관람을 할 수 있도록 초청해주고 있었다. 예술인 단체 지원에 가장 큰 영향력을 행사하는 광주시장의 일정이 조정되어 갑자기 공연 관람을 통보 받았다고 했다. 극단 입장에서는 관람 예약 인원이 제일 적은 요일에, 시 관계자들이 와서 시민의 참여율을 평가하는 건 불공정한 일이었다. 다음 해 극단의 존립이 달려 있으니 각 단체장들끼리의 인원 동원은 피차 상생하기 위한 몸부림이었다. 관변단체에서 상부상조하는 건 관행이기도 했다. 지원 없이는 아무것도 할 수 없는 지역아동센터에서 아동 회원의 문화체험 기회를 얻는 것도 앞에선 원장이 뛰고 뒤에선 복지사들이 역할을 해야 가능한 일이었다.

정상적인 시간에 귀가하는 회원의 보호자에게는 물론이고, 중간에 다른 학원 수업이 있어서 한쪽을 포기해야 참석 가능한 회원의 보호자에게도 일일이 전화를 돌려 갑작스런 프로그램 변경 사유를 알리고 양해를 얻어야 했다.

5학년 청민이가 발목을 절룩거리면서 들어왔다. 바쁜 날엔 더 바쁘게 만드는 일이 꼭 있었다. 하교 시간에 청민이가 찬 공이 학교 담을 넘어가서 공을 가지러 급하게 담을 넘다가 떨어졌다고 했다. 청민이는 조선족 어머니에게서 태어난 아이였다. 어머니가 집을 나간 후 아버지가 재혼을 하는 바람에 지금은 할머니와 따로 살고 있었다. 청민이 할머니는 전화를 받지 않았다. 청민이를 데리고 조 선생이 학교 정문 앞에 있는 정형외과에 다녀왔다. 무릎 찰과상에 발가락 골절이라고 했다. 물리치료를 하고 반깁스를 했는데, 당분간 발가락을 움직이지 말라는 의사의 지시에 따라 연극 관람은 포기했다.

민교네 반 아이들은 학교가 끝나고 센터로 바로 오는 경우가 많았다. 보호자들과 거의 연락이 되어 순조롭게 진행되리라 기대했지만, 민영이와 소운이가 시간이 돼도 오지 않았다. 민영이는 피아노학원을 보내기 시작했다고 엄마가 확인해주었는데, 소운이 어머니는 답이 없었다. 혹시나 카카오톡은 될까 싶어서 연락을 해두었다. 평소에도 소운이 엄마는 출장이 잦아서 연락하기 힘들었다. 이혼 가정은 아니지만 부모가 따로 살고 있었다. 부부 갈등으로 삶이 완전히 분리된 별거 형태였다. 일 년 전에 아버지가 소운이를 데려가서 대전 친할머니 집에서 지낸 적이 있었다. 소운이가 학교에 적응하지 못하자 두 달 후에 엄마가 다시 데려왔다. 센터로 돌아온 소운이는 전과 다르게 우울하고 무기력한 날이 많았다.

보험설계사인 소운이 엄마는 영업을 위해 골프를 배울 정도로 성격이 활달해서 주로 사업가들을 상대한다고 했다. 골프를 매개로 영업을 하다 보니 1박이나 2박 지방 출장은 물론이고 3, 4박 해외 출장을 나가는 일도 잦았다. 그럴 때마다 소운이는 이웃집에 맡겨졌다. 소운이와 한 반인 지수 엄마가 들려준 이야기였다. 지수는 소운이를 따라 몇 번 센터에 왔던 아이인데, 성격이 밝았다. 소운이네 부모님이 별거에 들어가기 전부터 이웃에 살아서 같은 유치원에 다닌 단짝 친구였다. 센터에 다니고 싶다는 지수를 위해 상담 전화를 했을 때 지수 엄마는 일반 회원도 입회 가능하다는 말에 흔쾌히 동의했다. 지수 엄마는 아동의 정서 교육에도 이해가 깊어서 소운이의 처지를 딱하게 여기고 있었다. 복지기관의 역할도 잘 알아서 지수가 센터에 다니는 동안엔 지원을 아끼지 않았다. 학교 운영위원으로 봉사하면서 시간이 될 때마다 간식을 넉넉히 싸들고 센터에 와서 학교에 대한 정보를 나눠주기도 했다.

지수가 지역아동센터에 다닌 건 팔개월 정도였다. 학교에서 수학 영재로 뽑혀 영재 교육반에 참여하게 되면서부터는 시간이 맞지 않아 그만두었다. 결과적으로 소운이는 다시 외톨이가 되었고 대부분의 시간을 음울하게 보내고 있었다. 센터에서 누구와도 어울리지 않았고 이유 없이 우는 날도 있었다. 그럴 땐 묻는 말에 대답도 하지 않았다. 어쩌다 한번씩은 붕 떠오른 기분으로 방글거리며 장난을 치는 날도 있었다. 그런 날은 목소리도 커졌다. 공부는 안 하고 전날엔 말도 섞지 않던 남자아이들에게까지 장난을 걸었다. 그럴 때 소운이는 상점 입구에서 춤을 추는 바람 인형 같았다. 소운이의 반복적인 조울증이 걱정스러워 상담을 요청했지만 엄마가 바빠 응하지 않고 있었다.

세시 반에는 출발해야 하는데, 세시 이십분이 되어서야 소운이가 센터에 왔다. 엄마 소식을 물어보니까 소운이가 한숨을 푹 쉬고는 모른다고 했다. 연극 보러 가도 되냐고 물으니까 그것도 모른다고 했다. 다른 아이들은 공부 안 하고 연극보러 간다고 좋아서 술렁이는데, 소운이는 책상에 엎드려 있었다. 엄마와 연락할 방법은 없니? 사무적으로 말할 때 원장의 목소리는 민교가 듣기에도 냉랭했다. 아니나 다를까, 참고있던 소운이의 울음이 터졌다. 난감해진 원장이 소운이의 이마에 손을 대더니 고개를 저었다. 젖은 비스켓처럼 눅눅한 소운이를 어떻게 해야 할지 난감했다. 허락 없이 데려가면 나중에라도 문제가 될 수 있었다. 전에도 출장에서 돌아오는 길이라면서 소운이 엄마가 센터에 들른 적이 있었다. 하필 체육 활동이 있는 날이라 돌아오는 대로 차 운행을 해주겠다고 했지만 소운이 엄마는 체육 활동을 어디에서 하냐고 묻고는 기어코 찾아가 소운이를 데려갔었다.

원장과 상의한 끝에 소운이는 남아 있기로 했다. 조 선생 반의 6학년 아이 셋이 축구를 하러 갔다가 연락을 받고 급하게 합류했다. 늦은 시간에 오는 중고생들이 있어서 민교가 남아 있기로 하고 차가 출발했다. 그녀는 움직임이 불편한 청민이에게 공부할 범위를 정해주었다. 그러곤 엘사 캐릭터가 그려진 흰색 플라스틱 잔에 히비스커스 차를 담아서 소운이에게 가져갔다.

꽃잎의 고운 핑크빛이 잉크처럼 번지는 모양을 들여다보면서 소운이 얼굴에 호기심이 살아났다. "마음을 위로해줄 마법의 차를 마셔볼까?" 민교는 같은 찻물을 담은 자신의 텀블러를 보여주었다. 스테인리스 텀블러에 담긴 찻물을 흔들었더니 피처럼 검붉은 빛깔이 번졌다.

"내 잔이 더 예뻐요." 소운이가 입을 열었다. "이거 연극 못 봐서 주는 거죠?" 민교는 가만히 웃어주곤 말없이 차를 마셨다. 히비스커스는 감기 초기 증상으로 미열이 날 때 진정 효과가 있어서 즐겨 마시는 허브차였다. 맛있다는 표정을 지어 보이자 그녀를 따라 하듯 소운이도 잔을 들었다. 한 모금 마시더니 오만상을 찌푸리곤 잔을 내려놓았다. "맛없어요."
소운이가 속았다는 표정으로 진저리를 쳤다.

"나는 맛있는데. 소운이 차까지 내가 다 마셔야겠네. 선생
님한테 양보해도 괜찮을까?" 소운이가 고개를 끄덕이면서 잔
을 그녀 쪽으로 밀었다. "이건 내가 진짜 좋아하는 찬데. 왜
냐하면 나는 이 차를 맛으로 먹지 않고 보약으로 먹거든. 이
차를 마시면 기분이 좋아져. 그리고 감기도 낫고. 무엇보다
신맛을 참고 계속 마시면 좋은 영양분이 몸속으로 들어오거
든. 그것이 나를 건강하게 만들어주기 때문에 나는 이 차를
맛있다고 생각하면서 먹어. 그러면 이상한 일이 일어나. 소운
아, 그게 뭔지 아니? 진짜 맛이 있어지는 거야. 그래서 선생
님은 이 차를 진짜진짜 맛있게 먹을 수 있게 됐어. 소운이도
선생님처럼 한번 해볼래?"

소운이가 자기 잔을 끌어다 잡았다. 그러곤 한 모금 다시
시도했다. 여전히 오만상을 지었다. 하지만 이번엔 잔을 내려
놓지 않고 콧등을 찡그리며 웃었다.

"잘했어 소운아, 이제 기분이 좋아지고 몸도 건강해질 거
야. 우리 건배하고 마실까?" 소운이가 잔을 들어 부딪쳤다.
엇갈려 소리가 약하게 나자 다시 부딪쳤다. 플라스틱과 스테
인리스가 부딪치면서 내는 둔탁한 소리에 소운이가 까르르
웃었다.

"앞으로 우리 소운이도 선생님처럼 이 차를 좋아하게 되려

나?" 소운이가 고개를 끄덕였다.

"그런데 소운아, 우리가 세상을 살아가는 것도 똑같아. 때론 히비스커스 차처럼 싫은 것도 있잖아. 사실 더 견딜 수 없는 일도 많을 거야. 하지만 묵묵히 참고 이겨내면 그 경험이 소운이를 단단하게 만들고 어느새 건강하게 만들어주거든. 그렇게 자라나면 하고 싶은 것들을 할 수 있는 어른이 되는 거야. 소운이가 중고생 언니가 되고 대학생이 되면서 예쁜 아가씨로 바뀌는 모습을 선생님은 상상할 수 있어. 소운이도 상상해봐. 그리고 울고 싶을 때마다 처음 히비스커스 차를 마실 때 선생님이랑 나눴던 이야기를 기억해봐. 힘든 일을 견디고 통과할 때마다 점점 더 소운이는 강해지고 그만큼 자라날 거야. 나는 소운이가 예쁜 꽃을 피우는 건강한 나무처럼 멋지게 성장할 거라고 믿어. 그렇게 자란 소운이가 선생님을 찾아와주면 좋겠어. 소운이가 이곳을 떠나도 선생님은 소운이를 기다리고 있을 거야. 자, 우리 약속할까?"

소운이가 손가락을 걸었다. 먹기 좋게 식은 히비스커스를 마시면서 계속 인상을 쓰는 소운이에게 휴대폰 앨범에 담아 놓은 베리의 어릴 때 사진을 찾아서 보여줬다. 길을 잃었을 뿐 아니라 엄마 고양이도 아빠 고양이도 없어서 윤서를 따라왔던 이야기를 꺼내자 소운이가 폰을 뺏어 들고 사진을 한 장 한 장 넘겼다. 얼굴에 웃음이 돌아와 있었다.

옆 교실에서 공부하던 청민이가 문제집을 다 풀었다고 가지고 왔다. 오영이랑 민영이도 도착했다. 동생이 연극 관람 갔다고 이야기해주었더니 오영이 얼굴에 희미한 웃음이 지나 갔다. 오경이가 없어서 좋은 모양이었다. 오영이는 방해가 없는 한 오랫동안 집중하는 아이였다. 주의력이 많이 부족한 민영이는 연극 관람을 가지 못한 걸 아쉬워하며 서성댔다. "나 빠졌어요. 금요일에 피아노 안 하고 연극 보러 간다고 허락까지 받았는데, 왜 오늘 가요?" 따지며 억울해하는 민영이에게 공부할 범위를 정해주고 조리실을 둘러보았다. 조리 선생이 장을 보지 않아서 식재료는 물론이고 간식도 없었다. 중고등학생들이 오면 음식을 시켜 먹기로 마음먹고 문제집을 다 푼 청민이에게 자유 활동을 허락해주었다. 다리를 절면서 휴게실로 걸어간 청민이는 레고를 모아놓은 박스에서 333큐브를 찾아내 맞추기 시작했다. 오영이는 할당된 문제집을 풀어서 가져다 놓고 사라졌다. 채점할 때마다 놀라는 건데 역시나 만점이었다. 보통 두세 번씩 틀린 문제를 다시 풀어 검사를 맞는 아이들과 달리 오영이는 문제집을 돌려받는 경우가 없었다.

악기 소리가 들려서 나가보니 키보드를 만지고 있던 오영이가 일어났다. "오영아 소리 더 키워놓고 쳐도 돼. 오늘 오경이도 없고 할 일도 했으니까 마음껏 쳐." 오영이의 얼굴에 웃음이 떠올랐다 사라졌다. 그런 표정을 본 적이 없었다. 민교는 키보드의 소리를 키워주고 효과음 버튼과 다른 악기 소리로 바꾸는 코드 번호를 알려주었다. 오영이가 키보드의 버튼을 바꾸며 실험에 들어갔다. 클라리넷 소리가 실로폰 소리로 바뀌고 조금 후엔 첼로 음이 들렸다. 한참 후 피아노 소리로 돌아와서는 악보도 없이 음계를 연주했다. 피아노 기초 교본 『바이엘』에 수록된 곡들이 이어졌다.

중학생들을 기다리며 곤지암 사거리를 내려다봤다. 센터에 와 있어야 하는 아이들이 오지 않으면 마음이 불안하고 걱정이 앞섰다. 방금 도착한 세 명 외에 절반이 넘는 아이들이 오지 않고 있었다. 원장에게 아이들 출결을 보고하고 저녁은 짜장면으로 먹겠다고 메시지를 넣었다. 원장에게서 곧바로 전화가 왔다. 오지 않은 아이들의 상황을 이미 파악하고 있었다.

"짜장면 먹자." 아이들은 대답이 없고 청민이만 좋다고 했다. "그럼 피자를 먹을까?" 아이들은 "아니요, 치킨이요" 했다. 이번에도 청민이만 찬성했다. "치킨은 밥이 아니잖아. 짜장면에 탕수육은 어때?" 하고 물었더니 모두 동의했다. 인원수대로 짜장면을 시키고 탕수육도 두 접시 시켰다. 영수증을 따로 받고 탕수육 값을 사비로 계산했다. 오영이는 짜장면을 먹고 다시 키보드로 돌아갔다. 제법 들어줄 만하게 연주하는 걸 보면 악보를 외우고 있는 모양이었다. 악기를 좋아하는 것이 느껴졌다.

"민교 씨, 노트북 왔어요. 제가 비교해보고 가격 대비 할인 조건이 좋은 걸로 샀어요. 보러 오세요." 유은도의 메시지였다. 웃을 수가 없었다. 그녀도 나름대로 기준이 있었다. 가격이나 디자인도 그렇고 아무리 좋아도 그녀가 쓰지 않는 고급 기능이 많은 것은 낭비이기도 했다. 그녀는 이런 궁리들을 하느라 답을 하지 못했다. 센터 일이 끝나는 대로 가보기로 마음먹고 휴대폰을 치워놓았다.

"소운아, 이제 엄마께 연락드려봐." 귀가 지도를 하면서 민교가 말했다. 혼자서 돌아가게 둘 수는 없었다. 민영이 옆에서 미니 레고를 하던 소운이가 손을 멈추고 고개를 숙였다. 그러곤 훌쩍이기 시작했다. 민교가 손바닥으로 소운이 등을 쓸어주자 소운이의 울음이 제대로 터졌다. 코를 들이마시면서 내는 흑흑 소리에 뒤섞여 말이 가까스로 들렸다. 갑자기 상가에 조문 간다고 했던 엄마가 제주도에 있다고 연락한 후로 며칠 동안 돌아오지 않고 통화도 안 된다는 말이었다. 사정도 모르고 다그친 것이 미안해서 말없이 소운이를 안아주었다. 어두운 표정으로 바라보는 오영이와 눈이 마주쳤다. 오영이 어깨를 손으로 감싸 안았더니 슬쩍 몸을 기대왔다. 하지만 곧 몸의 중심을 잡고 빠져나갔다. 오영이를 안아주기엔 자신의 품이 너무 좁다는 생각이 들었다. 민교는 지수 엄마에게 전화했다.

"선생님 걱정 마세요. 이틀 동안 지수랑 잘 잤어요. 오늘은 엄마가 오는 줄 알고 있던데, 소운이가 많이 실망했겠어요." 벌써 사흘째라는 말이었다. 소운이 엄마의 즉흥적이고 급한 성격이 생각났다. 소운이의 무력증은 주장이 센 양육자의 자녀들에게서 전형적으로 드러나는 증상이었다. 방임된 아이들이 드러내는 조울 증상도 부쩍 심해지고 있었다. 시든 꽃송이처럼 고개를 수그리고 민영이 옆에서 레고를 만지작거리는 소운이를 오영이가 가만히 보고 있었다. 그 눈빛이 너무 어두워서 불길할 정도였다. 오영이를 결박하고 있는 음울함이 너무 무겁지 않기를 바랐다. 밀도 있는 시간을 함께 보내지 않고는 섣부른 위로를 할 수 없었다. 마음의 경계가 녹아서 그 속을 들여다볼 때야 어루만질 수 있는 거였다. 만져지지 않는다는 건, 신뢰 관계가 형성되지 않았다는 의미였다. 실제로 오경이와 달리 오영이에겐 관심을 쓴 적이 없었다는 생각이 들자 미안해졌다.

컴튜닝은 잠겨 있었다. 그런데 안도의 한숨이 나왔다. 유은도가 일방적으로 구입한 모델이 마음에 들지 않으면 어쩌나 싶어 긴장했던 모양이었다. 한편으론 빨리 노트북을 보고도 싶었다. 허탈감을 느끼며 집으로 걸어가는데, 어깨를 건드리는 것이 있었다. 발밑으로 나뭇잎이 떨어졌다. 주변에 수북한 단풍잎들을 보자 헛헛함이 밀려왔다. 넓은 면적의 활엽수들이 침엽수 군락지를 포위하며 게릴라 전술을 펼치듯 명암을 드러내고 있던 백마산이 떠올랐다. 센터 창문으로 내다본 풍경이었다. 카펫 무늬처럼 선명한 대낮의 풍경과 모든 걸 흑백으로 만드는 푸르스름한 달빛이 가을의 양면성이었다. 배경

이었던 나무들이 본색을 드러내며 총천연색으로 존재감을 과
시하는 걸 보니 상대적 박탈감이 느껴졌다. 그 박탈감을 해석
하기에 더없이 좋은 시공간을 가을밤이 베풀어주고 있었다.

민교는 작은 것 하나라도 구체적으로 붙잡아야겠다고 생각
했다. 결과가 보이지 않는 것에 휩싸여 있을 땐 작지만 가시
적인 것이 그리워지는 법이었다. 올림픽 성화 봉송 행렬처럼
가을이 달아나버리기 전에 라이딩을 가자!

집에 도착하자 몸에서 힘이 빠져나가는 느낌이 들었다. 베
리야, 내가 아무래도 외로운가 봐. 침구에 있다가 가볍게 점
프해서 내려온 베리의 목을 만지면서 중얼거렸다. 단화를 벗
고 의자에 에코백을 내려놓았을 뿐인데 식은땀이 났다. 스크
래처에 올라가 놀고 있는 베리를 무기력하게 바라보고 있는
데 헛구역질이 났다. 센터에서 먹은 짜장면이 생각났다. 짜장
면을 먹을 때마다 항상 배탈이 나는 이유가 뭔지 알 수 없었
다. 소화제를 찾아서 먹고 누웠다. 침대가 빙글빙글 돌았다.
구토증을 느끼고 화장실에 갔지만 토하는 것도 마음대로 되
지 않았다. 기억을 더듬어 지호에게서 받은 사혈기를 찾아냈
다. 언제 쓰일지 알 수 없어 서랍 맨 아래 칸에 챙겨두었던 거
였다. 볼펜 모양의 사혈기를 들고 손가락을 탁자에 펼쳤다.
바르르 떨리는 손가락 끝 지문 중앙에 침을 찔렀다. 따끔한
통증이 느껴지기 직전의 긴장이 버튼을 누르는 걸 방해했다.
열 손가락에 피를 줄줄 내고 휴지로 대충 닦아냈더니 온몸의

긴장이 다 풀렸다. 그대로 침대에 누웠다.

잠깐 잠이 들었다가 왁살스러운 소음에 일어났다. 놀란 눈의 베리가 먼저 눈에 들어오고, 곧바로 바닥에 흩어진 사혈침들이 보였다. 치워놓지 못한 걸 자책하며 도구를 모아 정리함에 담는데 다시 구역질이 났다. 화장실로 달려가 토하고 또 토했다. 먹은 걸 다시 확인할 때의 역겨움에 진저리를 치고 나오자 베리가 알짱거리며 울었다. 그제야 알아차렸다.

"미안, 밥 달라고 부른 거였니?" 그녀가 사료를 부어주자 베리가 다가와 먹기 시작했다. 잠옷으로 갈아입고 누우면서 시간을 확인했다. 겨우 열시였다. 아침까지 푹 자고 나면 회복될 거였다. 휴대폰이 울리는데 눈뜰 기운이 없어 망설이는 동안 전화가 끊겼다. 조금 후에 또 울렸다.

"민교 씨, 낮에 메시지 드렸는데 연락이 없으셔서 바쁘신가 했어요. 정미연 선생님하고 빈대떡 집에서 막걸리 한잔하고 있어요. 밤참 드시러 오세요." 유은도의 목소리였다. 그녀는 있는 그대로 이야기했다. "가게가 잠겨 있어서 그냥 왔어요."

"아, 오셨으면 전화하지 그랬어요. 근처에 있었는데, 정말 미안하게 됐어요."

"아니에요. 지금은 컨디션이 좋지 않아요."

"엇 민교 씨, 어떤데요? 약은 드셨어요?" 유은도가 놀란 목소리로 물었다.

"네. 체한 것 같아서 사혈하고 속도 비웠어요. 아직 좀 어지러운데 곧 가라앉겠죠."

"그 정도로 심해요? 약을 사다드릴까요?"

"먹었어요. 자고 나면 괜찮을 거예요."

"그래요 민교 씨, 얼른 쉬세요. 푹 쉬어야 해요. 제가……"
유은도는 무언가 더 할 말이 있는 것처럼 머뭇거리다 말을 끝
냈다.

민교는 이해할 수 없었다. 주부인 정 선생이 왜 이 시간에
유은도와 술집에 있다는 건지, 그들이 왜 자신을 불러내는 건
지. 주부도 아니고 이혼남도 아닌 그녀로서는 그 관계의 공식
을 알 수 없었다. 정 선생도 그렇지만 유은도의 취한 목소리가
찜찜했다. 취해서 전화를 할 만큼 친한 사이라고 생각하는 걸
까. 유은도가 만드는 일방적 상황에 더 이상 휘말리고 싶지 않
았다. 노트북을 주문한 것이 마음이 쓰여 궁리하다 잠들었다.

다시 깨어났을 때 몸은 한결 가벼워져 있었다. 새벽 다섯시
인데, 휴대폰에 유은도의 메시지가 들어와 있었다. "민교 씨
너무 걱정이 돼서 집 앞에 왔는데 불이 꺼져 있네요. 별일 없
는 거지요? 한참 서성이다 돌아갑니다." 검은 잉크가 번지는
것처럼 불안이 엄습했다.

출근을 하려고 현관문을 열자 손잡이에 비닐봉지가 걸려
있었다. 일회용 플라스틱 용기에 뽀얀 사골 국물이 담겨 있고
위생 팩 속에 고기와 썰어놓은 파가 들어 있었다. 병에 든 물
약도 있었다. 유은도가 가져다 놓은 게 틀림없었다. 아직도

온기가 있는 걸로 보아 아침에 다시 왔던 모양이었다. 마음이 복잡했다. 그녀는 봉지째 냉장고에 넣어놓고 출근했다.

점심시간에 민교의 이름으로 죽이 배달되었다. 원장과 조 선생이 웬 죽이냐고 물었다. 속이 불편해서 시켰다고 둘러댔다. 역시 유은도가 시킨 것이 틀림없었다. 오후에 유은도의 메시지를 받았다.

"민교 씨 괜찮아요? 오늘 컴퓨터 수업 가능해요?" 그녀가 메시지를 확인하고 미처 답을 하지 않았는데, 메시지가 또 들어왔다. "힘들면 수업은 다음에 해도 되는데, 저녁에 일단 가게에 들를 수 있겠지요?" 대답을 하기 전에 새로운 문자가 들어왔다. "노트북은 다른 분이 가져갔어요. 급하다고 해서요. 민교 씨가 모델을 고르면 다시 주문할게요."

답은커녕 메시지를 기억할 틈도 없었다. 파트타임으로 운행하는 차량 기사가 쉬는 날인데, 원장까지 중앙지원단에 가서 조리사 김 선생이 차 운행을 나갔다. 조 선생이 외부 강사의 수업을 참관하며 보조하고 있어서 주방과 교실을 요요 방울처럼 오가며 저녁 준비를 돕는 건 민교의 몫이었다.

조 선생이 먼저 퇴근하는 날인데, 컨디션이 좋지 않은 민교에게 양보해서 먼저 퇴근했다. 컴튜닝에 도착하자 유은도가 걱정스러운 듯이 쫓아 나왔다. "민교 씨 괜찮아요? 아침에 차마 문을 두드릴 수가 없어서 국밥 사다가 문에 걸어두고 왔는데, 드셨어요?"

"좀 늦게 일어나서 냉장고에 넣어두고 출근했어요. 고맙습니다. 낮에 죽도 잘 먹었어요."

"죽이요? 그건 나 아닌데, 누가 또 민교 씨를 챙기는 거지요?"

"제 앞으로 배달이 왔는데, 누가 보내주신 건지도 모르고 먹었네요."

"민교 씨가 아픈 걸 미연 씨가 들었으니까 어쩜 미연 씨가 시켰는지도 모르겠네요." '미연 씨'라고 부르는 은도의 말투에서 친밀감이 묻어났다. "두 분께 빚을 졌네요. 오늘은 정 선생님 안 오세요?"

"네. 미연 씨는 아까 낮에 다녀갔어요. 공방 오픈 준비로 바빠서 수업은 다음 주에 하자는데, 민교 씨 괜찮아요?"

"네. 어차피 지금은 배워도 실습을 못해요. 데스크탑이 또 멈춰버렸어요."

"때가 됐군요. 자료는 백업해두셨죠?"

"그럼요. 시키는 대로 해두길 다행이에요."

"잘했어요. 제가 보내준 노트북 모델 보셨어요?"

"스마트폰으론 봐도 모르겠더라구요. 전 고급 버전은 필요 없어요. 그냥 웬만한 거면 될 거 같아요. 가격도 그렇고 크기도 너무 크지 않은 걸로요."

"제가 봐둔 것들이 있는데, 걱정 안 하셔도 돼요. 만족하실 거예요. 오늘 바로 신청하고 빠르면 내일 받는 걸로 해드리지요." 에코백을 집어 드는 그녀에게 은도가 말했다. "오셨으니까 오늘은 수업 대신 민교 씨한테 유용한 웹하드 사용법 알려드릴게요. 알려드리고 싶은 게 너무 많아요. 민교 씨가 사용하면 좋은 것들이에요."

유은도는 인터넷 웹하드에 접속해서 데이콤에서 제공하는 파일 호스팅 서비스 기능 사용 방법을 설명했다. 그러곤 앞으로 사용할 웹하드 아이디와 비번을 정하라고 했다. 웹하드는 별로 복잡해 보이지 않았다. "민교 씨, 이제 배우셨으니까 앞으로 작품이 진행되는 대로 마음껏 저장하세요. 꼭 보존해야 할 사진 자료도 옮겨놓고요. 제가 민교 씨한테 기증하는 인터넷 서버 공간이니까 마음껏 쓰셔도 돼요."

돌아오면서 마음속에 한 가지 의구심이 솟았다. 웹하드를 사용하라고 했지만, 결과적으로는 유은도가 구입한 웹 공간일 뿐이었다. 유은도의 웹하드에 저장할 만큼 오픈이 가능한 개인 자료는 없었다. 그리고 만약 그렇게 안전하고 영구적인 저장소가 있다면 왜 외장하드를 권했을까.

노트북

지역아동센터 연합회에서 주최하는 외부 수업이 있는 날이
었다. 드림봉사단원들이 지도하고 있어서 각 센터 인솔 교사
들은 도우미로 참여하고 있었다. 조별로 강사가 붙어서 활동
을 지원하는 합동 미술 프로그램은 다양한 활동으로 응용도
가능해 보였다. 틈만 나면 스마트폰 게임으로 빠져드는 센터
아이들에게 적용할 수 있는 활동이 절실하게 필요한 시점이
라 민교는 아이들보다 더 열심히 관찰하고 있었다.

커다란 사포를 나눠 받은 조원들은 강사와 함께 사포에 큰
그림을 그려나갔다. 그걸 조원 수만큼의 면적으로 나누고 잘
라서 하나씩 차지한 뒤에 각자 맡은 사포 조각에 밑그림을 살
려 자유롭게 크레파스로 색칠을 했다. 그걸 다시 모아 붙이자
완성된 그림이 되었다.

쑥스러움이 많은 아이들이 다른 센터 아이들과 한 조가 되어 서먹함을 극복하면서 함께 만들어가는 활동은 의외로 반응이 좋아서 혜빈이도 오랜만에 웃었고, 소운이도 달뜬 기분으로 골몰했다. 누나의 참견 없이 새로운 친구들과 한 조가 된 오경이도 얼굴과 손등에 크레파스가 묻은 것도 모르고 열심히 색칠을 했다. 각자의 개성으로 꾸민 사포를 연결해서 붙이자 모자이크 기법의 신비로운 그림이 완성되었다. 1단계 활동을 마친 조에는 강사들이 스토리텔링을 지도했다. 그림에 대한 이야기를 조원이 함께 만들어내도록 하는 거였다. 그리고 조별로 선택한 방식에 의해 뽑힌 대표가 활동 과정을 설명하고, 완성된 그림에 대해 조원들과 함께 만들어낸 이야기를 발표하도록 했다. 2단계 활동에서 아이들은 무척 소란스러웠다. 평소 말이 없던 아이들이 흥분해서 자기 의견을 주장하는 모습을 보자 가슴이 뭉클해졌다.

4주 동안 매주 화요일로 기획된 수업의 3회 차였다. 다음 주에 마지막 수업을 하고 나면 조원으로 활동했던 친구들과 정이 들어서 헤어지기 아쉬울 것 같았다. 이번에 센터연합회 활동을 지원한 드림봉사단은 미술을 전공한 기독교 청년 단체였다. 실상 원장의 능력이지만 점점 후원이 인색해지고 있는 현시점에서 이런 봉사 단체를 만났다는 건 행운에 가까웠다. 기독교 청년봉사단을 보니 지호 생각이 났다. 오랜만에 먼저 연락해서 봉사단의 활동 소식을 전해야겠다고 마음먹었다. 모르고 있다면 연결을 해줘도 좋을 거였다.

수업이 끝나갈 무렵 노트북 값을 이체하라는 메시지를 받았다. 성미 급한 유은도에게 연락이 없어 궁금했던 터였다. 센터로 돌아오는 길에 은행 무인 코너에 들러 현금 팔십만 원을 입금했다. 노트북 사용을 기점으로 삶의 형식도 디지털 모드로 전환되길 기대했다.

이틀 전 센터에도 컴퓨터 한 대가 새로 들어왔다. 원장이 가타부타 설명하지 않아서 그녀도 묻지 않았다. 삼성 로고가 박힌 작업복을 입은 기사가 컴퓨터를 설치하고 돌아갔을 뿐이었다. 그날 윈도우 바탕화면의 휴지통을 보면서 생각했다. 마음의 쓰레기도 간단하게 비워버릴 수 있다면 좋겠다고.

유은도는 그의 듀오백 의자에 앉아 노트북 화면을 들여다보고 있었다. 소니 노트북은 사이즈가 컸다. 인디핑크에 회색펄 컬러가 마음에 들었다. 외장하드와 같은 빛깔이라 더 좋았다. 게다가 휴대폰처럼 스마트 터치 기능이 있었다. 처음 가져보는 노트북이라 설레는 마음을 감출 수 없었다.

"민교 씨, 마음에 드세요? 꼬박 세 시간 동안 튜닝 했어요. 작가님 쓰시기에 최적화된 환경으로 만들어두었으니까 찬찬히 확인해보세요. 정품 등록도 해두었어요. 혹시 문제 생기면 국내든 해외든 소니 지점에서 무조건 AS 받을 수 있거든요. 마이크로소프트 유료 프로그램도 세팅해놨으니까 마음껏 쓰세요."

"감사합니다. 그런데, 제가 쓸 수 있는 기능은 별로 없을 것 같은데요."

"제가 컴퓨터 박사 만들어드릴 겁니다. 바쁘셔도 일주일에 한 시간만 저한테 주세요."

"제가 디지털 기계치라 겁은 나지만 배워봐야죠. 암튼 감사 드려요."

민교가 노트북을 끄자 유은도가 아쉽다는 표정으로 케이블과 주변기기들을 챙겨주고, 포장을 뜯지 않은 두툼한 물건을 건넸다. "노트북 장만하신 기념으로 제가 파우치 하나 따로 구입했어요."

"항상 파우치를 챙겨주시네요. 감사한 마음으로 쓸게요." 가방은 작아 보였지만 노트북과 주변기기를 넣자 알맞게 각이 잡혔다. 흠잡을 데 없이 심플한 군청색 클러치였다.

집으로 돌아가면서 노트북의 무게를 실감했다. 유은도에게 빚진 마음이 더해진 무게였다.

가로수 가지에 걸린 달을 보면서 체했던 날을 떠올렸다. 라이딩 한번 가보지 못했는데, 벌써 추워지고 있었다. 지난해 이맘때 경안습지 생태공원에서 봤던 풍경이 떠올랐다. 연잎으로 가득했던 습지는 비어 있었다. 잎이 잘려나간 줄기들이 고요한 수면 위로 비죽비죽 솟아 있는데, 꺾인 줄기들이 드리운 그림자가 강렬한 기하학적 무늬로 습지를 채우고 있었다. 노을이 내려 금빛으로 반짝이는 수면에 드물게 연밥이 보였다. 그러나 꺾인 대궁이에 매달린 연밥들은 수면 아래 더 많았다. 물속에 얼굴을 담그고 자신의 뿌리를 들여다보며 긴 침묵에 들어간 연밥들, 그것을 보는 순간 울컥 눈물이 솟았다. 그 풍경은 풀어내야 할 화두처럼 느닷없이 떠오르곤 했다. 이후에 연의 생태를 찾아보고 놀랐다. 알맞은 생태환경을 만나야 껍질을 깨고 뿌리를 내려 잎과 꽃을 피우는 연의 씨앗은, 그런 환경을 만날 때까지 그 생명을 수천 년간 보존할 수도 있다고 기록되어 있었다. 그 연밥으로부터 침묵의 내용인 성찰을 영감으로 얻었다. 그 수면을 다시 한 번 보고 싶었다. 그러나 가을은 이미 안녕을 고하고 있었다.

날씨가 갑자기 추워진 초겨울에 정 선생이 공방을 개업한다고 초대장을 보내왔다. 개업까지는 겨우 일주일이 남아 있었다. 컴퓨터 수업을 멈춘 뒤, 그런 걸 했던 것조차 잊어버렸을 즈음이었다.

교대로 저녁 근무를 하는 날에 민교는 오영이에게 피아노를 가르쳐주었다. 그녀가 배웠던 『체르니』100까지 연습시킬 생각이었다. 『바이엘』을 배운 적이 있는 오영이는 곡을 모조리 암보하고 있어서 한 번에 여러 장씩 소화했다. 얼마 후면 『바이엘』을 뗄 거였다. 때때로 매우 익숙한 음을 치기도 했는데, 광고 음악이나 아이돌 스타가 불러 유행시킨 곡들이었다. 음악적 천재성이 숨어 있는 것 같았다. 전문가에게 레슨을 받을 수만 있다면 틀림없이 빛을 볼 거라는 확신이 들었다. 혹시 레슨 프로그램을 지원받을 수 있는지 찾아봤지만 그런 길은 없었다. 음악 콩쿠르에서 입상을 하든가, 확실한 성과를 내야만 지원받을 길이 열린다는 걸 확인했을 뿐이었다.

그녀는 매번 목격했다. 적어도 키보드를 칠 때만은 오영이가 웃는다는 걸. 오영이 남매는 여전히 센터에 가장 늦게까지 남아 있었다. 모두 귀가하고 남매만 남아 있을 때 오영이는 헤드폰을 쓰고 키보드를 치면서 몰입했다. 그 시간에 민교는 오경이와 책을 읽었다. 오경이가 좋아하는 건 곤충에 관한 것들이었다. 기증받은 청소년 과학 잡지를 활용할 수 있도록 오경이에게 내주었다. 같은 세트가 있는데다 맞춤법이 개정되기 전에 나온 자료여서 폐기할 도서였다. 빠져나간 회원이 사용하던 스케치북을 주었더니 오경이가 자기 마음에 드는 곤충들을 오려서 모았다. 라벨지를 붙이고 '오경이의 곤충백과'라는 이름을 직접 써넣게 했다. 그 놀이에 깊이 빠진 오경이는 곤충의 이름을 적어 넣으면서 한글을 익혔다. 조 선생도 오영이와 오경이의 저녁 프로그램 진행에 협력했다. 얼마 전엔 조 선생의 남자 친구가 놀러 왔다가 조 선생이 퇴근할 때까지 오경이와 놀아주고 다음을 기약했다는 애기를 들었다.

새로 산 노트북은 스마트 기능이 있어서 사용하기에 편리했다. 노트북을 하기 위해 빨리 퇴근하고 싶을 정도였다. 적어도 노트북이 외장하드의 자료를 찾을 수 없다는 메시지를 보여주기 전까지는 그랬다. 원인이 뭔지 알 수 없어서 출근길에 들렀을 때 컴튜닝은 닫혀 있었다. 그날 저녁, 노트북에 외장하드를 다시 한 번 연결했지만 여전히 열리지 않았다. 다른 USB 자료는 이상 없이 열리는데, 외장하드의 자료만 불러내지 못했다. 포기하고 노트북을 끄려고 하자 작업 중인 파일을 닫을 수 없어서 시스템을 종료할 수 없다는 메시지가 떴다. 몇 번 시도하면서 기다렸지만 해결은 되지 않고, 외장하드가 녹아버릴 듯이 뜨거워졌다. 할 수 없이 노트북을 강제 종료하고 외장하드를 분리했다.

다음 날 출근 전에 외장하드를 다시 연결해보았다. 자료들을 노트북에 다운받아 놓고 맡길 수 있기를 바랐지만 역시 되지 않았다. 전날과 같은 메시지가 떠서 바로 강제 종료했다. 문제를 해결하지 않으면 노트북까지 고장을 일으킬 거였다. 새 기기가 마음대로 작동되지 않을 때의 조급증은 견디기 힘들었다. 출근길에 컴튜닝에 들러보았다. 그러나 잠겨 있었다. 저녁에도 마찬가지였다. 외출 안내문이 없는 걸로 보아 문을 열지 않은 것이 분명했다. 할 수 없이 유은도에게 메시지를 보냈다.

센터에서는 새로운 소식이 그녀를 기다리고 있었다. 성중이가 학교폭력위원회에 회부되었다는 거였다. 처음 가출했다 돌아왔을 때 어머니가 상담하러 왔던 것이 학년 초였는데, 성중이는 그 후로 잦은 가출로 어머니를 바쁘게 했다. 2학기 들어선 가출을 하지는 않았지만, 친구들과 게임에 빠져서 센터에 오다 말다 했다. 원장이 특별히 마음을 쓰는 가정이었다. 성중이 아버지가 교통사고로 사망했을 때, 성중이 엄마가 한부모가정으로 복지 혜택을 받을 수 있도록 행정적인 일들을 앞장서서 도운 것도 원장이었다. 하지만 성과는 미미했다. 사촌들과 공동명의로 소유하고 있던 종중산이 성중이 아버지의 재산으로 전산에 등록되어 있어서 성중이네는 영구임대주택에도 들어갈 수 없었다. 불운의 시작은 성중이 아버지의 음주운전이었다. 가로수를 들이받아 운전자가 이미 중상을 입은 상태에서 제동이 안 된 차가 상가 진열장으로 돌진해 이차 사고를 일으켰다. 치료를 받던 성중이 아버지가 두 달 만에 사망했을 때 성중이네는 벼랑 끝에 놓여 있었다. 세상의 시선은 따갑고 냉랭했다. 우선 살고 있던 전셋집을 정리해서 급한 보상금을 치렀다. 사촌 형제들 간에 사이가 좋지 않아 교통사고 후에 적절한 도움은커녕 왕래도 없었고, 성중이 어머니는 공동명의 재산권을 포기하고 싶어도 쫓아다닐 여력이 없었다. 오전엔 상가 청소를 하고 오후엔 늦게까지 식당 일을 하면서 당장의 생활을 감당해나갔다.

성중이 아버지의 갑작스러운 사고와 죽음은 많은 것을 바꿔놓았다. 변화는 광포해서 성중이 엄마는 휘말려들면서 중심을 잡으려고 몸부림을 치는 것 말고는 할 수 있는 일이 없었고, 원장의 충고는 위로와 공감 이상으로 나가지 못했다.

남편에 대한 원망과 상처 속에서 아이들은 방치되었다. 그 와중에 엄마를 의지하면서 돕는 여동생 성빈이와 달리 성중이는 친구들과 게임 속으로 빠져들었다. 중학생 선배들과 어울려 다닌다는 소문을 듣고 원장이 성중이를 상담했던 것이 불과 몇 주 전이었다.

　회원들 말에 따르면 성중이가 폭행한 제니라는 여자아이는 두 달 전에 전학 왔다고 했다. 학교 전체가 알고 있는 사건이었다. 성중이는 제니와 자주 부딪쳤는데, 하필 짝이 되었기 때문이었다. 제니는 명품을 쓰는 특별한 아이였다. 성중이와 짝꿍이 된 걸 제니가 처음부터 싫어했다는 건 거의 비슷한 의견이었지만, 제니가 성중이를 먼저 무시했다는 의견과 성중이가 먼저 제니를 재수 없다고 말했다는 의견이 대립했다. 뚜렷한 사건 중 하나는 제니가 책상 밑에 떨어져 있는 성중이의 필통을 밟아 부서뜨렸다는 거였다. 성중이는 제니의 아이폰을 던졌고, 제니가 욕을 하자 그 애의 베네통 가방을 쓰레기통에 던져버렸다고 했다. "거지 같은 새끼, 그게 얼마나 비싼 건지 알기나 해?" 제니의 욕설을 듣고 성중이가 제니의 책상을 발로 찼고, 책상이 앞으로 밀리면서 제니의 손가락이 책상과 의자 사이에 끼어 골절이 되었다는 게 아이들의 증언이었다. 여자아이들은 제니 편을, 남자아이들은 성중이 편을 들었다.

　원장은 걱정했다. 학폭위원회가 열리면 이번 일이 성중이에게 어떤 처벌을 가져다줄지 낙관할 수 없다고 했다. 며칠 동안 성중이는 센터에 나오지 않았다. 성중이 동생 성빈이도 센터에 다닌 적이 있지만 그 애는 집에서 혼자 공부하는 게 좋다고 그만두었다. 성중이 엄마 말을 듣고서야 성빈이를 이해했다. 고작 4학년인 성빈이는 집안 청소며 빨래며 식사 준비를 다 해놓고 엄마를 기다린다고 했다. 성중이만 마음잡으면 걱정 없다며 힘없이 웃던 성중이 엄마에겐 불행한 소식이었다.

공방 개업식이 있는 날은 쌀쌀했다. 민교는 스카프로 목을 단단히 여미고 모직 코트의 깃을 세운 채 곤지암도서관 길로 걸어갔다. 공방의 위치가 시내에서 노블리제 아파트로 꺾어지는 길목에 있다고 했다. 삼층짜리 단독 건물의 코너에 자리 잡은 '미소공방' 간판이 먼저 눈에 들어왔다. 진노랑 바탕에 청록색과 붉은색으로 글자가 박혀 있었다. 정 선생은 격하게 반기며 그녀를 맞아주었다.

고급스러운 한지를 도배한 벽면과 진열대가 크고 작은 소품들로 채워져 있었다. 안쪽 벽면에 파티션으로 가려놓은 곳에 간단하게 물을 사용할 수 있는 싱크대와 냉장고가 있었다. 가운데 놓인 커다란 원탁 때문에 공방 안에는 빈 공간이 거의 없었다.

"공동 작업대가 필수라 원탁을 들여놓았더니 좁아 보이지요?"

"작업에 필요한 거잖아요. 정 선생님 대단하세요. 어느새 이렇게 준비를 하셨어요?"

"별로 한 것도 없어요. 가지고 있던 소품들을 내놓은 것뿐이에요. 차 좀 드릴게요. 오시는 분들 대접하려고 간식을 좀 준비했거든요."

"사람들이 많이 왔어요? 이 동네에서 공방은 처음 보는 것 같아요."

"그냥 뭐, 제가 부른 분들이죠. 주민센터 수강생들과 같이 작업할 공간 마련한 거니까요. 공방 차리는 게 꿈이었거든요. 엄마를 위한 미술공예교실을 모집하려고 계획 중인데, 일단 지금은 캘리그라피 하고 있어요. 수료한 분들끼리 앞으로 심화반도 진행할 생각이에요."

정 선생이 가리키는 벽 쪽에 시화 액자가 걸려 있었다. 강 숲에 노을이 지는 풍경이었다. 그 여백에 신경림 시인의 「갈대」 마지막 연이 적혀 있었다.

산다는 것은 속으로 이렇게
조용히 울고 있는 것이란 것을
그는 몰랐다

민교는 가만히 서서 글자를 음미했다. 처음엔 시가 마음에 들어오고 다음엔 시와 어우러진 그림이 눈에 들어왔다. 고즈

넉한 노을 아래 비스듬히 기울어진 갈대가 쓸쓸하면서도 아름다웠다. 단아한 손 글씨 서체가 응결된 시어를 감싸고 있어 여운이 더 깊었다.

속으로 조용히 울고 있는 것이 삶이라니, 그러면서도 자신이 울고 있는 줄을 알지 못한다니, 순간 콧마루가 씀벅 젖어들면서 매워졌다. 알든 모르든 조용히 울어야 하는 시간을 피해 갈 사람은 없을 거였다. 그 울음이 언제 끝날지도 모른 채 삼키고 또 삼키면서 작은 행운을 기다리는 것이 존재의 운명은 아닐까.

정 선생이 귤과 절편을 내놓았다. 그러곤 인삼차를 종이컵에 따라주었다. 축하 선물을 대신해 소품 하나를 구입하려고 둘러보았다. 필통, 지갑, 화장품 파우치 등 가죽 공예품과 퀼트로 만든 가방도 있었다. 그중에서 눈보라 속에 서 있는 여우 그림이 들어간 에코백이 눈에 들어왔다. 브로치와 목걸이, 은세공 귀걸이와 한지공예품에도 눈길이 갔다. 그녀는 정 선생의 솜씨에 감탄했다. 정교하고 고급스러운 전통 무늬의 한지공예 소품들에선 눈을 뗄 수 없었다. 그런 걸 손으로 만들 수 있다는 것이 믿어지지 않았다. 대부분 값이 붙어 있었는데, 깜짝 놀랄 만큼 고가였다.

"좀 비싸죠? 팔 물건들이 아니라서 그래요. 이걸 미끼로 관심 있는 분들을 공방 회원으로 영입하는 것이 목적이거든요. 서 선생님은 이런 데 취미 없죠?"

"솜씨는 없지만 보는 건 좋아해요. 이 기회에 에코백 하나 구입해야겠어요."

"서 선생님이 원하시면 제가 하나 드려야죠. 고마운 분인데요."

"무슨 말씀을요. 제가 고맙죠. 참 전에 죽도 보내주셨는데, 인사 못하고 지나갔어요."

"서 선생님 덕분에 공방 차린 거예요. 그런 줄만 아세요."

정 선생은 민교가 도무지 이해할 수 없는 말을 했다. 원탁에 앉아서 차와 떡을 먹고 있는데, 방울 소리와 함께 문이 열렸다. 유은도였다. 민교를 보자마자 반색을 했다. "어, 민교 씨 오랜만이에요. 축하하러 오셨군요."

"정 선생님이 저까지 초대를 해주셔서요."

"잘 오셨어요. 두 분이 컴퓨터 활용 수업 동기인데, 다시 시작해서 수료는 하셔야죠."

유은도는 정 선생에겐 인사를 하지 않은 채 싱크대 쪽으로 들어가더니 들고 있던 가방에서 공구를 꺼냈다. 무언가 도와주러 온 모양이었다. 거침없이 싱크대 옆에 세워진 목제 진열장을 기울여놓은 유은도가 곧바로 톱을 댔다.

"더 잘라야 돼. 여기 두 칸은 없는 게 낫다니까. 좀 여유가 있어야지." 정 선생이 말했다. "받침만 잘라내면 딱 맞을걸. 맡겼으면 좀 두고 봐요." 두 사람이 편한 사이처럼 말을 놓고 있었다.

의아해하는 민교에게 정 선생이 설명했다. "수납공간이 필요할 것 같아서 초월 입구에 있는 가구점에서 구입했는데, 너무 높아서 유 사장님이 해결사로 나섰어요. 한번 봐야지. 얼마나 잘하는지."

"미연 씨는 공방 사장님 하시고, 험한 일은 나한테 맡겨요. 내가 머슴 한다니까."

"하하 뭔 말씀요. 제가 종업원이고, 운영은 유 사장님이 하시는 거죠." 두 사람의 대화 속에서 민교는 조금 느낌이 왔다. "동업을 하시나 봐요?" 그러자 유은도가 부인했다. "아니요. 농담이에요. 제가 오픈 준비하는 거 보고 잔소리 좀 했더니 미연 씨가 사장님 하라고 놀리네요. 공방이란 뭔가 예술적 아우라가 충만한 공간이어야 하는데, 이건 너무 생활 소품들뿐이어서 카운슬링을 좀 했더니 그래요."

유은도의 말을 정 선생이 받았다. "제가 네모반듯한 사람이잖아요. 직접 만든 것만 진열하고 가르치자는 게 취지였는데, 너무 소박하다고, 사업은 그렇게 하는 거 아니라고 그러시는 거예요. 결국 액세서리에 조명 상품들까지 들여놓게 된 거죠. 내 컨셉엔 좀 부담스러운데."

"미연 씨, 누가 요즘 수제로 다 만들어요. 배워서 만드는 사람이 있다 해도, 그걸로 운영이 되겠어요? 공방 운영이라는 객관세계를 경제 수치로 환산할 줄 모르는 고귀한 신분이라는 건 알겠는데, 이제 사업 시작했으니 마인드를 바꿔야죠.

안 그래요?"

민교는 웃었다. 웃는 것 말고는 할 말이 없었다. 그러고 보니 은 세공품들과 액세서리, 자연물을 이용한 특이한 조명들이 상당한 공간을 차지하고 있었다.

"정 선생님, 작품 팔려면 마음 아프시겠어요. 저 캘리그라피 액자는 얼마예요? 노을 그림도 좋고 시랑 글씨체도 좋은데요." 정 선생이 고개를 흔들었다. "안 팔아요. 캘리그라피 수강생들한테 보여주는 모작 샘플이에요."

"갖고 싶으면 주문을 해야겠군요?"

"저게 마음에 드세요? 서 선생님께 드릴 캘리 액자 하나 제작할게요. 작품을 정해주시면 그걸로 맞춰서 넣어드릴 거니까 말씀만 하세요."

"생각해보고 주문할게요. 주문 제작은 얼마예요?" 혹시 실례할까 봐 조심스럽게 물었다.

"민교 씨 걱정 마세요. 제작비는 제가 책임질게요." 유은도가 대답했다.

"서 선생님한테 드리는 건 제작비 안 받아요. 제가 꼭 해드릴 거예요. 액자를 당장 떼어드리지 못하는 것만 양해해주세요." 정 선생이 애교 섞인 목소리로 말하며 유은도에게 눈을 흘겼다.

민교는 민망해져서 입을 다물었다. 푸른 바탕에 늑대개가 눈을 맞고 있는 그림의 에코백을 골랐다. 가격표에 적힌 대로 삼만 원을 내밀었더니 정 선생이 만 원을 돌려주었다. 민교가 다시 돌려주자 정 선생이 민교의 손을 밀었다. "서 선생님, 우리 사이에 그러면 내가 서운해요. 축하하러 와주신 것만도 고마운데. 혹시 누구 공예에 관심 있는 분 있으면 소개나 해 주세요. 그러면 돼요." 그러곤 종이 가방에 에코백과 떡과 귤을 넣어서 민교에게 내밀었다. 뿌리치거나 거절하는 방법을 몰라 어색하게 서 있다가 주는 대로 받아 들었다.

유은도가 톱질을 멈추고 말했다. "민교 씨, 문자 받고 답장을 못 드렸는데 외장하드 혹시 가져왔어요?" 민교가 외장하드가 들어 있는 파우치를 보여주었다. "두고 가세요. 될수록 빨리 점검해드릴게요." 그녀는 파우치를 원탁 위에 놓고 공방을 나왔다.

사내아이 하나가 훅 다가오더니 공방으로 들어갔다. 뒤따라 나온 정 선생이 작은 소리로 말했다. "우리 아들인데 낯가림이 저렇게 심해요. 와줘서 정말 고마웠어요. 조심해서 가시고 나중에 봬요." 정 선생이 손을 흔들고 들어갔다.

민교는 묘한 기분에 젖었다. 아무 역할도 하지 않았는데 그녀 덕분에 공방을 차린 거라고 추켜세우는 정 선생도 이상하고, 서로 사장이라고 농담을 던지는 두 사람의 말투도 이상했다. 특히 정 선생의 말에서 느껴지는 뉘앙스가 이해되지 않았다. 자신과 무슨 상관이 있다는 건지 그걸 명확하게 알 수 없어 찜찜했다. 공방으로 들어가던 정 선생의 아들이 생각났다.

그렇다면 아이 아버지는? 유은도가 하는 일은 사실 정 선생의 남편이 할 만한 일이었다. 두 사람이 부쩍 친해진 건 알겠는데, 아들에게 어떤 사이라고 설명할 것인가? 민교는 주제넘게 그런 것이 신경 쓰였다. 다시 생각하니 알 필요도 없고, 상관할 일도 아니었다.

학교폭력대책심의위원회가 열린 건 일주일이나 지난 뒤였다. 성중이가 전학 조치되었다는 소식을 전하면서 원장은 냉소했다. "예견된 결과예요. 충돌이 일어난 이상 성중이가 먼저 맞았다고 해도 결과는 바뀌지 않았을 거예요."

쓸쓸했다. 주말이 지나가는 동안 뭔가 좋은 변수가 생기길 바랐지만 예상을 뒤엎지 못한 것이다. 피해자의 물건을 배상하고 합의하라는 권고에도 불구하고 성중이네 형편으론 아이폰 값이나 베네통 가방 값을 물어줄 수 없었을 거였다. 합의 절차를 밟는 것도 시간이 있어야 가능한데, 성중이 엄마는 여유라곤 없었고 제니 부모님과 학교 측은 무성의로 받아들였다. 성중이가 학폭위 징계에 재심청구를 하지 않은 것이 원장은 너무 분하다고 했다. 누구라도 붙들고 싸우고 싶은 모양이었다.

민교는 외장하드를 가져간 뒤로 소식이 없는 유은도에게 문자를 넣었다. 바로 답장이 왔다. "바이러스 때문에 자료를 여는 데 방해를 받는 건데, 해결이 쉽지 않네요. 일주일 정도 시간을 주셔야 할 것 같아요. 해보고 연락할게요."

새로 구입한 외장하드가 바이러스에 노출될 거라는 생각을 해본 적이 없었다. 데스크탑에서 쓰던 걸 새로 구입한 노트북에 연결한 것뿐이었다. 가지고 다니며 이곳저곳에 접속한 적이 없는 그녀로서는 억울한 일이었다.

일주일 후에 컴튜닝에 들렀을 때 유은도가 말했다. "외장하드는 용산에 가서 확인을 좀 해봐야 할 것 같아요." 실망한 그녀가 혼잣말처럼 덧붙였다. "외장하드는 안전한 줄 알았어요."

"안전한 건 없어요. 바이러스는 어디든 침투하죠. 백신으로 관리하고 업데이트하지 않으면 디지털기기는 답이 없어요. 그건 기본이거든요."

"외장하드 쓰기 전에 올바른 컴퓨터 사용법부터 익혀야 했던 거네요." 항의하듯 말했다.

"제대로 쓰려면 민교 씨가 더 배워야죠." 유은도가 잠시 그녀를 바라보았다. 그러곤 모니터 옆에 있는 작은 파우치를 집어서 그녀에게 내밀었다. "제가 쓰던 건데, 포맷해서 새 물건이나 다름없어요. 용량도 더 크고 당연히 비싼 거예요. 외장하드 손보는 동안 일단 급한 대로 이걸 쓰세요. 나중에 옮겨 드릴게요."

묵직한 외장하드를 받아서 에코백에 넣었다. 그녀가 문 쪽으로 걸음을 옮기자 은도가 물었다. "민교 씨, 왜 웹하드 사용 안 하세요? 그 뒤로 접속 안 하셨지요?"

"네. 요즘 센터에 일이 너무 많아서요."

"뉴에이지 연주곡들 메디안플레이 목록에 넣어드렸는데, 노트북은 열어봤어요? 있는 줄도 몰랐죠? 모르셨을 거예요." 유은도가 힐끗 그녀 쪽을 보고는 시선을 미끄러뜨렸다. "아직요. 노트북과 깊이 사귈 틈을 내지 못했는데, 이제 좀 봐야죠." 말을 하면서 그녀는 자신이 변명을 늘어놓고 있다는 걸 알아차렸다.

웃음이 사라진 눈으로 꿰뚫어 보듯 그녀를 주시하면서 유은도가 말했다. "디지털기기는 하루하루 낡아가요. 그만큼 버전업이 되니까요. 하루 사이에 기술의 축적과 전복이 이루어지는 세계죠. 접속을 거의 안 하시는데, 웹하드 쓰세요. 쓰는 게 남는 겁니다." 무시하는 듯한 말투였다. 아니, 비난을 받은 것 같았다.

"제가 답답하신가 봐요. 혹시 제가 웹하드에 접속하면 유선생님이 알 수 있는 건가요? 마치 제가 야단맞으러 온 것 같네요." 빠르게 쏟아낸 말들은 차갑고 뻣뻣했다. 은도가 눈에 띄게 당황했다. "답답하다뇨. 민교 씨가 안 쓰는 거 같아서 물어보는 겁니다."

그녀는 은도에게 목례하고 컴퓨닝을 나섰다. 발길이 무거웠다. 추궁을 당한 것이 불쾌했고, 자료를 잃어버릴까 봐 불안했다. 데스크탑이 고장 났기 때문에 외장하드에 저장된 자료가 그녀에겐 전부였다. 영구적 보관 장치라 믿었기 때문에

처음부터 노트북엔 옮길 생각을 하지 않았다. 건지지 못하면
애써서 담아둔 모든 자료들과 작품들까지 날리는 거였다. 유
은도의 외장하드가 들어 있는 에코백처럼 마음도 처졌다.

사각지대

어수선한 한 해가 저물어가고 있었다. 공방에서 조촐하게
한잔하자고 정 선생이 메시지를 보내왔지만 딱히 가고 싶지
않아서 거절했다. 기다리는 유은도에게선 연락이 없었다. 외
장하드를 돌려받으려고 몇 번 전화하고 메시지를 남겼는데
반응이 없었다. 궁금할수록 불신은 깊어졌다. 오후에 항상 닫
혀 있어서 출근길에 들러봐도 컴튜닝은 닫혀 있었다. 정 선생
에게 전화해서 확인할까 하다가 그만두었다. 뭔가 오해를 사
게 될 것 같은 찜찜한 기분이 들어서였다. 유은도가 임시로
사용하라고 주었던 외장하드엔 손도 대지 않고 있었다. 더 이
상 화도 나지 않았다. 자료를 잃을까 봐 두려울 뿐이었다.

조리사 김 선생이 자기가 다니는 교회 성탄 전야 축제에 꼭
한번 와보라고 초대했다. 역시 몸이 좋지 않다고 거절했다.

센터 아이들과 케이크 파티를 하고 선물을 나눠주면서 이브를 보내고, 퇴근 후에는 베리에게 생선 통조림을 따주고 찹찹 먹어치우는 걸 사진에 담았다. 함께 보낼 친구는 없었다. 수정이는 새로운 연애를 시작한 모양인지 무소식이고, 지호는 센터 두 곳을 챙기느라 의례적인 크리스마스카드 사진을 SNS로 보내왔을 뿐이었다. 연말은 지루할 만큼 조용했다.

새해를 하루 앞둔 12월 31일, 센터의 아이들 중 몇 명은 다른 날보다 조금 일찍 귀가했다. 대부분의 아이들은 연말의 분위기와는 상관없이 귀가 차량 운행 시간까지 소란을 떨었다. 태권도학원에 다니는 남학생들은 복도만 나가도 몸이 움츠려지는 날씨에 양말도 없이 여름 실내화를 신고 뛰었다. 매일 끓어오르는 에너지를 그렇게라도 소모해야만 살 수 있는 모양이었다. 몇몇 아이들의 거친 몸싸움 때문에 몸을 사리고 짜증 내는 아이들도 있었다. 보영이는 어느새 몸이 훌쩍 커져서 사내아이들과 몸싸움을 했다. 태권도를 배우지는 않았지만 몸집이 다부지고 한 치의 양보도 없이 방어를 해서 남학생들 기를 누를 정도였다. 먼저 공격은 하지 않지만 누군가 장난을 걸거나 시비가 붙으면 그날은 하루 종일 복수에 복수를 거듭해서 결국 공격자로 낙인이 찍혔다. 선생님이 주는 벌은 달게 받았지만, 억울한 생각이 들면 항변했고, 벌을 받는 내내 처음 시비를 걸었던 상대를 그 큰 눈으로 노려보았다. 그럴 때 보영이는 정말 당찼다. 기가 죽기는커녕 투지로 눈이 이글거렸다. 때론 자기 일이 아니라도 누군가 부당하게 피해를 입으면 참지 못하고 나서서 몸싸움을 했는데, 보영이가 가진 의분은 한편으론 미덥고 멋진 면이 있었다. 그래서 좀 너무하다 싶은 거친 몸싸움을 해도 밉지 않았다. 그럴 때마다 조하영 선생의 날카로운 목소리가 센터를 쩌렁쩌렁 울렸다.

새해 연휴에 무박 3일 홍콩 마카오 여행을 계획하고 마음이 부풀어 있던 조 선생은 저학년 아이들 귀가 시간이 되자 칼같이 퇴근했다. 12월 내내 피곤해 죽겠다고 하면서도 퇴근 시간만 되면 신이 나서 립글로스를 바르고 외투를 여미고 뛰어나가는 조 선생 때문에 마감은 자주 민교의 몫이 되었다. 걸핏하면 사표를 내미는 조 선생을 그대로 놓아줄 수 없어서 당분간 마감을 전담하기로 마음먹고 있었다.

원장까지 나가자 센터가 썰렁했다. 조리사 김 선생이 식사 준비를 위해서 인원을 파악했다. 원장의 친척인 김 선생은 오십대 중반이었다. 원장보다 연장자인데도 그녀는 항상 깍듯하게 원장님이라고 불렀다. 바지런하고 성격이 사근사근해서 센터의 분위기 메이커 역할까지 했다. 조용히 들어와 존재감 없이 일하기 시작한 그녀는 언젠가부터 센터의 어른 역할을 도맡았다. 원장이 엄격한 아버지 같다면 김 선생은 따스한 어머니 같았다.

김 선생은 송구영신 예배를 하면서 한 해의 마지막을 의미 있게 보내고 새해를 맞이할 거라고 묻지도 않는 말을 했다.

실례가 될 만큼은 아니지만 교회 절기마다 민교에게 초대장을 내밀어 변명하게 만드는 것 말고는 배울 점이 많은 성품이었다. 이번에도 송구영신 예배에 오고 싶으면 함께해도 좋다고 지나가는 말로 권했다. 민교가 선뜻 대답하지 않자, 내키지 않으면 다음에 와도 된다고 하면서 푸근한 웃음으로 민망함을 대신했다. 그런데 그것도 몇 해 동안 반복되자 미안했다. 며칠 전 성탄절 이브에도 거절했기 때문에 성가신 마음이 든 것도 사실이었다.

센터 입장에서 보면 그녀는 고마운 존재였다. 조리사 업무뿐 아니라 복지사가 자리를 비우는 날에는 채점이나 교육지도 등 센터의 빈틈을 두루 메워주고 있었다. 기사가 없는 날엔 차량 운행까지 했다. 규정을 떠나 현장에서는 의외의 상황이 생기게 마련이었다. 자칫 문제가 될 상황에서 그녀는 다중센서 도우미의 역할을 해내고도 생색 한 번 내지 않는 숨은 일꾼이었다. 특별한 보상이 없어도 한결같았다.

센터에서뿐 아니라 그녀는 봉사에도 열심이었다. 그녀가 출근하는 시간은 두시인데, 봉사를 다녀왔다는 이야기를 자주 했다. 한식은 물론 양식 조리사 자격증까지 가지고 있는 그녀는 연신 새로운 걸 배우러 다니느라 부지런을 떨었다. 민교에게도 손수 발효시킨 효소를 예쁜 병에 담아서 챙겨주었다. 모르긴 해도 그녀가 챙기는 사람이 수십 명은 될 거였다. 가방에 들어 있는 여러 개의 효소 병들이 증거였다. 센터 아이들이 갑자기 배앓이를 하거나 기침을 하면 매실 초나 생강즙을 처방하며 마음을 쓰는 것도 그녀였다. 민교는 그녀가 만든 음식도 좋아하고, 그녀가 나눠주는 효소도 좋아했다. 솔잎을 따서 담근 효소는 물에 희석해서 마시면 솔향이 입안 가득 퍼졌다. 그 외에도 배우고 싶은 기술이 많지만 말을 섞으면 교회 이야기로 이어지는 것이 부담스러워서 적절한 거리를 두고 있었다.

일찍 돌아가는 아이들은 짐을 챙겨서 센터를 나갔다. 민교는 갑자기 기분이 접히는 걸 느꼈다. 아무 일 없어도 연말은 어수선했다. 제야의 종소리를 들으며 데이트를 하거나 연말 모임을 함께할 친구라도 있다면 한 해의 마지막 날이 의미 있을 거였다. 하지만 지나가버린 그런 시간이 다시 오지는 않을 거였다.

연락을 하고 지내던 친구들은 지호까지 어느새 모두 결혼했고, 유일하게 미혼인 친구 수정이는 역동적인 성격대로 겨울엔 스키장에 다니느라 시간이 모자랐다. 같이 다니자고 조르던 것도 벌써 옛말이었다. 다양한 취미를 가지고 있는 수정이는 결혼으로 이어지지 않았을 뿐 연애를 쉰 적이 거의 없었다. 친구들 중에 부케를 제일 먼저 받고 가장 많이 받았지만 아직까지 뜻을 이루지 못했다는 특이한 기록을 가지고 있었다. 여름이면 새 남자 친구를 만나서 땀 뻘뻘 흘리며 연애를 하다가 성탄절 즈음엔 헤어져서 추운 겨울을 보낸다는 하소

연을 들은 것도 여러 번이었다. 이맘때쯤이면 수정이에게서 연락이 올만도 한데, 올해는 새로운 남자 친구를 만나고 있다는 이야기를 듣지 못한 채 한 해가 가고 있었다.

지호는 챙기고 책임질 사람이 많아서 만날 생각조차 할 수 없었다. 인생의 사이클이 이토록 단순해질 수 있다는 걸 의식하지 않고 살아온 민교는 갑작스럽게 자신이 참 무심하게 살아왔다는 걸 깨달았다. 여행도 좋아하고 취미 개발에도 열심인 수정이라면 그녀와는 분명 다르게 느끼고 있을 거였다. 수정이가 보고 싶었다. 예전엔 연말이 다가오면 어떻게든 시간을 정해서 만나곤 했는데, 생각해보면 그나마도 항상 수정이가 주도해서 만들어진 자리였다. 그러니 친구라 해도 지칠 만했다. 그녀는 수정이에게 고마운 마음과 미안한 마음을 동시에 느꼈다. 그렇다고 갑자기 시간을 내라고 말할 수도 없었다. 연말엔 어쨌든 선약이 있을 테니까.

지역아동센터에 근무해서 참 다행이라 생각하면서 아이들이 만드는 소음에 귀를 기울였다. 다음 순간 민교는 그런 생각을 하고 있는 자신에게 놀랐다. 이대로 고목나무가 될 것 같은 고적한 연말이었다. 그녀는 알고 있었다. 묵은해가 지나가고 새해가 와도 전혀 새로울 것도 특별할 것도 없다는 걸. 해가 바뀌고 새로운 달로 들어선다는 건 연속적 시간을 숫자로 끊어서 배열해놓은 속임수에 불과했다. 그 순환의 한 지점을 한 해의 시작이라고 이름 붙여 약속해놓고 마치 시간을 관리할 수 있는 것처럼 계획하는 건 기만이었다. 모두 알고 있지만 모른 척하면서 속고 속이는 게임에 열중하는 이유가 뭘까. 12월 마지막 날과 1월 첫날 사이에 바뀔 건 없었다. 불안한 미래, 미지의 불확실성을 예단하여 두려움을 기대로 바꾸려는 의지가 아닐까. 동생 민수가 즐기던 테트리스 게임처럼 머릿속에서 비슷한 생각이 맴돌다 깨지고 생성되기를 거듭했다.

식사 시간은 썰렁했다. 마음이 바쁜 김 선생이 서두르는 것이 보였다. 아이들이 습관대로 나와서 식판을 내밀었다. 유행성 감기에 걸린 소운이가 기침을 하다가 토했다. 혜빈이랑 친해진 소운이를 보영이가 챙겼다. 벽 가까운 쪽 책상에서 오영이가 동생에게 밥을 먹이고 있었다. 사회복지사 현장 실습을 위해 센터에 와서 근무한 현 선생이 두 달 넘게 오경이를 전담하다시피 돌봐주었기 때문에 지금 오영이는 몇 배의 스트레스를 받고 있었다. 주부인 현 선생은 아이들의 심리를 잘 읽고 호응해주었다. 그래선지 실습이 끝나자 프로그램은 물론이고 식사 시간까지 현 선생의 빈자리가 크게 느껴졌다. 현 선생이 실습하는 동안, 그녀의 외아들 서진이가 방과 후에 센터에 와서 놀다가 함께 퇴근하곤 했는데, 센터에서 만난 학급 친구들을 서진이는 별로 반가워하지 않았다. 하지만 현 선생은 서진이의 친구들을 챙겼다. 민교는 단기 자격증 과정으로 사회복지사를 취득하는 평생교육 제도를 별로 좋게 보지 않았다. 그러나 현 선생을 만나고 나서는 생각이 바뀌었다. 사이버대학이나 학점은행제를 통해 자격을 얻고 현장에 찾아온 복지사를 긍정적으로 보게 된 것이다. 자녀를 키워본 현 선생은 미혼인 그녀와 조 선생이 결코 볼 수 없는 것들을 보고, 할 수 없는 일들을 했다. 자녀를 양육시키면서 얻은 지혜와 경험이 복지 현장에선 참으로 소중한 자산이라는 걸 인정하지 않을 수 없었다.

현 선생은 서진이의 친구들 중에서도 특히 오영이 남매에게 마음을 썼다. 현 선생의 아들인 서진이와 오영이가 삼 년에 걸쳐 한 반이었기 때문에 현 선생은 오영이네 사정을 누구보다 잘 알고 있었다. 그녀 덕분에 사례조사에서 잘 드러나지 않는 오영이 남매의 사정을 파악할 수 있었다.

오영이 아빠는 결혼 초부터 알코올중독으로 여러 번 치료 기관을 들락거렸다. 오경이가 태어난 뒤엔 증상이 심해져서 결국 이혼을 했는데, 그제야 정신을 차리고 재활해서 구직을 했다. 오영이 친할머니가 며느리를 찾아와서 다시 합치기만 하면 자기가 살고 있는 집과 터를 손주들에게 유산으로 남겨주겠다고 회유했다. 오영이 엄마는 아이들을 위해 남편과 다시 혼인신고를 했다. 그러나 얼마 지나지 않아 오영이 아빠는 다시 술을 마시기 시작했고 직장도 잃었다. 중독 상태가 심해지자 오영이 엄마는 남편을 치료 기관에 보내고 밤샘 영업을 하는 편의점과 음식점 서빙을 했다. 근처에 살던 친할머니가 아이들을 데려가서 돌봐주었는데, 점점 더 의심이 심해졌다. 오영이 엄마가 일하고 돌아오면 억지소리를 하면서 아이들을 만나지 못하게 했고, 아이들을 위해 어떻게 하는 것이 좋은지 갈등하고 방황하는 그 시기에 아이들은 아이들대로 고생이 많았다. 엄마를 만나지 못하고 할머니 집에서 기거하는 동안 아이들에게 따스하게 대해주는 사람은 없었다. 아이들의 삼촌은 심지어 산만한 아이들을 길들인다는 명분으로 체벌을 했고, 아이들이 제 어미를 닮아서 버릇이 없다고 밤새 마당에 세워놓기도 했다. 심하게 눈치를 보게 된 아이들이 엄마를 만나 울면서 하는 말을 듣고 오영이 엄마는 이사를 결심했다. 그래서 이 지역으로 오게 된 거라고 했다. 오영이 엄마는 처음엔 근처 택배회사에 취업했다. 야간 근무가 수당이 많아서 밤새 택배 분류 작업을 하고, 낮에 파트타임으로 음식점에서 서빙을 했다. 그 음식점에서 오영이 엄마와 함께 근무했던 자모가 학교 봉사활동에 참여하면서 현 선생에게 전해준 소식이었다.

"오영이가 저렇게 똑똑한데도 엄마가 아이에겐 신경 쓸 여력이 없다는 게 안타깝죠."

현 선생은 혀를 찼다. 1학년 때, 학교 돌봄 교실에 오영이를 맡겨놓고 제일 늦게 데려가서 사정을 짐작했다는 거였다. 2학년 초에 학교 회의에서 오영이 엄마를 만난 적이 있는데, 애들이 알아서 공부도 잘하고 노는 것도 잘하고 먹는 것도 잘 챙겨 먹는다고, 사는 게 너무 힘들고 지쳐서 학교 회의에 처음 와본 거라고, 장사를 하고 있어서 앞으로도 나올 여력은 없다고 하더란다. 알고 보니 가구단지가 있는 공장 밀집 지역에서 치킨집을 시작한 거였다. 아이들이 하교하는 시간에 가게 문을 열고 새벽까지 장사를 하는데, 실상은 술집이라고 했다. 그래도 물장사가 돈 만질 수 있는 일이라는 지인들의 말에 치킨집을 인수해서 하게 됐다고 묻지도 않는 말까지 하더란다. 현 선생이 전해준 소식들은 센터에 남매를 등록시키면서 오영이 엄마가 말하지 않은 정보였다. 서류상 이혼 가정도 아니고 아이들도 가정사를 함구하고 있어서 짐작도 할 수 없는 내용이었다.

　가끔 오영이가 도저히 아이의 표정이라고는 느껴지지 않는 눈빛으로 동생을 어를 때도 있었다. 징징대는 건 동생이지만 정작 울고 싶은 건 오영이 같았다. 하지만 오영이는 울지 않았다. 우는 동생을 어르고 달래서 다른 아이들이 하는 것들을 다 하도록 만들 뿐이었다. 인정사정없는 조련사처럼 묵묵히 그 역할을 하는 오영이의 얼굴이 오기로 굳어지는 걸 보면서도 개입할 수 없을 때가 많았다. 누나에 비해 동생 오경이는 성장이 늦은 아이였다. 학습에서도 그렇지만 또래 아이들에 비해 언어능력이 뒤처졌다. 여덟 살인데 발음도 시원찮고 표현도 불분명한데다 고집은 센 편이어서 지진아로 오해를 받을 정도였다. 오영이가 그런 동생을 챙기느라 지치지 않을까 염려스러울 때가 한두 번이 아니었다.

식탁이 치워져가는 걸 보면서 오영이가 동생에게 빨리 먹으라고 채근했다. 햄만 먹고 나물과 감자볶음을 남겨두고 있던 오경이가 국그릇에 남은 밥을 첨벙 담그자 주변으로 국물이 튀었다. 개의치 않고 오경이는 숟가락 가득 밥을 퍼서 입에 욱여넣었다. 숟가락을 빼자 밥풀이 바닥으로 후드득 떨어졌다. 말릴 새도 없이 오영이가 동생의 등을 후려쳤다.

"천천히 먹어도 돼. 급하게 먹으면 체할 수도 있어. 추운 날 조심해야지."

오영이의 마음을 편안하게 해주려고 건넨 말에 오경이가 울음을 터뜨렸다. 때론 모른 척하는 것이 도움이 될 때도 있었다. 그 아이의 억눌린 마음을 끝까지 책임져주지 못할 바엔. 아닌 게 아니라 이런 상황에서 오경이를 달래느라 애쓰는 건 오영이였다. 조리사의 눈치를 보며 오영이가 밥풀을 주워서 동생의 식판에 담았다. 오경이가 울음을 그치지 않아서 밥을 더 먹이기는 틀린 모양이었다. 거칠게 동생의 식판을 빼앗아서 김 선생에게 가져다주었다.

"오경이가 밥을 흘려서 못 먹게 됐어요."

남겼다고 뭐라 하는 것도 아닌데 변명을 했다. 김 선생이 괜찮다고 웃으면서 식판을 받았지만, 잔뜩 움츠러든 오영이의 어깨는 펴지지 않았다. 식탁을 정리하는데 동생을 데리고 휴게실로 갔던 오영이가 다가왔다.

"선생님, 부루마블 게임 해도 돼요?"

"오영아, 뭐든 해도 돼. 하게 해줘."

새카만 눈을 내려뜨고 오영이가 목례하고 돌아갔다. 현 선생에게 사정 이야기를 듣고 난 뒤로는 오영이 남매를 보고 있으면 가슴이 답답했다. 센터에서 저녁을 먹고 놀다가 아홉시에 데려다줘도 남매의 집엔 기다리는 사람이 없었다. 남매가 티브이를 보다가 잠들고 나서야 엄마가 돌아오는 거였다. 오영이네 집은 진우리 낚시터 방향으로 구불구불 한참 들어간 산 밑자락에 붙어 있었다. 지난 여름방학 야외수업 하던 날 차량 운행까지 동행하게 되었을 때 본 거였다. 공동주택도 아니고 지어진 지 오래된 단독주택이었다. 아이들이 무섭기도 할 것 같았다. 집을 본 이후론 귀가시킬 때마다 마음에 걸렸다. 그러나 그 이상 할 수 있는 것도 없었다. 센터에는 따지고 보면 하나하나 딱하지 않은 아이들이 없었다. 그 모든 아이들에게 그녀 또한 그렇고 그런, 무능력한 어른일 뿐이었다.

지입차 기사가 퇴근한 시간이라 오영이 남매는 항상 원장의 남편이 차 운행을 해주었다. 오영이가 외투를 입으라고 채근하는데 오경이는 부루마블 상자를 덮지 않으려고 투정을 부렸다. 결국 누나한테 머리통을 쥐어박히고는 훌쩍이면서 게임을 끝냈다. 귀가 차에 오르면서 오영이가 인사했다. "그래 오영아, 오늘도 열심히 공부하고 동생까지 챙기느라 수고했어. 오경이도 새해맞이 잘하고 우린 하루 쉬고 만나자." 오경이는 눈물을 매달고 민교를 바라봤다. 오영이가 어깨를 치면서 인사하라고 시키자 어눌한 목소리로 인사했다. "턴탱님 아녕 게대여." 억지로 인사하고 팔꿈치로 누나의 옆구리를 쳤다. 오영이가 찡그리며 동생의 팔을 붙잡더니 힘껏 밀었다 당겼다. 거칠게 팔을 뺀 오경이가 누나를 노려보았다. 민교가 손을 흔들자 오영이가 얼른 오경이의 턱을 잡아 민교 쪽으로 돌렸다. 오경이는 누나의 손을 뿌리치고 고개를 돌렸고 오영 이가 고개를 주억이며 오경이 몫의 인사를 했다.

제야의 종소리를 들으며 소원을 빌지는 않았지만 민교는 다이어리를 꺼내서 지난 시간을 더듬어보았다. 자잘한 일들 로 일상의 시간은 바쁘게 녹아버렸다. 하지 않아도 될 일들에 묻혀 필요 이상으로 시간을 보낼 때도 있었고, 꼭 해야 할 일 들을 통째로 미뤄두고 아예 잊어버린 채 살아갈 때도 있었다. 기록 없이 하루하루 흘려버린 한 해가 빈약한 다이어리를 증 거로 내밀며 그녀를 추궁했다.

일상을 정리하지 않으면 올이 풀린 바짓단을 끌고 다니는 것처럼 삶이 너저분해졌다. 돌아보건대 그런 한 해였다. 유난 히 어수선하고, 정리되지 않은. 다이어리 내용을 훑어보는 걸 좋아하는 민교는 최근 들어 피폐해질 수밖에 없었던 이유를 점검했다. 외장하드가 그녀의 손을 떠난 뒤 손을 놓아버린 거 였다. 외장하드를 고쳤다면 유은도가 연락을 했을 거였다. 소 식 없는 시간이 감각을 무디게 만들었다. 마음이 복잡해지면 글을 쓸 수 없었다. 삶의 여백보다 더 중요한 것이 마음의 여백이었다. 그 여백을 만들어내는 것이 의식이었다. 아무리 불안하고 아무리 복잡해도 작가의식이 살아 있으면 일상 속에서 여백을 확보해 글을 써나갈 수 있었다. 그 의식을 놓아버리는 순간 여백은 사라지고 일상이라는 폭군이 시간을 장악하는 거였다. 써야 한다는 불안이 사라지면 일상을 반추하는 긴장도 날아가고, 감정을 점검하던 인지기능조차 작동을 멈춰버렸다. 그 지점이 작가의 무덤이었다.

그나마 에피소드북엔 여름이 지나면서 띄엄띄엄 쓴 글이 있었다. 그러나 가을이 깊어지면서 일주일에 한두 편이 고작이다가 11월엔 서너 편, 12월엔 한 편뿐이었다. 소략된 마지막 메모는 유은도에 관한 거였다.

외장하드를 가지고 연락이 두절된 유은도!
지난날의 특별한 것들이 모두 담긴 것이기에 마음이 탄다.
초조와 변명과 원망을 지나 차디차게 식어가는 건 결코 감정만이 아니다.
느껴진다. 내 안에서 중요한 무언가가 죽어가고 있다.

외장하드는 어떻게 되었다는 말인가. 폐 안에 먹물이 번지는 것처럼 답답했다. 노트북은 뉴스를 보거나 음악을 듣는 용도로 거의 매일 쓰고 있다. 그러면서도 정작 글다운 글을 쓰지 못한다는 것이 딜레마였다.

시간이 가는 줄 모르고 있다가 결국 새해의 첫 시간을 책상에 앉아서 맞이했다. 보름 전에 인터넷몰에서 구입한 새 다이어리를 꺼냈다. 첫 장에 '새해엔 소설을 쓰자. 노트북을 100% 활용하자!'라고 써놓고 잠자리에 들었다.

당연한 일이지만 늦잠으로 새해를 맞았다. 어차피 급한 일도 없었다. 추위가 시작되고 나서부터 베리는 아주아주 오래 잠을 잤다. 둥글이 침구에 파묻혀 앞발만 길게 나와 있는 베리의 늦잠을 새해 기념으로 찍어놓으려고 휴대폰을 열자 메시지 알림 숫자가 떠 있었다. 이런 날 들어오는 메시지는 형식적인 것들이라 대충 보았다. 그중에 현 선생 이름이 있어서 반가운 마음으로 열었다. 같이 일하고 싶다는 생각을 가질 만큼 배울 점이 많은 인연이라 실습이 끝난 뒤로 소식이 궁금했다. 메시지는 예측을 벗어난 내용이었다.

'광주시 진우리 주택 화재로 남매 사망'

헤드라인 밑에 웹주소가 있었다. 벌떡 일어나 공유된 주소를 클릭했다. 파일이 열리는 동안 심장이 조여들고 진땀이 났다. 광주시 진우 낚시터 부근 단독주택에서 화재가 발생해 새벽 세시에 진압이 되었지만 집 안에 있던 남매가 질식사했다는 인터넷 보도와 동영상이 떴다. 전소된 주택 내부 사진이 함께 들어 있었다. '사망한 남매는 10세와 8세'라는 내용을 확인하는 순간 숨이 막혔다. 떨리는 손으로 전화를 걸었다.

갈라진 목소리가 전화를 받았다.

"서 선생님, 놀라게 해서 죄송해요. 누구에게 말해야 할지 막막해서⋯⋯" 물에서 건진 듯한 현 선생의 목소리는 그녀의 불안을 절망으로 덮어버렸다.

"현 선생님, 아니죠? 우리 아이들⋯⋯ 아니죠?" 그녀의 목소리도 갈라졌다.

"애들 불쌍해서 어떡해요⋯⋯ 가스난로가 폭발하는 바람에⋯⋯" 현 선생은 말을 잇지 못했다.

"말이 안 돼요. 헤어진 지 몇 시간밖에 안 됐는데⋯⋯"

"불길 피하려고 애썼나 봐요⋯⋯ 아이들이 부엌 쪽 문 앞에 쓰러져 있었대요. 질식해서⋯⋯"

"아이들만 사고를 당한 거예요? 아무도 없었던 거예요?"

"네, 애 엄마는 화재가 진압된 뒤에 도착해서⋯⋯" 현 선생이 힘겹게 말을 이었다. "애들 엄만 더 기막히죠. 믿어지겠어요? 실신했다가 깨어나 울다⋯⋯ 또 실신했어요."

"어떡해⋯⋯" 말을 이을 수가 없었다.

"아이들이나 엄마나 너무 불쌍해요⋯⋯"

수화기를 쥔 손이 바르르 떨렸다. 아이들을 방임했다는 가책만 숨통을 조여왔다. 현 선생이 말했다.

"저 지금 광주 장례식장이에요. 학급 어머니 두 분과 같이 있어요. 하필 새해 첫날이라 썰렁해요. 학교 담임선생님께도 연락했더니 오시겠다고 했어요⋯⋯"

"저도 갈게요. 원장님께 말씀드리고 다시 연락할게요." 전화기를 내려놓고 그대로 엎드렸다. 사실이 아니라고 소리라도 지르고 싶었다.

쓸쓸하고 비통한 장례식이었다. 성의 없는 조사와 보도는 유흥업에 종사하느라 남매를 방치한 워킹맘에게 초점이 맞춰졌고 여론은 애매한 비난과 억측으로 살아남은 자들을 고문했다. 방학이라 학교는 비어 있었지만 운구는 학교를 돌아 화장터로 향했다.

정치인들의 행보와 새해 예산안이 해를 넘겨 국회 본회의를 통과했다는 뉴스가 현실 너머에서 보도되고 있었다. 민교의 귀엔 아무것도 들리지 않았다. 며칠 와글대던 화재 사건은 빠르게 덮여버렸고, 이슈에서 밀려난 남매는 애도 받지 못한 채 잊혔다.

민교는 무시로 숨이 막혔다. 복지의 사각지대에 아이들을 방치하고 있었다는 뼈아픈 자각이 가슴을 짓눌렀다. 지금까지 몸담고 있던 복지기관의 기능을 부인하고 저주했다. 복지사라는 역할이 역겨웠다. 상황적 어려움에 처한 아이들에게 형식적 돌봄을 제공함으로써 공동책임을 져야 할 지역사회로 하여금 오히려 신경을 끄도록 만든 거였다. 피할 수 없는 책무가 그녀를 장례식장에서 한 발짝도 움직일 수 없게 못 박아놓았다.

뉴스를 보고 안부를 확인하기 위해 전화했던 지호가 바쁜 일 제쳐두고 달려온 건 장례식을 마친 주말이었다. 지호는 그녀의 자책에 깊이 공감하고 위로했다.

"이 땅에서 돌봄을 받지 못한 어린 영혼이었으니 가장 힘든 시간에 주님이 함께 계셨을 거야. 이제 모든 고생과 슬픔을 끝내고 주님의 품에 안긴 거니까 아이들은 영원한 안식에 들어갔어. 민교야, 죽고 사는 일은 하나님이 주관하시는 거야. 그분께 맡기고 우린 우리에게 맡겨진 영혼들을 더 사랑하기로 하자. 우리가 붙들 것은 후회가 아니고 사랑할 기회야."

지호의 말에 위로를 받은 것도 사실이었다. 신이 그 무서운 시간에 아이들과 함께 있어주었기를 바랐다. 그리고 남매가 평안해지길 바랐다. 하지만 그런 일이 일어났다는 사실만으로도 신을 원망하지 않을 수 없었다. 신이 준 자유의지를 인간이 악하게 사용한 탓이지 신이 악을 만든 건 아니라는 지호의 말을 수긍할 수 없었다. 그런 믿음을 가진 지호가 부러우면서도 분노는 사그라지지 않았다. 자신의 연약함을 인정해야 한다는 말이 비열한 변명으로만 들렸다.

가브리엘

　겨울방학이 지나가고 있었다. 민교는 집에서 센터 사이를 기계처럼 오갔다. 오자마자 출석부에 이름부터 적고 동생을 챙기던, 무섭도록 성실했던 오영이가 생각날 때면 콧마루가 시큰해졌다. 문제집에 쓴 오영이의 글씨들은 반듯했다. 끝이 말린 오경이의 문제집을 붙들고 윽박지르면서 문제를 풀게 하던 오영이. 옥신각신하면서도 누나의 말에 억지로 인사하던 오경이의 마지막 모습이 다트처럼 날아들었다. 오영이 남매가 없어서 센터의 저녁 근무는 짧아졌지만 그녀에겐 시작도 끝도 의미가 없었다. 현실에서 사라지고 싶은데, 일상은 무자비하게 그녀를 통과했다.

　같은 건물 태권도학원에 다니는 아이들이 도복을 입은 채센터로 올라왔다. 추위도 아랑곳없이 맨발로 뛰어다니는 아이들에게 작전을 부여했다. 문제집을 빨리 푸는 친구들에게 선착순으로 자유 시간을 주겠다고. 목표만 있으면 집중하는 녀석들을 두고 어수선한 휴게실로 갔다. 그녀는 일상을 운영하기 위해 마음을 장악하고 있는 남매를 떠나보내야 한다는 걸 알고 있었다. 그러나 헛수고일 뿐이었다. 부루마블 게임판에 등허리를 웅크리고 있는 오경이를 정리할 방법이 없었다. 오영이가 치던 키보드, 오경이의 곤충백과, 남매는 센터의 모든 곳에 있었다. 그녀는 알고 있었다. 아이들을 보내지 못하는 이유를. 오영이의 눈치 보던 마음을 따스하게 품어주지도 못했고 오경이의 울음을 해결해주지도 못했다. 집에서나 센터에서나 아이들은 방치되고 있었다. 아동복지 규정에서 양육자의 방치가 아동학대라는 걸 명시하고 있지만, 그녀는 신고하지 않았다. 오영이 엄마도 어쩔 수 없는 상황이니까 이해할 수밖에 없다는 핑계로 아이들을 적당히 방임하는 것에 동조했고 그녀 자신도 방임했다. 지금도 제2의 오영이 남매가 어디선가 여전히 방치되고 있을 거였다.

그녀는 이토록 무기력한 자신을 용서할 수 없었다. 그리고 글을 쓸 수 없었다. 자신을 신뢰하지 못할 때와 마찬가지로 자신을 용서할 수 없을 때도 글은 써지지 않았다. 글쓰기란 본질적으로 자기 존재의 인정으로부터 출발한다는 걸 확인했을 뿐이었다.

복지사라는 직업과 역할을 폐기하고 떠난 친구들을 떠올렸다. 그들이 먼저 겪었던 거였다. 눈뜨고 목격하면서 아무것도 할 수 없을 때 느끼는 무력증. 아무리 힘을 내도 달라지지 않는 현실의 생활수준. 이유는 각각이었지만 결과는 같았다. 단순한 이직이 아니었다. 그것을 이기적인 도피라고 말할 수는 없었다.

함께 사회복지학을 전공하고 현장에 투입되었다가 떠나간 친구들은 현재 복지와 전혀 관련 없는 일들을 하고 있었다. 기본적인 삶을 유지하기에도 턱없이 부족한 수준의 경제적 보상을 문제 삼았던 친구들의 결정은 빨랐다. 좌절만 하고 있는 것보다 이직을 하는 편이 나았기 때문이다. 그러나 누구보다 열심히 일하다가 소진되어 자신이 복지 업무와 맞지 않는다며 현장을 떠난 친구들은 연락조차 끊었다. 장애인 복지기관에서 일했던 연자가 그런 친구였다. 연자는 결혼식을 마지막으로 친구들 네트워크에서 이탈한 이후에 소식을 아는 친구가 없었다. 연자에겐 무슨 일이 있었던 걸까.

남자 동기들은 결혼을 기점으로 공무원 시험에 도전하거나 이직을 했고, 여자 동기들 중에도 기관을 직접 운영하지 않는 친구들은 대부분 이직한 상황이었다. 기관 운영자인 지호 외엔 현장에 유일하게 남아 있는 사람이 그녀였다. 그녀는 인정했다. 무능해서 남아 있는 감정 노동자에 불과하다는 걸. 복지는 얄팍했고, 복지 종사자들의 존재감은 더 얄팍한 상황이었다. 분노와 무력증 사이에서 곤죽이 된 채 겨울방학이 지나갔다.

 점심시간에 걸려온 수정이의 전화에 민교는 적절한 인사를
건네지도 못하고 더듬거렸다. 2월 중순이었고 봄방학을 해서
오전에 등원한 아이들과 간단하게 점심을 먹고 있을 때였다.
수정이는 잔뜩 흥분한 목소리였다. "잘 지내지? 너 보러 가
도 돼?"

 "어, 수정아. 어어. 그런데 무슨 일이야?" 느닷없는 제의에
대답할 말도 생각나지 않았다.

 "나 클럽에서 부킹한 친구 있는데, 겨울 내내 어울렸거든.
근데 걔가 곤지암 근처에 있는 스키장에 가자고 해서 간만에
너도 볼 겸 그러자고 했지."

 "뭔 부킹이야. 내가 아는 수정이 맞아?"

 "웃기지 민교야? 그렇게 됐어. 친한 친구가 근처에 산다고
이야기했더니 좋대. 야간 개장 전에 너랑 만나서 저녁 먹고
스키 타기로 했어. 잠깐이라도 꼭 보자."

 "벌써 약속을 해버렸다는 거지? 난 아홉시 지나야 퇴근인
데."

 "그렇게 늦어? 일단 알았어. 시간 조정은 우리가 할게. 우
리 연말에도 못 봤잖아."

 전화를 끊고도 통화 내용이 믿어지지 않았다. 클럽에서 부
킹한 남자와 야간 스키장 동행이라니. 연애의 달인으로 알고

는 있지만 사실 수정이의 상대를 본 적은 거의 없었다. 장기 연애를 한 적이 없기 때문이었다. 통화 내용을 들은 조하영 선생이 슬며시 참견하고 나섰다.

"서 선생님 아홉시 퇴근이라고 말씀하시던데, 뒷정리 저한테 맡기고 일찍 출발하세요. 그동안 저한테 많이 양보하셨잖아요. 오늘은 제가 마감할게요."

일곱시 퇴근이라는 메시지를 보내자 시간 맞춰 오겠다는 수정이의 대답이 즉각 날아왔다.

수정이는 깃이 붉은 타조 털로 장식된 밍크 망토를 입고 나타났다. 원래 피부색이 쿨 톤이라 화장은 거의 하지 않는 타입이었다. 화려하게 꾸미지 않아도 예뻤고, 어디로 나이를 먹었는지 모르게 어려 보이는 얼굴이었다. 그런데 스타일 변신을 한 듯 좀 요란한 느낌이었다. 수정이가 데리고 나타난 친구는 예측을 벗어나도 한참 벗어난 인물이었다. 연한 잿빛 눈에 키가 큰 영국 청년 앞에서 민교는 당황스럽게 떠듬거리며 인사를 건넸다. 어색하기 짝이 없었다. 수정이가 킥킥거리며 정리해주었다.

"한국말로 편하게 대하면 돼. 나도 영어 잘 못하는데 얘가 한국말 잘하는 편이야. 얘 이름이 가브리엘인데 나는 그냥 핸썸이라고 불러. 얘가 좀 멋지게 생겼잖아. 그렇게 부르는 걸 얘도 좋아해. 지가 잘생긴 걸 아는 거지." 미리 귀띔이라도 주지 않은 걸 변명하듯 말했다. 수정이의 설명이 기억에 담기지 않은 채 휘발되는 걸 느끼면서 민교는 연신 끄덕였다.

"핸써미가 부모님 따라와서 어릴 때 한국에서 자랐는데, 대학 때 교환학생으로 들어와서 삼 년 더 있었대. 본국에서 일하다가 한국에 다시 온 건데, 얘네 아버지가 선교사라 평생 한국에서 지내셨거든."

눈썹을 올렸다 내렸다 하면서 이야기에 귀를 기울이고 있는 가브리엘에게 수정이가 물었다. "친구한테 핸써미 소개하는 건데, 이런 얘기 해도 괜찮지?"

가브리엘이 쾌활하게 웃으며 고개를 끄덕였다. 민교는 어색해서 뭔 말을 듣고 뭔 말을 했는지도 기억나지 않았다. 수정이는 확실히 들떠 있었다. 가브리엘과 함께 있는 것이 즐거운 모양이었다. 가브리엘이 L스키장 시즌 이용권을 가지고 있어서 그동안 곤지암까지 스키를 타러 다녔다고 했다. 수정이는 자기보다 가브리엘이 곤지암을 더 잘 안다고, 전국에 스키장이 있는 곳은 다 다녀본 것 같다고 했다. 세상이 좁긴 좁은 모양이라는 말이 혼잣말처럼 흘러나왔다. 수정이가 듣고는 진짜 좁은 세상이라고 맞장구를 쳤다. 가브리엘이 눈치를 보더니 세상 좁은 모양이 뭐냐고 되물었다. 의미를 설명해주느라 수정이가 가브리엘과 속닥거렸다. 그때부터 가브리엘과 수정이는 둘만 있는 것처럼 붙어 앉아 영어와 한국어 사이를 오가며 이야기에 몰입했다. 딱히 잘못 먹은 것도 없는데, 속이 편치 않아서 화장실에 두 번을 다녀왔더니 식사가 끝났다.

"그래서 나이가 몇 살이라는 거야?"

민교가 궁금해서 물으니 수정이가 눈을 찡긋하며 가브리엘을 바라보았다. 가브리엘이 수정이의 눈빛을 웃음으로 마주받았다. 어린 연인처럼 풋풋해 보였다.

"우리 핸써미는 스물아홉. 그보다 어려 보이긴 하는데, 우기니까 믿어줘야지. 어때? 어마어마한 연하남이지?" 민교가 어이없어하니까 수정이가 또다시 눈을 찡긋했다. "재밌잖아. 심심할 새가 없다니까, 핸써미 덕분에." 민교는 웃어야 할지 맞장구를 쳐야 할지 알 수 없었다.

가브리엘은 친절했다. 민교에게도 선한 웃음으로 인사를 건네고 묻지 않아도 유쾌하게 농담을 한마디씩 건네 웃게 만들었다. 천성적으로 유머가 있는 사람들이 그렇듯이 사소한 물건 하나를 가지고도 웃음을 끌어냈다. 시내에 하나밖에 없는 파스타 집인 '토마토아저씨' 냅킨에 그려진 조잡한 오두막 그림을 보고 어릴 적에 겪었던 에피소드를 들려주었다. 한국에서 여행하다 땅끝마을에 있는 어떤 절에 묵었는데, 그 마을이 정말 예뻤다고, 영국에도 그런 곳이 있다는 말이었다. 정말 한국어가 유창했는데, 경상도 억양을 쓰고 있어서 말을 할 때마다 웃겼다. 가브리엘도 그런 반응을 즐기는 눈치였다.

"바로 스키장으로 갈 건데 같이 갈래?" 민교는 엉성하게 둘러댔다. "오늘은 처리할 일이 있어. 다음에 보자." 사실 처리할 일 같은 건 없었다. 하지만 스키는 탄 적도 없고 탈 기분도 아니었다. 느닷없는 제의가 어이없어서 웃음이 나왔다.

가브리엘이 수정이의 어깨를 긴 팔로 감싸 안았다. 밍크 망토 아래 짧은 반바지가 보일 듯 말 듯 했다. 부츠를 신은 수정이가 키 큰 가브리엘에게 안겨 있으니까 앙증맞은 장난감 같았다. 목에 휘감은 붉은 타조 털 때문에 수정이 얼굴은 대리석 조형물처럼 하얗게 보였다. 어쨌거나 수정이는 지금까지 봐온 모습 중 가장 행복해 보였다. 거리감은 순전히 그녀가 감수할 몫이었다. 주차장 앞에서 가브리엘이 민교에게 인사했다.

"수청이 치난 칭쿠 마나코 시퍼는데 반가우고 타암에 타시 마나면 초아여. 미묘 씨 초웅 칭구에여. 수청이카, 수청이에 케 이아키 마니 트러써. 타암엔 카치 보드 타고 노라여. 캄삼미다." 쏟아내는 말은 어색하긴 해도 내용 전달엔 문제가 없었다. 인사를 듣느라고 초집중하는 민교와 달리 가브리엘은 애교 있는 웃음으로 인사를 마무리했다.

"아이코 그랬어요? 우리 핸써미 말도 잘해요." 수정이가 가브리엘의 어깨를 톡톡 치면서 칭찬해주었다. 가브리엘이 만족한 웃음을 짓고는 수정이의 어깨를 휘감아 안아서 납치하듯 차에 태웠다. 수정이가 차창을 내리고 인사를 날렸다. "우리 자주 올 거야. 스키장 마감할 때까지 핸써미가 거의 매일 오니까 또 연락할게."

수정이를 향해 손을 흔들어주었다. 차가 상가 주차장을 빠져나가자 다리에 힘이 풀리면서 한숨이 나왔다. 자주 온다는 말이 무슨 큰 숙제거리처럼 편치 않았다. 수정이는 어쩌다 저런 친구를 만났는지, 오늘 갑작스럽게 벌어진 일들이 봉변을 당한 것처럼 황당했다. 수정이가, 아니 그녀의 친구가 별에서 날아온 외계인 같았다. 그렇다면 가브리엘은 그녀를 지켜주러 내려온 천사일 터였다. 그녀는 자신도 모르게 피식 웃었다.

2월의 바람 때문에 모직 코트가 추웠다. 왜 오늘은 패딩 점퍼를 입지 않았는지 생각나지 않았다. 그녀는 잔뜩 움츠리고 천천히 곤지암 중심가를 걸었다. 혼자가 되니 차츰 마음이 가라앉았다. 스키장으로 가는 길에 자신의 집이 있으니 가다가 내려달라고 했어도 되는데, 불편한 자리를 빨리 벗어나고만 싶어 말하지 않았다. 수정이를 만나는 건 좋지만, 가브리엘과 같이 보고 싶지는 않았다. 그럴 마음의 여유, 낯선 타인까지 배려하고 참아줄 에너지가 남아 있지 않았다. 수정이와 가브리엘의 연애가 얼마나 진행될까 상상했다. 겨울에 시작된 연애이니 패턴을 깬 건 분명한데 오래갈 것 같지는 않았다. 인연이란 그런 거였다. 스치는 바람처럼 곁에서 떠나버리는 것들. 자신의 존재감도 그들에게서 비누나 양초처럼 점점 작아지는 중이었다. 그러다 아주 사라져버릴 거였다. 그렇게 되길 바랐다.

조 선생이 보수교육(補修教育)을 다녀오고, 다음날 민교가 기관 참여 설명회에 갔다. 외근을 하는 날은 일상을 벗어나는 재미가 있었는데, 이즈음엔 뭘 해도 감각이 없었다. 교육장에 모인 여러 지역의 복지사들과도 특별한 이야기를 나누지 않은 채 시간이 지나갔다. 새삼스럽게 통합교과 교육을 기관 아이들에게 어떻게 접목할 것인지 실천 항목들을 연설하는 강사의 목소리에 집중할 수가 없었다.

　통합교과 교육은 학교 커리큘럼이었다. 센터 아이들에게 필요한 건 공부가 아니었다. 훨씬 더 직접적이고 정서적인 거였다. 아무리 훌륭한 교육도 그런 것을 대체하거나 해결해줄 수 없었다. 오영이도 공부를 잘했고, 오경이가 공부를 따라오지 못할까 봐 그렇게 억지로 공부를 시켰지만 공부가 그 아이들의 생존을 지키지는 못했다. 마찬가지로 대부분의 아이들에게 공부는 아무것도 해결해줄 수 없었다. 교육은 껍데기에 불과했다. 어른들이 만들어놓은, 아이들을 통제하는 수단의 다른 이름이었다. 그런 해석들이 그녀의 가슴에서 마른 장작처럼 차곡차곡 쌓여갔다. 이런 의미 없는 토의에 참여하자고 센터를 비우는 동안 센터에서는 조하영 선생 혼자서 아이들에게 소리를 지르고 있을 거였다. 아이들은 왜 해야 하는지, 무슨 도움이 되는지 알지도 못하는, 대다수는 끝내지 못할 문제집을 붙들고 씨름하다가 틈만 나면 싸우고 엉켜서 아수라장을 만들 거였다. 어디서부터 잘못된 것인지 알 수 없었다.

복지를 지원하는 행정과 아이들의 현실 사이에 끝도 없이 벌어져 있는 거리는 균열이나 틈이라고 부를 수 없을 지경이었다. 그 속에서 그녀는 뭘 해야 할지 도무지 알 수 없었다.

전철을 타고 돌아오면서 민교는 이런 일을 언제까지 해야 할까, 언제쯤이면 벗어날까, 이 일이 아니면 뭘 할 수 있을까 생각했다. 아이들을 만나지 않고 살아갈 수 있을지 생각하자 자기도 모르게 주르르 떨어지는 눈물에 고개를 숙였다. 답이 없었다. 그녀는 휴대폰 카카오스토리에 들어가 새 글을 작성했다.

환멸을 느끼면서도 지속할 수밖에 없는 것들이
나를 살아 있게 하고 내일로 나아가게 한다.

마음속에 고인 생각을 토해낸다고 환멸이 사라지는 건 아니었다. 큰 소리로 웃었던 게 언제인지 기억도 나지 않았다. 날마다 그녀는 내면의 늪으로 더 깊이 가라앉고 있었다. 마침내 주변이 고요해졌고 아무 감각도 느껴지지 않았다. 센터에 출근해서 아이들과 지내고, 오후 내 문제지 채점을 하고 프로그램에 따라 기계처럼 움직이다 보면 저녁이었다. 잡무를 정리하고 집에 돌아오면 두어 시간씩 베리를 바라보고 있거나 다이어리를 펼쳐놓고 생각에 빠져 있었다. 그녀를 붙들고 놓아주지 않는 늪이 있었다. 조금이라도 책임감이 있는 선생이었다면 그런 날 빈집으로 아이들을 보내지 않았을 거였다. 자신의 모든 것이 위선적이고 가식적으로 느껴졌다.

장례 기간 동안 눈물을 쏟으며 퉁퉁 부은 눈으로 기도하던 조리사 김 선생이나 원장도 그녀 자신과 마찬가지로 위선자일 뿐이었다. 살아 있는 아이들을 죽게 버려두고도 잘 돌아가는 세상, 센터의 빈자리가 채워지기도 전에 그런 친구가 있었는지조차 잊어버리는 아이들까지도 이상하게만 보였다. 이렇게 사는 것이 무슨 의미가 있는지 알 수 없었다.

어떤 때는 EBS 다큐 채널에서 다뤘던 해외 여러 나라의 교육 동영상을 보고 또 보면서 왜 지구상의 어떤 국가에선 아이들이 존중받는 가운데 잠재적 자원을 계발하면서 교육 서비스를 제공받는데, 이 나라에선 고문처럼 오직 공부만 강요하는 것인지, 자유로운 놀이 시간을 의무로 부과하는 곳도 있는데 학교 밖에 학교들을 첩첩 감옥으로 만들어놓고 아이들을 통제만 하는 건지 항변하고 싶었다. 그렇게 새벽 세시가 되고 네시가 되었다. 그러다 가까스로 잠이 들면 출근 시간이 될 때까지 내처 잤다. 가끔은 밤새 잤는데도 자지 않은 것처럼 피곤했다. 하루 종일 하품이 나기도 했고, 바닥에 끌릴 만큼 몸도 마음도 무거웠다. 식욕도 없고 먹어도 맛을 느낄 수 없었다. 내면이 침묵에 빠지니 바깥도 고요했다. 더 이상 그녀의 흥미를 끄는 것은 없었다.

곤지암에 자주 올 거라고 했던 수정이는 2월이 지나도록 연락이 없었다. 수정이를 생각하면 종종 헛웃음이 났다. 다른 나라에 사는 친구처럼 거리감이 느껴졌다. 느닷없는 전화를 받은 건 3월 둘째 주였다. 가브리엘을 따라 영국으로 가게 되었다는 소식을 남의 말처럼 전했다. 듣고도 실감이 오지 않아서 축하한다는 말보다 뭔 일이냐는 말이 먼저 나왔다.

"나중에 후회하기 싫어서. 다른 생각 접어놓고 가보는 거지 뭐." 수정이는 변명하듯 덧붙였다. 여덟 살이나 어린 가브리엘을 믿고 그 먼 나라까지 간다는 건 수정이답지 않았다.

"가브리엘이 청혼했어? 부모님도 동의하신 거야?" 미처 걸러지지 않은 질문이 튀어나왔다.

"결혼 때문은 아니야. 영국은 항상 가고 싶었는데, 이렇게 기회가 됐을 때 가보려는 거야. 가서 적응하다 보면 살아지겠지. 사실 나 죽도록 영어학원 다녔잖아."

"그랬어? 그동안 내가 너랑 무슨 얘길 나눈 거니? 그것도 몰랐던 걸 보면 내가 너한테 좋은 친구는 아니었나 보다. 갑자기 미안해지네."

민교가 머뭇거리며 내놓는 사과를 수정이가 받았다. "니 탓이 아니야. 상황 탓이지. 그동안 너 힘들었잖아. 사실 난 니가 밀어내지 않는 것만도 다행이라 생각했거든. 민교야, 이제 너도 좀 자유로워지면 안 되니? 난 니가 행복해졌으면 좋겠어. 지호를 봐. 그런 자리에 시집가서도 행복하게 잘 살잖아. 상훈이 생각은 그만하면 됐어. 돌아올 가능성 없잖아." 수정이가 작정이라도 한 듯이 그녀의 내면으로 성큼성큼 들어왔다.

"그래. 니 말이 맞아. 나 사실 아무렇지도 않아. 아무렇지도 않은데 바보처럼 살고 있어서 친구 노릇도 못하고 민폐만 끼치고 있었나 봐."

"그런 거 아니야. 열심히 일에 몰두하면서 살았던 건 내가 알아. 니가 글을 쓰는 이유도 알고. 그런데, 그런데 민교야, 뭘 하든 이젠 니가 행복해지면 좋겠어."

"무슨 말인지 알어. 고마워. 그런데 떠나는 날이 언제야?"

"내일모레. 신경 쓰지 마. 가서 연락할게. 시차 때문에 깨어 있는 시간은 다르겠지만 라인도 되고 카카오톡도 되니까 걱정하지 마. 니가 페북이나 인스타 하면 좋은데, 넌 그런 거 안 하잖아."

"그래. 그런 건 기대하지 마. 안 할 거니까."

"알았어. 내가 널 모르니? 넌 쌍방통행 원하지 않잖아. 이제 꼭꼭 닫아걸었던 그 빗장 좀 열면 좋겠는데, 이것도 순전히 나 혼자만의 기대인 거지." 툭툭 던지는 말들이 모노드라마 대사를 읊는 것 같았다. 그 메시지에 마음이 찔려 순간 할 말을 잊었다. 누군가에게 통째로 읽혔음을 알게 될 때 사람은 백지가 되는 모양이었다.

"미안해. 꼬집으려고 말한 건 아닌데." 톤을 낮춘 수정이 목소리에 가까스로 대답했다. "핵을 찔렀네, 나 위해서 하는 말인 거 알아. 생각해볼게."

"아무튼, 잘 지내. 내가 혹시 핸써미랑 결혼하게 되면 초대장 보낼게. 그땐 니가 영국으로 오는 거야."

"알았어. 너 결혼하면 그땐 가야지. 니 덕분에 영국도 가겠네." 기대가 없어 쉽게 대답이 나왔다. 그런데 한참 동안 대꾸가 없었다. 전화가 끊긴 건 아니었다.

"결혼식 아니어도 오면 안 될까? 생각해봐, 인생 뭐 있어?" 갑자기 수정이가 소리쳤다.

"그렇게 말하니까 내 친구 수정이답네. 인생 뭐 있냐고, 만날 때마다 그랬었지."

"야, 그걸 기억하고 있었단 말이야? 나 그 말 웃으라고 한 말 아닌데, 너 좀 깨우려고 한 말이었어. 너한테만 꾹꾹 눌러서 보낸 메시지였다고."

"그랬구나. 나 참 둔한 친구지? 용서해라."

"됐거든. 용서는 니가 좀 털고 나와서 너답게 살 때, 그때 생각해볼 거야. 암튼지 더 하면 욕 나오겠다. 이렇게 인사할 생각은 아니었는데. 내가 오늘 브레이크핀이 빠졌나 봐, 더 하다간 원수 될 거 같으니까 그만하자. 결론적으로 내 맘 알지?" 수정이의 말이 연속해서 마음을 후볐다. 슬며시 수화기를 놓고 싶은 걸 가까스로 붙들고 있었다.

"너다운 건 알겠는데, 나다운 게 뭔지, 그걸 잊어버렸네." 의도하지 않은 말이 나와버렸다. 한참을 놓지도 잇지도 못하고 수화기를 잡고 있었다.

"민교야, 시크한 건 여전하지만, 너 건강하고 씩씩하고 따스한 친구였어. 누구보다 열심히 도전하고 목표에 열광했잖아. 너 보면서 인생은 저렇게 살아야 하는 거구나 했던 걸, 나 지금도 기억하고 있어." 왠지 수정이 목소리가 축축했다. 전염이 된 듯 그녀의 목소리도 젖었다.

"그랬니? 기억도 안 나네." 휴대폰에 눌려 있는 귓가로 무언가 주르륵 굴러떨어졌다. 물 호스에 구멍이 난 것처럼 뚝뚝 떨어지는 눈물 속에 수정이의 난데없는 호통이 날아들었다.

"야, 너 토론 좋아하고, 지기 싫어하고, 의리에 목숨 걸었던 거 잊어버렸어? 너한테 받은 상처들이 많은데, 내가 증인이거든. 지호랑 너랑 아주 상남자인 줄 알았다가 너랑 룸메 되고 나서 실체를 알고 어이 상실했잖아? 그때 니가 하도 엄마처럼 굴어서 내가 엄마라고 불렀던 거 기억 안 나?"

수정이의 말에 느닷없이 웃음이 터져 나왔다. 털스웨터를 입은 채 이불을 뒤집어쓰고 컵라면을 먹으면서 웃던 시간들이 떠올랐다. 가슴이 따스해졌다. "좋은 시절이다. 그때가."

"민교야, 지금이 딱 좋아. 지금이 제일 좋은 때라고 생각할 순 없을까? 나 또 슬슬 열받는다. 그만하자. 아무튼 널 좀 깨워놓고 가야 하는데, 너 꼭 영국 와라. 거기서 보자."

"그래. 생각해볼게. 몸 건강하게 잘 다녀와."

"아니, 안 올 거야. 니가 정신 차리면 몰라도."

"커헉, 말이 되냐? 나랑 살 것도 아니면서 내가 정신 차려야 돌아온다니."

"그 정도로 니가 행복해졌음 좋겠다고. 야, 십 년 동안 참 았던 얘기 오늘 다 했다. 잘 있어."

그렇게 전화가 끊어졌다. 민교는 가슴이 먹먹해서 한동안 움직일 수 없었다.

수정이가 떠났다. 떠나버렸다. 공항에 배웅이라도 가고 싶었지만, 헛헛함 속에서 시계를 보고 마른침을 삼키면서도 통화할 여유조차 없이 하루가 지나가버렸다. 카카오스토리에 수정이와 나눴던 대화를 기록해두었다. 그리고 수정이가 생각날 때마다 그걸 들여다보곤 멍한 표정으로 앉아 있었다.

매일 보던 친구도 아니고, 한 달에 한두 번 통화하고 일 년에 서너 번 만났을 뿐인데, 헛헛했다. 이상한 허기였다. 오랫동안 친밀하게 공감대를 나눠오던 친구라 빈자리도 컸다. 가브리엘과 함께 있던 수정이 모습이 떠오를 때면 웃음이 나왔다. 행복한 모습으로 떠나서 다행이었다. 그럼에도 불구하고 바람이 빠지듯 쓸쓸해지는 건 어쩔 수 없었다. 상실감이 마음을 자근자근 밟아댔다. 이즈음 그녀가 생각하게 된 것이 있었다. 산다는 건 상실의 기록이라는 것. 모든 관계는 상실로 끝나도록 설계되어 있었다. 빛깔은 다르지만 누구도 피할 수 없는, 존재의 운명이었다.

수정이가 떠난 뒤부터 집에 돌아오면 에피소드북을 열었다. 그것이 관계의 자국이 남긴 상처를 들여다볼 수 있는 유일한 방식이었다. 하루의 기록이 끝나면 짧게 써놓은 이전의 글들을 읽고 또 읽으며 마음을 들여다보았다.

감각 없는 날들

가을이 남긴 흔적이 길바닥에 수북하다.
가로수 발등을 덮었던 갈잎들
겨우내 찢기고 부스러져
진창이 되어간다.
숨을 쉬어도 감각 없는 날들
찢기고 부스러지는 건 갈잎만이 아니다.

찢기고 부스러지는 건 갈잎만이 아니었다. 결국 아무것도 남지 않을 거였다. 그녀는 노트북을 열고 유튜브에서 조지 윈스턴의 '겨울'을 들었다. 푸른 여백 속에 여윈 나뭇가지가 그림자를 드리운 채 바람에 흔들리는 듯, 얼음 밑으로 여울물이 흐르는 듯, 차가운 달빛 속으로 기차가 달려가는 듯 선율을 따라 쓸쓸한 풍경들이 지나갔다. 이대로 언제까지든 겨울이 이어질 것 같았다.

새 학기가 되자 센터에 새로 들어오는 아이들과 진학을 해서 빠져나가는 아이들이 꽤 있었다. 어수선한 중에도 정신이 번쩍 나게 변화가 많은 건 날씨였다. 3월은 변덕스러운 오케스트라 지휘자처럼 지휘봉을 흔들고 있었다. 옷차림부터 기분까지 사람을 전전긍긍하게 만들어놓고 눈길 한 번 주지 않고 지나가버렸다. 민교는 봄내 패딩 점퍼를 걸치고 다녔다. 웬일인지 실내가 바깥보다 더 추워서 센터에 출근해서도 외투를 벗지 못했다. 어느새 연한 색상의 바바리가 거리를 메운 것을 보고서야 알아챘다. 왜 봄옷들 틈에 혼자 겨울옷을 입고 있으면 넝마라도 걸친 것처럼 화끈대는 건지. 그녀는 출근길에 계면쩍은 웃음을 물고 도망치듯 센터로 올라갔다. 조 선생의 노란색 면 재킷이 그녀를 기다리고 있었다.

4월이 되자 원장은 지원사업들을 유치하려고 신경을 곤두세웠다. 중앙지원단에서 제공하는 교육 프로그램 배분 사업에 민교는 담당 관리자로 신청서를 접수했다. 전국 지역아동센터 간의 교육 격차를 해소하기 위해 중앙지원단에서 진행하는 올레TV스쿨 일 년 이용권이었다. 센터 회원들이 일 년 동안 인터넷으로 무료 교육 콘텐츠를 이용할 수 있는 지원사업이었다. 그걸 가능하게 만들기 위해선 학년별로 이용할 디지털기기 시설도 보강해야 했지만 접수가 우선이었다. 원장은 지원받을 수 있는 것들, 특히 아이들을 위한 배분 사업은 무슨 수를 써서라도 받아내고야 마는 사람이었다. 중앙지원단 사업이든 시도지원단 사업이든 따지지 않았다. 원장의 운영 방식에 불만이 많은 조하영 선생이 툴툴거렸다. 괜한 욕심으로 일만 많아지고 제대로 못할 거면 안 하는 게 낫다는 거였다. 민교는 결과를 떠나 아이들에게 기회를 주는 것만으로도 안 하는 것보다는 낫다고 생각했다. 다만 센터의 형편과 아동들의 개별 상황에 따라 운영의 묘미를 살리는 것이 문제였다. 신청 서류를 접수한 건 3월 말이었다. 배분 결과 발표는 4월 셋째 주에 중앙지원단 홈페이지에 공고될 거였다.

퇴근길에 보니 컴튜닝이 열려 있었다. 맞은편 도로를 걷던 민교는 걸음을 늦추며 살펴보았다. 외국인 세 명이 안쪽에서 무언가 하고 있었다. 거리는 멀었지만 샤리플은 아니었다. 유은도는 여전히 보이지 않았다. 특이한 건 전과 달리 의자와 책상이 출입문 입구까지 들어차 있다는 거였다. 이를테면 고객이 들어설 자리는 더 이상 없어 보였다. 컴퓨터 수리점이 아닌 다른 목적으로 사용되는 것이 틀림없었다.

다음 날 센터에서 민교는 정미연 선생의 전화를 받았다. 지난가을 이후 내내 연락 없이 지낸 터라 반가운 마음보다는 뭔가 성가신 일이 생길 것 같았다. 전화가 세 번 울릴 때까지 망설였다. 정 선생과 유은도가 그녀의 이해 차원을 뛰어넘어 특별한 연결고리를 갖게 되었음을 확인한 이후에 두 사람 모두에게서 관심을 접었다. 전날 컴튜닝이 열려 있는 것을 본 것과 정 선생이 전화를 걸어온 것이 무슨 연관이 있는 것 같았다. 피할 이유는 없었다. 반색을 하는 정 선생에게 안부를 물었다.

"사연이 많아요. 그건 나중에 이야기하구요, 오늘은 일단 우리 아들 형서 데리고 센터에 가보려고 해요. 서 선생님께 맡기는 게 지금으로서는 최선인 것 같아요." 의외였다 자존심 강한 사람이 원장하고 다시 만날 일을 만들다니.

오후에 정 선생이 아들을 데리고 센터에 왔다. 원장이 자리를 비운 시간이라 그녀가 면담을 했다. 형서는 처음엔 좀 낯가림이 있었지만 눈빛이 곧고 행동이 신중한 사내아이였다. 정 선생을 닮은 형서는 차림만 아니면 여자아이라 해도 믿을 만큼 곱상했다. 안 본 사이에 분위기가 달라져서 중년티가 나는 정 선생은 십 분 정도 센터에 머물렀다. 바쁜 시간이라 겨우 입회 서류만 작성한 거였다. 조만간 다시 보기로 희미한 약속을 했다.

"정 선생님, 도움이 필요할 때 지원 요청해도 돼요?"

"그럼요. 불러주시기만 하면 달려와야죠." 돌아서는 정 선생의 단발머리를 보는 순간 유은도가 생각났다. "정 선생님, 혹시 유 선생님 소식 아세요? 컴튜닝도 거의 닫혀 있던데요."

"아, 모르셨구나. 아마 거긴 외국인들이 이용하기로 했다는 것 같아요. 그 사람들끼리 뭘 제작해서 자기네 나라 사람들한테 판매한다고 들었어요."

"그럼, 유 선생님은 이제 일 안 하시는 거예요?"

"나도 잘 알지는 못해요. 그런데 서 선생님도 은도 씨 소식 전혀 모르세요?"

"센터 컴퓨터 관리 때문에 알게 된 건데, 달리 아는 건 없어요."

"의외네요. 서 선생님과는 연락이 되는 줄 알았는데."

"선생님네 공방 개업 이후로 거의 못 뵌 것 같아요. 그때 맡긴 외장하드도 못 받았거든요."

"진짜요? 그랬구나……" 정 선생이 뭔가 이해가 된다는 듯 고개를 끄덕이곤 덧붙였다.

"그 사람 살짝 스토커 같은 데가 있지 않아요?" 그게 무슨 말이냐는 표정으로 민교가 바라보자 정 선생이 고개를 갸웃하며 잇새로 숨을 들이마시곤 말했다. "서 선생님이 자기를 많이 노출하시는 분은 아닌 거 같은데, 엄청 친하다고 그러기에 이상하다 싶었거든요. 자기가 팬클럽 대표라면서 서 선생님을 연구라도 한 것처럼 아는 척했었는데, 음악 취향이나 좋아하는 영화 같은 게 자기랑 코드가 맞는다면서." 정 선생의 말은 민교의 신경줄을 확 잡아당겼다. 당혹스러워하는 그녀에게 정 선생이 덧붙였다. "하여튼 공방에 한번 오세요. 오시면 할 얘기 많을 거예요."

정 선생이 돌아간 뒤에 민교는 망연하게 서 있었다. 마음이 복잡했다. 스토커는 뭐고, 컴튜닝을 정리했다는 건 또 뭔지 납득이 되지 않았다. 더 적극적으로 외장하드를 찾아오지 않은 것이 마음에 걸렸다.

정 선생이 작성한 서류를 훑어보던 민교는 놀랐다. 정 선생은 이혼녀였다. 최근의 일인지 혹은 오래전 일인지 알 수 없었다. 민교는 조만간 정 선생을 만나보기로 마음먹었다. 외장하드의 자료를 포기하는 건 생각도 할 수 없는 일이었다. 알 수 없는 찜찜함을 해소하기 위해서라도 확인이 필요했다.

해마다 전반기는 중앙지원단의 행정을 살피느라 분주했지만 올해는 변화가 더 많았다. 조 선생도 지역아동센터 우수프로그램 발굴 공모사업을 준비하고 있었다. 지난해 사례관리 멘토 양성 기초과정을 수료했던 민교는 멘토 양성 심화관리 교육 대상자 지원서를 준비하고 있었다. 아동 한 명을 사례관리 대상자로 선정해서 발달지원 계획서를 작성하는 일이었다. 멘토가 필요한 아이들은 많았다. 감정의 기복이 심하거나 주의집중을 하지 못하는 아이들도 대상이 될 수 있었다. 산만한 행동으로 주위의 관심을 붙잡으려고 수시로 문제적 언행을 하는 아이들이나 분노를 조절하지 못해 작은 일에도 시비에 휘말리는 아이들도 멘토링이 필요했다. 어쩌면 정서적 결핍은 모든 아이들이 가진 문제인지도 몰랐다. 정도의 차이가 있을 뿐, 대부분의 아이들은 발달지원을 필요로 하고 있었다.

현장에서 아동을 대하는 생활복지사의 역량 강화는 아무리 강조해도 과하지 않았다. 하지만 지금과 같은 조건에선 슈퍼바이징이 이루어지지 않는다는 것이 가장 큰 문제였다. 오영이 남매를 사고로 잃었지만 센터 사정에 따라 단 하루도 쉬지 못하고 업무를 계속하고 있었다. 아이들만 멘토링이 필요한 건 아니었다. 복지기관 종사자들의 당면한 문제들을 전문적으로 상담해주고 지도해줄 슈퍼바이저가 절실한 상황이었다.

민교는 우울에서 벗어나지 못한 소운이를 대상으로 일단 사례관리에 들어가면 어떨까 관찰하고 있었다. 지난번에 같이 이야기를 나눈 이후로 조금 마음을 열기는 했지만 소운이의 우울감이 사라진 건 아니었다. 발달지원 계획서를 작성하면서 그녀는 이 과정이 소운이에게 실질적인 도움이 될 수 있을까 반신반의했다. 소운이 엄마의 협조를 얻는 것이 쉽지는 않을 거였다. 양육 환경의 고질적인 문제가 있을 땐 사례관리에도 한계가 있고, 변화가 나타날 확률도 미미한데, 그나마도 긴 시간에 걸쳐 나타나기 때문이었다. 센터의 아이들을 생각할 때마다 수년 동안 그녀가 다다르는 결론이 있었다. 아이들을 둘러싸고 있는 환경과 교육 제도에 개선의 여지가 없다는 거였다. 지역아동센터에 오는 아이들만의 문제가 아니라 전체 아이들의 문제였다. 단순하지 않기에 명확하지도 않지만 이 나라의 교육 제도가 중심을 벗어난 것만은 확실했다. 거의 모든 아이들이 앓고 있는 무기력과 권태가 그 증거였다. 정 선생의 아들 형서도 그중 하나였다.

형서는 표면적으로는 적응한 것 같고 고분고분 말도 잘 들었지만 매우 수동적인데다 자기주도성이 없었다. 센터에 오면 갈 때까지 책상에 앉아 문제집만 들여다보았다. 그렇다고 문제를 푸는 건 아니었다. 먹는 일이나 또래들과 노는 일에도 관심이 없었다. 그 또래 남자아이로선 드문 경우였다. 형서의 사례관리를 위해선 정 선생을 만나야 했다. 정 선생의 협력을 얻을 수 있다면 형서를 대상자로 심화관리를 하고 차후에 소운이를 멘토링해도 좋을 거였다.

웹캠 해킹

센터 입구의 달력이 9월을 펼쳐놓고 있었다. 문득 숫자의 의미를 실감한 민교는 당혹스러웠다. 수개월의 시간이 아무 기억도 남기지 않은 채 실종됐기 때문이었다. 졸다가 깨어난 것처럼 갑자기 초조해졌다. 뭔가 중요한 걸 몽땅 놓치고 있는 것이 아닌가 싶었다. 다행인지 불행인지, 그녀의 손과 발은 놀지 않은 모양이었다. 그런대로 서류 정리며 일정 관리가 기록으로 남아 있었다. 자신도 모르는 사이에 해리성 장애가 시작된 건 아닌지 의심스러웠다.

오후가 되면서 비가 오락가락했다. 습도가 높아지면 실내에서 소음이 빠져나가지 않아 쉽게 피곤했다. 으슬으슬 한기가 느껴져 연신 뜨거운 물을 마셨는데도 편도가 부어올랐다. 조하영 선생에게 쫓겨나듯 조퇴를 당하고 나와서 단골 백반

집으로 향했다. 따뜻한 국밥에 감기약을 챙겨 먹고 푹 자는 것 말고는 아무 생각도 나지 않았다.

학교 앞 상가를 벗어났을 때 선득한 바람이 불어왔다. 그러곤 급한 바람에 이어 소나기가 쏟아졌다. 면 남방을 입고 있었지만 목으로 떨어지는 빗물은 선득했다. 우산도 없는데 빗줄기가 굵어지면서 갑자기 소란스러워졌다. 머리에 떨어지는 빗방울을 에코백으로 가리고 본능적으로 달렸다. 온몸에 우박을 맞고 버스 정류장 쉘터로 뛰어든 건 그녀만이 아니었다. 기둥과 천정만 세워놓은 쉘터 안으로 땅을 치고 솟아오른 우박이 튀어들었다. 달리던 차들이 서행을 하더니 곧 멈춰 섰다. 우박 알갱이들이 차에 떨어지면서 요란한 소리를 냈다. 유리가 부서지지 않을까 걱정될 정도로 어마어마한 기세였다. 트럭 짐칸에 호두알만 한 얼음덩이가 수북하게 쌓였고 새로운 우박이 떨어질 때마다 쌓였던 얼음이 튀었다. 한 번도 본 적 없는 기이한 광경이었다. 쉘터 안으로 피신한 사람들이 휴대폰으로 우박을 촬영했다. 오 분 이상 기세 좋게 퍼붓던 우박이 그치더니 빗발이 가늘어졌다. 보도에 떨어진 얼음 알갱이들은 시나브로 작아지면서 물이 되었다. 백반집까지 걸어가기엔 옷이 너무 젖어 엄두가 나지 않았다. 그녀는 몸을 움츠리고 집으로 향했다.

후덜덜 떨며 집 안으로 들어서는 그녀를 베리가 나와서 맞아주었다. 앞발을 길게 내밀고 기지개를 켜는 베리를 따라 스트레칭을 하고 싶을 만큼 온몸이 욱신거렸다. 보일러를 온수 모드로 돌려놓고 젖은 옷을 벗고 욕실로 들어갔다. 따스한 물이 나오는 잠깐 동안도 몸이 덜덜 떨렸다. 만족스럽게 뜨거운 물이 나오기 시작하자 안도가 되었다. 엄마와 함께 온천에 갔을 때가 생각났다. 역시 엄마는 따스함이 그리울 때 생각나는 존재였다. 그제야 우박 때문에 피해를 입었을지도 모른다는 생각이 들었다.

알몸으로 나온 그녀는 서둘러 속옷을 찾아 입고 정리해두었던 박스에서 가을옷을 꺼내 입었다. 편도염이 심해질까 봐 헤어드라이어 온풍을 이용해 머리카락을 말렸다. 한결 기분이 보송해졌다. 누룽지 몇 조각을 냄비에 담아 가스 불을 켜놓고 엄마한테 전화했다. 엄마는 급한 목소리로 여주에도 우박이 내렸지만 과수농가만큼 피해가 많은 건 아니라고 했다. 오히려 치솟을 농산물 값을 걱정했다. 서로의 안전을 확인하고 전화를 끊었다.

스마트폰 메뉴창에 카카오톡 수신 표시가 떠 있었다. 친구로 등록되지 않은 낯선 닉네임인데, 동영상 주소가 공유되어 있었다. 소셜커머스 광고일 게 뻔했다. 확인하고 지울 생각으로 클릭했다. 용량이 큰지 업로드되는 데 시간이 걸렸다. 기다리는 동안 욕실에 들어가 헤어오일을 발랐다. 얼굴에 스킨로션을 두드리면서 휴대폰을 들여다보니 동영상이 재생되고 있었다. 그런데 뭔가 이상했다. 휴대폰을 집어 들었다. 낯익은 공간이었다. 이게 뭐지? 의구심과 함께 오싹한 공포가 지나갔다. 욕실에서 나오는 알몸의 자신을 확인한 순간 그녀는 소리를 지르면서 휴대폰을 던졌다. 손끝에서부터 시작된 떨림이 온몸으로 번져 어깨까지 덜덜 떨렸다.

동영상을 처음부터 다시 보았다. 목욕을 하고 나와서 속옷을 입지 않은 채 머리를 말리는 그녀의 모습이 재생되었다. 팔에 가려졌던 한쪽 가슴이 드라이어를 머리 위로 들어 올릴 때마다 드러났다. 속옷을 찾기 위해 서랍을 여는 뒷모습, 맨살을 드러낸 엉덩이가 가까워졌다가 팬티를 입고 브래지어를 하는 모습. 누군가 그녀를 촬영한 거였다. 질식할 것 같았다. 카카오톡으로 메시지가 들어왔다. 계좌번호와 함께 이백만 원을 입금하라는 내용이었다. 신고하면 모든 지인에게 동영상을 유출한다는 협박이 붙어 있었다. 심장이 죄어들었다. 사이버수사대가 생각났지만, 범인을 잡는다는 보장이 있는가? 자신의 모습이 담긴 동영상을 공개해야 한다고 생각하는 순간 사이버수사대를 마음속에서 지웠다. 또 만약 신고를 했다가 보복을 당할 수도 있다는 생각이 들었다. 쫓기는 사람처럼 두리번거렸다. 어디엔가 카메라가 숨겨져 있을 것만 같았다. 옥상에 카메라를 설치해 일정한 시간에 촬영한 것이 아닐까 싶었지만 그것도 적절한 설명이 되지 않았다.

무표정하게 일상적인 행동을 하고 있는 여자. 낯선 옆모습이지만, 그녀가 틀림없었고, 그녀의 방이 틀림없었다. 수치스러운 동영상을 찬찬히 다시 보았다. 어느 한 각도에서 일방적으로 찍힌 거였다. 그런데 뒷부분에 그녀가 아닌 누군가의 음란행위가 붙어 있었다. 딱 봐도 합성이었다. 그녀는 얼굴이 화끈거렸다. 노출 사진보다 뒤에 붙어 있는 움짤이 더 수치스러웠다. 다시 처음부터, 자세히 보았다. 특히 그녀가 목욕을 하고 나오면서 수건으로 머리를 감싸고 얼굴을 드는 부분을 캡쳐해서 확대해보았다. 그리고 연이어 몇 장면을 클로즈업해보았다. 검정색 헤어드라이기. 동영상이 찍힌 시기가 그리 오래전은 아니었다. 수년간 쓰던 것이 고장 나서 지난해 겨울에 인터넷으로 구입한 거였다. 전에 쓰던 건 빨간색이었기 때문에 그것만은 확실했다.

처음의 공포가 지나가자 이런 범행을 계획한 악의적인 인간에게 분노가 일었다. 보낸 사람 프로필을 터치했다. 없는 계정으로 떴다. 그 이상은 아무것도 알아낼 수 없었다. 그러는 중에도 머릿속에선 잔상이 어른거렸다. 처음의 수치감은 역겨움이 되었다. 구역질이 나서 물로 입안을 헹구어 뱉어냈다. 연거푸 헹궈내고 나서 물을 한 모금 들이켰다. 테러를 당한 것처럼 목구멍이 아팠다. 만져보니 목이 뜨거웠다. 그녀는 문득 현실로 돌아왔다. 서랍에서 해열제를 찾아서 먹고 온열매트 온도를 높였다. 오한 때문에 이불을 이마까지 올려 덮었는데도 소름이 돋았다. 코에서 나오는 뜨거운 날숨과 굳어지는 몸의 감각이 동시에 느껴졌다. 민교는 자신의 신음소리를 들으면서 잠들었다.

고열 속에서 민교는 몸 상태가 예사롭지 않다는 걸 알아차렸다. 머리를 들어 올리기만 해도 어지러워 화장실도 겨우 갔다. 날카로운 통증이 귀를 찔러서 침을 삼킬 엄두조차 낼 수 없었다. 양쪽 편도에 멍울이 만져졌다. 출근 시간이 가까워졌지만 몸을 움직일 수 없었다.

더 늦어지기 전에 상태를 알리려고 원장에게 전화를 걸었다. 그런데 막상 목소리가 나오지 않았다. 원장은 답답한지 메시지를 보내라고 짜증스럽게 이야기하곤 전화를 끊었다. 메시지를 보냈더니 병원에 가보고 다시 연락하라고 답장이 왔다. 그녀는 원장에게 서운했다. 그녀가 출근할 수 없다고 말한 건 팔 년 만에 처음이었다. 그에 비하면 원장은 자기 아이들 문제로, 업무상의 문제로 자유로웠다. 그렇게 원장의 빈자리를 채워주며 일했던 것이 무슨 소용인가 싶었다. 조하영 선생에게 미안하고 조리사 선생에게도 미안했지만 원장에겐 미안하지 않았다. 마치 인간적인 코드가 실종된 것처럼 느껴졌다. 침대에 기대앉아 맥 놓고 굴러가는 생각을 따라갔다.

끔찍한 동영상이 원장을 향해 뻗쳐오르던 원망을 덮어버렸다. 사이버수사대에 신고를 하자는 쪽으로 생각이 기울었다. 범죄자에게 너는 네가 하고 싶은 대로 하라고 말하고 싶었다. 회피와 정면 대응 사이에서 갈등은 퇴로를 찾지 못했다. 해마다 일 년 만기로 넣고 있는 소액 적금을 깨면 이백만 원은 찾을 수 있었다. 그러나 그렇게 하고 싶지 않았다. 그런 식으로 사악한 범죄자에게 굴복할 수는 없었다. 이따위 불법 녹화를 한 것도 비열한데, 돈까지 요구하며 협박하다니 용서할 수 없었다. 누구에게 원한을 산 적도 없는데 왜 자신에게 이런 일이 생긴 건지 이해할 수 없었다.

이대로 일도 삶도 멈춰버리면 좋을 것 같았다. 끝낼 수만 있다면 그러고 싶었다. 그녀는 해열제를 바라보며 이것이 영원히 잠들 수 있는 수면제라면 얼마나 좋을까 생각했다. 집 안에 술이 있다면 타이레놀 몇 알과 함께 삼키고 깊은 잠을 잤을 거였다. 하지만 술 같은 것이 있을 리 없었다. 그녀는 원장에게 메시지를 보내지 않고 배터리를 빼서 서랍에 던져 넣었다. 팔 년이나 다닌 직장을 끝내고 이 더러운 공간에서 떠나버리면 그만이라는 극단적인 생각이 그녀를 추동했다. 이런 상태로는 이 동네에서 삶을 지속하고 싶지 않았다. 삶의 틀을 바꿀 때가 된 거라는 생각이 유일한 대안처럼 느껴졌다.

고열 속에 자다 깨다를 반복했다. 잠은 점점 얕아지더니 기운이 없어서 누워 있는 상태가 되었다. 마른입에서 쓴 내가 났다. 이렇게 앓았던 적이 있었다. 혜미가 심한 화상을 입고 수술을 거듭하고 있을 때였다. 혜미의 곁을 지키고 있는 상훈에게 이별을 고한 직후였다. 그 무렵 저녁 시간에만 패밀리 레스토랑에서 일하던 그녀는 낮 시간에도 파트타임 아르바이트를 구했다. 다행히 원하는 시간대에 백화점 의류매장에 채용되었다. 종강은 했으나 졸업까지는 시간이 남아 있었고, 장애인 특수학교에 원서를 넣고 결과를 기다리는 중이었다. 매일 얼굴을 보던 상훈과의 일상이 깨지자 남는 시간이 너무 고통스러웠다. 일은 쉽지 않았지만 시간을 보내려면 다른 수가 없었다.

패밀리 레스토랑에서 맡은 업무는 서빙이었고, 밤 열두시쯤 마감을 도와 문을 닫는 일이었다. 때론 늦은 시간까지 고객이 머물러 있어서 마감을 하고 나면 자정을 넘겨 한시가 다 될 때도 있었다. 날이 추워지면서 레스토랑 이용객이 늘자 지점장이 민교에게 정직원으로 들어오라고 했다. 매니저도 민교에게 그동안 아르바이트생 많이 썼지만 진짜 일도 잘하고 자기랑 손발이 맞는다며 정직원으로 들어오라고 했다. 마감 시간이 길어져도 불만 없이 일하는 것에 대한 립서비스였다는 걸 그때는 알지 못했다.

주급으로 받는 임금을 계산해보니 야간근무수당이 전혀 지급되지 않은 것을 알게 되었다. 그녀가 무상으로 제공한 것이 아니라 매니저가 부탁해서 연장된 시간들이었다. 그녀는 매니저에게 따졌다. 그러니까 정직원으로 들어오라며, 매니저가 규정 타령을 했다. 그러면서도 마감할 사람이 없으니 도와달라고 사정을 하는 거였다. 민교는 마음이 상했지만 취업이 될 때까지, 당장 그만두지는 말자고 스스로 다독였다. 그날,

마감을 돕고 한시가 되어 퇴근하려고 나섰는데, 지인을 접대했던 매니저가 만취해 있었다. 그대로 두고 갈 수는 없었다. 불을 끌 수도 없고, 사람이 있는데 문을 잠글 수도 없었다. 불미스러운 일이라도 생기면 책임을 추궁당할 수도 있었다. 본의 아니게 매니저를 부축하고 밖으로 나왔다. 택시를 잡는 동안 매니저가 민교에게 장난스럽게 입을 맞추려고 했다. 정색을 하면서 피하는 바람에 매니저가 길로 나동그라졌다. 그녀가 일으켜 세우자 거푸 입을 들이댔다. 그녀는 화를 내고 빠져나가려고 했지만 억센 팔에 휘감겨버렸다. 불쾌감과 책임감 사이에서 진저리를 쳤다. 독기가 뻗쳐서 빠져나오려고 몸싸움을 했지만, 취한 사람을 그대로 길바닥에서 동사하도록 둘 수는 없었다. 어렵게 택시를 잡아 태워주었다. 생각보다 술이 많이 취한 건 아니었는지 택시 기사에게 멀쩡하게 집 주소를 댔다. 택시가 출발한 뒤에야 실랑이를 벌이는 동안 전철이 끊겼다는 걸 알았다.

맞은편에선 빈 택시가 지나가는데, 그녀가 서 있는 방향으로는 한 대도 오지 않았다. 차량이 줄어든 교차로 건널목에 황색 점멸신호가 깜박이고 있었다. 그녀는 맞은편으로 건너갔다. 막 중앙선을 넘어 이차선에 근접했을 때였다. 반대쪽에서 지나가는 화물차 엔진 소리 때문에 근접해오는 오토바이 특유의 소음과 약한 빛을 감지하지 못했다. 그녀를 발견한 운전자가 브레이크를 밟으며 오토바이와 함께 넘어졌고 그녀도 오토바이에 부딪치며 넘어졌다. 그녀는 보도로 나가떨어졌다. 오토바이 운전자가 일어나서 그녀에게 욕설을 퍼붓더니 오토바이를 세워 출발했다. 그녀는 필사적으로 몸을 가누려고 애쓰다 그대로 쓰러져 정신을 잃었다. 어둠을 쥐었다 놓기를 반복하는 황색 점멸등이 끈질기게 의식을 노크했을까. 가까스로 깨어난 그녀는 급박하게 깜박이는 노란 불빛의 경고와 메시지를 해독하면서 정신을 가다듬었다. 심하게 욱신거리긴 했지만 몸을 가눌 수 있는 것이 기적 같았다. 택시를 잡아타고 집에 돌아온 그녀는 사고를 당했음에도 불구하고 큰 외상을 입지 않았다는 사실에 안도했다.

그날 밤 그녀는 날이 새도록 잠들지 못하고 뒤척였다. 차가운 보도에 쓰러져 있는 동안 저체온증에 걸린 거라고 생각했다. 놀랄 일은 다음 날 일어났다. 원인을 알 수 없는 하혈이 시작된 거였다. 내과 의사는 그녀를 산부인과로 보냈다. 영문을 모른 채 불안에 사로잡힌 그녀는 믿기 어려운 검사 결과를 들었다. 오토바이 사고로 유산이 되었다는 거였다. 좀 피곤하거나 감기라도 앓으면 생리를 거르기 일쑤였기 때문에 임신은 의외의 사건이었다. 게다가 유산이라니.

수술을 받고 숙소로 돌아온 그녀는 그대로 자신을 방치했다. 학기가 끝나자마자 집으로 돌아간 수정이에게도 연락을 취하고 싶지 않았다. 자신에게 일어난 그 어떤 일들도 받아들일 수 없었고, 아무 문제없이 돌아가는 세상을 이해할 수도 없었다. 삶보다 죽음이 더 가까웠다. 그 순간 그녀와 고통을 나눌 수 있는 한 사람, 상훈의 이름을 떠올리는 것이 견딜 수 없었기 때문에 상처 안에 상처를 겹쳐서 봉해버리는 것 외에 그녀가 할 수 있는 일은 없었다.

며칠 동안 꺼놓았던 전화기를 켰을 때 레스토랑에서 발신한 수십 통의 부재중 전화와 매니저의 메시지를 보았다. 협박에 가까운 막말들. 사고 경위를 설명하는 그녀에게 내뱉어진 '순진한 척 꼬리치는 년'이라는 욕설. 매니저는 상식적인 대화를 거부했다. 무단결근에 대한 피해 보상을 운운하는 지점장은 몰상식 차원에서 확실히 한 수 위라고 할 만했다. 비열한 사람들이었다. 사람을 일회용 소모품으로 쓰고 버리는. 그녀는 사람들이 살인을 하거나 방화를 저지르는 심정을 비로소 이해했다.

마음을 추스르기 위해 그녀는 엄마 집으로 갔다. 동생의 건강이 악화되어 집안 분위기가 말이 아니었다. 아버지는 동생 민수의 자가면역질환을 치료할 수 있는 대체의학의 방편으로 귀농을 계획하고 있었다. 주거 환경뿐 아니라 생활방식 자체를 바꾸는 일이라, 본격적인 전원생활을 준비하느라 고향인 여주에 가 있어서 그녀가 온 것조차 알지 못했다. 엄마는 방문을 끝내고 돌아갈 손님으로만 그녀를 대했다. 언제 가냐는 말을 집에 들어서면서부터 수없이 들었다. 집은 더 이상 쉴 곳이 아니라는 현실적 자각을 얻었을 뿐이었다. 동생이 발병

하는 순간부터 늘 그래왔던 걸 기억하면서 숙소로 돌아왔다.

상훈의 소식을 전해준 건 수정이었다. 종적을 감춘 상훈에 대해 이런저런 불길한 소문이 돌고 있다고 했다. 갖가지 추측이 무성해질 수밖에 없으리란 걸 그녀도 모르지 않았다. 민교는 학교와 연결된 모임에 나가지 않았다. 졸업식에도 가지 않았다. 마지막으로 들은 소식은 민교를 아프게 했다. 상훈은 혜미의 부모에게 거절당했다. 혜미에게도 외면당했다. 그가 아무 연고도 없는 인도로 떠났다는 소문에 민교는 차라리 잘된 거라고 생각했다. 얼마 후면 돌아와 함께할 수 있을 거라고 믿었다. 사고가 불가항력의 상황을 만들어 순환의 시간이 필요한 것뿐이라고. 그녀는 자신의 해석을 신념으로 삼았다. 회귀 본능을 가진 생물처럼 결국엔 돌아올 수밖에 없을 거라고 확신했다. 어떤 이에겐 한 번의 인연이 생애 유일한 인연일 수 있었다. 서로에게 그런 인연이라는 걸 그녀는 의심하지 않았다.

졸업 후 민교는 일에 매몰되었다. 첫 근무지인 장애인 복지시설에 있는 동안 과거도 미래도 없는 사람처럼 눈앞만 보고 하루하루를 지냈다. 아무것도 느끼지 말자고 마음에 여러 겹의 갑옷을 두르고 살았다. 자신을 버리고 싶을 때 끝도 없이 덮쳐오는 일거리는 차라리 축복이었다. 가끔은 함께 라이딩을 하던 시절의 상훈을 기억하기도 했지만, 인도에 가 있는 상훈을 떠올리긴 쉽지 않았다. 어느 날은 가까이, 아주 가까이 살고 있다가 우연히 마주칠 수 있을 것 같다가도 다시는 만나지 못할 거라고 느껴져 허망한 기분에 휩싸였다. 표현에 서툰 그녀가 자신의 마음을 헤아리는 건 쉽지 않았다. 해서 그것이 사랑이었음을 깨닫는 데 너무 오래 걸렸다. 민교는 자신이 상훈에게 한 번도 사랑한다고 고백하지 못했다는 것을 알았다. 다시는 기회가 없을 거라는 것도. 그때서야 깨달았다. 온통 상훈을 중심으로 휘둘려 있는 자신의 마음을. 그가 없이는 삶 자체가 무의미하다는 것을.

사랑은 수석이 되어버렸다. 그것이 사랑이라는 걸 안 뒤의 상처까지. 아무것도 보이지 않을 만큼 닫고 또 닫았던 그녀의 마음은 닳아져 속이 들여다보일 지경이 되었다. 상처는 안으로 응결되어 단단하고 투명해져갔다. 가끔 담담하게 꺼내보고 상흔을 만지작거렸다. 만져도 아프지 않을 때까지 오래 들여다보았다.

가수면 상태로 늘어져 있을 때 원장이 찾아왔다. 겨우 일어나 문을 열어주었다. 화가 단단히 났을 거라고 생각했지만 원장은 의외로 한마디밖에 안 했다. "어쩜 그렇게 미련하답니까." 곧바로 응급실로 데려간 덕분에 그녀는 수액에 항생제를 투여받을 수 있었다. 하룻밤을 보낸 뒤에 집에 데려다주면서 원장이 혀를 끌끌 찼다. 그러곤 주말까지 쉬라고 했다. 센터 걱정을 하자 임시 교사를 구했으니까 신경을 끄라고 했다.

원장이 사다준 두 가지 죽과 항생제를 먹으면서 정말로 3박 4일 문밖출입을 하지 않았다. 몸 안에서 끓던 열이 빠져나가자 아침과 저녁이 다르게 회복이 되었다.

쉬는 동안 인터넷에 접속해서 사이버범죄를 검색했다. 다양한 범죄들이 많았지만, 그녀의 경우는 노트북 공유 프로그램을 이용한 웹캠 해킹이었다. 의도적으로 노트북 즐겨찾기에 등록된 인터넷사이트에 악성코드를 심어 좀비 PC로 감염시키는 방법이었다. 노트북에 내장된 카메라로 사용자를 도둑 촬영하는 건데, 노트북 카메라의 각도에 따라 그 공간이 실시간으로 중계되는 걸 녹화하는 거였다. 유사 범죄 사례를 다룬 뉴스 보도와 함께 웹 정보들을 더 찾아보자 일단 좀비 PC로 만들기만 하면 PC에 있는 모든 기록들과 문서파일도 빼 갈 수 있다는 것도 알게 되었다. 결국 노트북이 문제였다. 온몸에 소름이 돋으면서 이런 일을 할 만한 사람이 떠올랐다. 유은도. 하지만 그가 왜? 이해가 되지 않았다. 그녀가 아는 유은도는 그런 사람이 아니었다. 이런 유치한 방법은 그와 어울리지 않았다. 그를 신뢰하는 건 아니지만, 그가 벌인 일이라고 생각할 수도 없었다.

일상을 흔들어대는 동영상과 문자를 한꺼번에 지워버린 건 불법 녹화영상 협박과 스토킹 범죄에 대한 처벌과 법 규정을 찾아본 후였다. 제대로 된 처벌 따위는 없었다. 애매모호한 규정과 분통 터지는 판례들뿐이었다. 그녀가 내린 결론은 성

도착 범죄가 끓어넘쳐도 규제는커녕 표심에만 벌벌 떠는 정치인들 탓에 이 나라가 불치의 음란민국으로 전락했다는 거였다.

　며칠 만에 출근한 그녀는 센터의 일상 업무가 예전 같지 않다는 걸 느꼈다. 그녀가 없는 동안 큰 문제없이 돌아간 모양이었지만, 그래선지 자신이 이질적인 존재가 된 것 같았다. 오직 불법 녹화영상만 이십사 시간 그녀의 마음속에 재생되고 있었다. 범인이 재차 협박을 해오면 어떡할지 대처를 세우자고 생각은 하고 있었다. 그러나 대안은 없었다.
　원장이 부른 임시 교사는 정 선생이었다. 다급할 때 원장의 부탁을 들어준 인연으로 정 선생은 다시 미술 수업을 맡았다. 매주 목요일마다 센터에 오게 된 것이다. 조용해서 존재감이 없었던 형서는 엄마가 오는 걸 좋아하지 않았지만, 미술 강사의 아들이라고 청민이의 부러움을 샀다. 드디어 센터 안에서도 형서에게 친구가 생겼다. 조 선생 반을 들여다보면 청민이와 형서가 꼭 붙어 앉아서 문제집도 풀고 소리 없이 마주보며 손장난을 주고받는 게 보였다. 조 선생 말로는 문제집을 풀고 나서는 둘이 머리를 붙이고 앉아서 집에서 가져온 『마법천자문』이나 메이플스토리 잡지를 들여다본다고 했다. 형서는 잘 지내고 있었다. 정 선생은 만날 때마다 공방에 놀러 오라고 채근했다.

민교가 미소공방에 간 날은 다시 여름으로 돌아간 듯 후텁지근한 날씨였다. A4용지에 매직으로 쓴 '상가 임대'라는 글자가 유리창에 붙어 있었다. 선풍기를 민교 쪽으로 돌려놓고 정 선생이 다관에 차를 우렸다. "이건 내가 만든 돼지감자차예요. 당뇨에 좋대서 샀는데, 그냥 차로 마셔도 맛이 괜찮아요."

"선생님 당뇨 환자세요?" 놀라는 민교의 반응에 정 선생이 웃으면서 고개를 끄덕였다. "네, 여기저기 골병만 늘어가고 있어요. 형서 아빠랑 이혼하기 전부터 안 좋았는데, 그동안 검사 안 받고 잘 버틴 거지요. 그런데 공방 열고 나서 스트레스 받으니까 당수치가 치솟더라구요."

"그럼 건강이 안 좋아서 가게를 내놓으신 거예요?"

"그건 아닌데, 말하자면 길어요. 서 선생님이 들으면 기가 막힐 거예요." 정 선생의 얼굴에서 웃음이 시들었다. 그러곤 냉랭한 눈빛이 되어 허공을 쏘아보더니 한숨을 토했다. 극명한 표정의 변화가 섬뜩하면서도 낯설었다. 정 선생이 다시 한 번 빠르게 한숨을 토했다. 가슴에 복받히는 것이라도 있는 듯이. 민교는 점점 마음이 불편해졌다. 정 선생이 무언가를 말할 것처럼 뜸 들이는 잠깐 동안 괜히 왔나 싶은 생각까지 들었다.

"유은도 씨 말이에요. 흠, 처음엔 내가 공방 열고 싶어서 컴퓨터를 배우려고 부탁했잖아요. 그때 처음 서 선생님 이야기를 하더라구요. 작가인데, 그분도 컴퓨터를 배우고 싶어 한다고. 은도 씨한테 서 선생님이 좀 어려운 분이었나 봐요. 제가 둔해서 나중에 알았어요. 서 선생님은 미혼이고 게다가 작가라 자기 생각을 정확하게 글로 표현하니까, 은도 씨가 경외감이랄까 그런 걸 가지고 있었던 거 같아요." 정 선생은 자기 이야기가 아닌 유은도와 그녀의 이야기를 섞어서 하고 있었다. 맥락을 알 수 없었다.

"사실 나는 은도 씨가 서 선생님 좋아하는 걸 처음엔 잘 몰랐어요. 마치 서 선생님이 자기를 좋아하는 것처럼 자랑했거든요. 우연히 같이 술자리를 하게 돼서 그 후로 종종 밤참을 먹었는데, 그때마다 은도 씨가 서 선생님 이야기를 하는 거예요. 언젠가 술이 만취했을 땐 이런 말도 했어요. 서 선생님이 쓴 글을 다 읽었다구요. 미발표작과 일기들까지. 미완의 사랑까지 다 알고 있다고. 또 서 선생님이랑 자기랑 웹하드를 공유하고 있다고도 했어요. 깊은 상처까지 공유한 소울메이트라고. 솔직히 그 말 들었을 땐 질투가 났어요. 그 사람이 정신없이 몰입할 만큼 예쁘고 지적인 분이라 저와는 다르다고 생각했어요."

민교는 놀라고 말았다. 처음 그녀가 컴퓨터를 맡겼을 때 그녀에 대해 찾아보고 책을 샀다는 정도는 알고 있었지만 자신의 개인적인 자료까지, 그것도 전부 다 읽었으리라곤 짐작도 못했다. 듣고 보니 명확해지는 것들이 있었다. 유은도의 선물들, 그러니까 외장하드에 넣어준 자료들이며 음반이 그 결과

물이었던 것이다. 정 선생이 말을 이어갔다.

 "어느 날 은도 씨가 저한테 자기 상처를 이야기했어요. 둘다 이혼한 처지이고 허기를 느끼던 중이라 그쯤엔 거의 매일 만났어요. 결정적으로 공방 차리는 걸 자기가 도와주겠다고 하더라구요. 그래서 용기를 냈죠. 계획은 오래 했지만, 사실 공방을 차리는 데 돈이 얼마나 드는지도 몰랐어요. 이렇게 수입이 없는 일인 줄도 당연히 몰랐구요. 하여튼 은도 씨가 돈을 빌려줬어요. 그리고 공방 시작할 때 사업자 신고하는 것도 인테리어도 다 도와줬어요. 난 사실 서 선생님한테 빚진 것 같았고 두 사람 사이를 훼방한 것 같아 볼 면목이 없었어요. 서 선생님 이용해서 내가 도움을 받은 것 같아서 편치 않았거든요." 자신이 하는 말이 진실이라고 확인시키듯 정 선생이 민교를 바라보며 고개를 끄덕였다. 그러곤 짧은 한숨을 쉬고 말을 이었다. "서 선생님 그거 아세요? 그 사람 서 선생님에 대해선 한 번도 나쁜 말 한 적 없어요. 하지만 나에겐 시시각각 변해갔어요. 돈 문제도 처음엔 얼마나 호의를 베풀었는지 몰라요. 현금 찾아다 주면서 빌렸다고 생각하지 말고 아주 잊어버리고 있다가 운영 잘해서 능력 될 때 갚으라고 했어요. 그 말을 믿었죠. 믿을 사람은 그 사람밖에 없었어요. 그런데 얼마 후 두바이로 여행을 갔다 오더니 친구랑 같이 인도네시아 원목 사업에 투자를 하기로 했다면서 빌려준 돈을 당장 갚아달라고 말을 바꾸더라구요. 그때가 공방 차린 지 채 석

달도 안 됐을 때였어요. 나 참 기가 막혀서." 여기까지 말하고 정 선생이 입술을 깨물었다. 정황을 짐작할 수 없어서 듣고만 있었다. 정 선생이 벌떡 일어나더니 냉장고에서 캔 맥주 두 개와 견과를 꺼내왔다.

"난 좀 마셔야 될 것 같아요. 서 선생님도 드세요." 정 선생이 캔을 열더니 티슈를 뽑아 입구를 닦아내곤 민교 앞에 놓았다. 그리고 또 하나의 캔을 따더니 그대로 머리를 젖히고 마셨다. 목이 말라서 죽을 지경이었던 것처럼. 피스타치오 껍질을 벗기면서 정 선생이 말을 이었다. "주사가 있어서 그렇지, 거친 사람은 아니었는데, 사실 은도 씨가 좀 차가운 면이 있잖아요. 차츰 관계가 불편해졌죠. 사람이 그렇게 극에서 극으로 바뀔 수 있다는 걸 난 정말 상상도 못했지 뭐예요. 나중엔 대출이라도 받아서 자기 돈을 갚으라고 했어요. 그쯤엔 많이 싸웠어요. 그 와중에 은도 씨가 자기가 다 알아서 해도 되냐고 하길래 그러라고 했죠. 자기가 대출 일으키고 나한테 사인만 하라고 그러데요. 내가 조금이라도 세상 물정에 대해 알았다면 좀 찾아봤을 거예요. 어떻게 그런 상황에 휘말리면서도 감각이 없었는지 알 수가 없어요. 돈 문제로 사람 잃는 게 싫었고, 일단 급하다니까 빨리 해결해주는 것이 최선이라고만 생각한 거죠. 그땐 정말 어떻게 할 방법이 없었어요. 나한테 상황을 설명하고 여유를 좀 줬으면, 내가 정상적으로 대출을 알아봤을 텐데, 그 사람한테 시달려서 하라는 대로 소액 대출을 받게 된 거예요. 난 그때까지 사금융이 뭔지도 몰랐어요. 나이만 먹었지 이자 따먹는 돈장사가 뭔지, 그런 세상이 어떻게 돌아가는지 무지했던 거죠. 빌린 돈이 이천만 원이었는데, 오백짜리 두 개, 사백짜리 하나 삼백짜리 두 개였어요. 내 신용으로 쓸 수 있는 최대한도였나 봐요. 그런데 선이자를 떼고 나와서 원금이 모자라니까 나중엔 통신 판매하는 사람들한테 휴대폰 대출까지 받아서 육십만 원을 가져가는 거예요." 얼굴이 붉어진 정 선생이 끔찍한 기억이라는 듯 치를 떨었다. 그러곤 맥주 캔을 구겨서 치워놓고 민교 앞에 놓인 캔을 가져가 한 모금 마셨다.

"서 선생님, 상상도 못할 거예요. 그 이천만 원 때문에 돈벌이가 변변찮은 내가 무슨 짓을 했는지. 이자가 얼마나 무서운지, 한 달이면 눈덩이처럼 불어나는 걸 신용카드에서 돌려 막다가 펑크 내고, 매일 추심 받고 신용불량자 되고, 순식간에 바닥까지 내몰린 거예요. 바로 가게를 내놨지만 지금까지 보러 오는 사람 하나 없어요. 가게 운영에도 마음을 쓸 수 없고, 좋은 얼굴로 있을 수도 없구요. 얼마나 후회했는지 몰라요." 정 선생이 캔을 들어 또 길게 한 모금 마셨다. 그러곤 티슈를 뽑아 코를 풀었다.

"세상 정말 무섭더라구요. 난 이 나이 돼서 사람 공부 첨한 것 같아요. 좋을 땐 뭐라도 다 줄 것 같다가 볼일 다 봤다고 사람이 하루아침에 돌변할 수도 있다는 거. 돈장사하는 것들은 사람도 아니에요. 궁한 사람 돈 쓰라고 광고할 땐 사탕발림으로 유혹하죠. 그래놓고 막상 이자 납입하는 날이면 본색을 드러내요. 아침부터 독촉해서 점심시간 지나도 입금 못하면 온갖 협박에 막말을 다 해요. 단 하루도 기다려주지 않아요. 피라도 볼 것처럼 하루 종일 볶아치는데, 당해보지 않으면 상상 못해요. 정말 부들부들 떨려서 전화기를 켤 수가 없게 만드는데, 숫제 죽어라 어서 죽어라 이래도 안 죽을래? 목 조르는 거예요. 이 나라가 법치국가라지만 허울뿐인 것도 처음 알았어요. 대기업들이 사금융이라는 뻔드르르한 이름으로 서민들 벗겨 먹다 죽음으로 내모는 건 국가가 사채업을 허가해줬으니까 하는 거죠. 선거철만 되면 표심 잡으러 그렇게 시장 골목까지 찾아다니면서 굽실대던 정치인들이 국회만 가면 다 모르쇠 하잖아요. 난 정말 그게 그런 건지 몰랐거든요. 아이들 들을까 봐 울지도 못했어요. 뛰어내리려고 바깥 베란다 붙잡고 부들부들 떨기도 했고, 잠들 땐 깨어나지 않을 방법만 생각했어요. 아이들 때문에 죽지는 못하겠고, 마음이 그러니까 아이들도 못 챙기고. 사람이 미쳐버릴 수도 있다는 게 이해가 됐어요. 막다른 길에 몰리면 악만 남는다는 말이 딱 내 현실이 된 줄도 몰랐는데 어느 날 추심하는 전화에 내가 막 소리를 지르고 있더라구요. 와서 죽여보라구. 나 지금 아파트에서 뛰어내릴 거니까 시체 가져가라구. 너무 막말을 들으니까 악이 받쳐서 당장 그럴 수 있을 것 같았어요. 소리소리 지르다 전화기를 집어 던졌는데, 아이들이 보고 있었던 거예요. 우리 형서 충격받아서 함구증 오고, 우리 형준이 그때부터 풀 죽어서 자기 방에 틀어박히고. 무슨 죄가 있겠어요, 아이들이…… 엄마 잘못 만난 것밖에." 정 선생이 티슈를 뽑아 눈물을 닦고 코를 풀었다. 화장이 번져 얼굴이 엉망이었다.

"결국 전남편한테 연락했어요. 그땐 죽으려고 맘먹고 애들이나 맡아달라고 말을 꺼낸 건데, 의외였어요. 형서 아빠가 자기 차 팔아서 해결해주더라구요. 목숨같이 아끼던 차였는데 그걸 내놓은 거예요. 그 사람도 아이들 데려갈 입장이 아니니까 그렇게라도 할 수밖에 없었던 거지요. 그래서 나도 정리할 수 있는 건 다 정리했어요. 손해가 막심했지만 어차피 밀려서 실효된 보험들 해지하고 환급받아서 밀린 이자까지 다 정리했어요. 아이들 교육보험이며 실비보험까지 다 깼구요. 남길 게 뭐가 있겠어요, 그 마당에. 난 아직도 이해가 안 돼요. 유은도, 그 사람이 나한테 한 짓은 너무 악랄해서 치가 떨려요. 그 사람, 서 선생님은 상상도 못할 술버릇이 있어요. 세상에 로즈가든인지 뭔지 경양식집으로 불러내서 그 비싼 와인을 몇 병이나 시켜 먹더니 막무가내로 이차, 삼차 타령을 하는데, 그날 밤 내가 그 인간 주사 때문에 길에서 밤을 샜다니까요. 어쩜 그렇게 더러운 술버릇을 가지고 있는지. 아마 그 사람이 잠적하지 않았어도 우리가 관계를 지속하긴 힘들었을 거예요. 힘은 또 얼마나 센지, 취해서 돌변하니까 물건도 집어 던지고 사람 함부로 묵살하더라구요."

정 선생이 충혈된 눈으로 창밖을 보았다. "내가 아이들한테 신경 못 쓰고 있는 몇 달 동안 형준이는 고등학생이라 밤늦게 오니까 영향을 덜 받았지만, 형서는 방치되는 시간이 많아서 센터에 맡기기로 했던 거였어요. 그때 하도 힘들어서 서 선생님한테 하소연이라도 하고 싶었는데, 안 하길 잘했지요. 이렇게 일단락된 다음에 만났으니까요."

정 선생이 한숨을 쉬고는 캔을 들어서 마저 마셨다. 그러고 다시 말을 이었다. "그 사람, 유은도 씨 어떻게 됐는지 알아요? 내가 죽을 맘 먹었을 때 욕이라도 해주려고 전화 계속했거든요. 한번 접속이 돼서 그때 엄청 험한 말 퍼부었어요. 이렇게 사람 죽게 만들어서 속이 시원하냐고. 사금융 빚더미에 나를 밀어 넣고 돈 가져가서 잘 사냐고 소리소리 질렀죠. 그랬더니 그 사람이 그러더군요. 자기도 돈 받은 친구가 잠적해서 찾고 있다고. 벌 받아서 그런 것 같다고. 진짜인지 알 수 없지만 완전히 풀 죽은 목소리였던 것만은 확실해요. 그 사람이 불행해지길 바란 건 아니지만 적어도 자기 때문에 내가 그런 고통 받고 있는 건 알아야 한다고 생각했어요. 사람은 직접 겪지 않으면 이해할 수 없으니까. 그때부터 내내 서 선생님하고는 어떻게 됐는지 궁금하더라구요. 반신반의했지만 서 선생님을 오해했어요. 다 내 불찰인데도 그랬던 거예요." 정 선생이 맑은 눈으로 그녀를 건너다보았다.

"전혀 몰랐어요. 정 선생님이 그렇게 엄청난 일을 겪으신 걸 전 정말 눈치도 못 챘어요." 민교는 섣부른 위로 같은 걸 할 수 없다는 걸 알았다. 정 선생의 음울한 눈이 다 말하지 못한 무언가를 뿜어내고 있었다. "네. 하지만 배운 것도 있어요. 돈 주고도 못 배울 것들이에요." 정 선생이 자신의 말에 수긍하듯 고개를 주억였다. 휴지로 문지른 눈과 콧마루가 아직도 붉었다. 형서를 데리고 왔을 때 그런 상태였다니 믿어지지 않았다. 무엇보다 유은도에 대한 이야기는 충격적이었다. 그녀의 상식으로는 이해하기 힘들었다. 정 선생에게 한 일도 그렇지만 그녀와 스캔들이라도 있는 것처럼 정 선생에게 말한 의도가 무엇인지 알 수 없었다. "이해가 안 돼요. 유은도 씨가 왜 저와 친밀하다고 과장하면서 사실이 아닌 말을 했을까요."

그녀의 물음에 정 선생이 헛, 하고 바람 빠지는 소리를 냈다. 추임새에 가까운 그 소리는 정 선생의 목 깊은 곳에서 튀어나왔다. 뱉어내야만 하는 이물질처럼. "서 선생님은 남녀 관계를 깊이 알지 못해요. 그 사람은 질투심을 이용했던 거죠. 서 선생님 이용해서 내가 질투하게 만들고, 나를 이용해서 서 선생님 관심 끌어내려는 수작 아니었을까요? 난 그 사람이랑 재혼까지 생각했어요. 그 사람도 동의했구요. 우린 이혼을 겪은 사람들이라 쉽게 친해졌어요. 그 사람도 남자니까, 여자가 필요했겠죠. 나쁜 새끼." 시선을 바닥으로 향한 채 정 선생이 욕설을 내뱉었다. "이런 모습 보이기 싫지만 서 선생님도 이젠 이해할 거라 생각해요. 서 선생님이 그 사람한테 휘말리지 않아서 정말 대단하다고 생각하고 있어요. 나와는 입장이 완전히 다르지만요. 난 솔직히 그 사람 주변에 서 선생님이 있다는 것 때문에 끌렸던 것 같아요. 나중에 생각한 거지만 사실이에요. 공방을 준비하면서 내내 서 선생님께 죄책감을 느꼈을 정도니까. 결과적으론 내 환상에 내가 속은 건데, 그땐 까맣게 몰랐어요." 그녀를 건너다보는 정 선생의 얼굴이 지치고 늙어 보였다.

"휘말리지 않았는지 아직 모르겠어요." 민교가 천천히 말했다. 정 선생이 무슨 말이냐는 듯 건너다보았다. 눈이 마주치자 눈물이 핑 돌았다. "무슨 일이에요? 말해봐요." 정 선생이 민교 쪽으로 어깨를 기울이며 물었다. "저 혼자는 판단이 되지 않아서요. 얼마 전에 동영상을 한 편 받았어요. 도둑 촬영한 거였는데, 제가 샤워하고 나와서 옷 입는 모습이 찍힌 거였어요. 뒤에 제 얼굴을 합성한 움짤이 붙어 있었어요. 처음엔 놀랐지만 정신을 가다듬고 검색해봤더니 노트북 카메라에 악성코드를 심는 사이버범죄라고 나와 있더라구요." 놀란 얼굴로 정 선생이 그녀의 어깨에 손을 얹었다. 그러곤 위로하듯이 쓸어주었다. "많이 놀랐겠어요. 경찰이나 사이버수사대에 신고했어요?"

"아니요. 사이버범죄는 해결 못하는 게 많대요. 게다가 그

걸 공개해야 되잖아요. 처음엔 너무 떨리고 무서워서 지워버렸는데, 한 가지 확실한 건 컴튜닝에서 노트북을 구입한 다음에 촬영된 거더라구요." 정 선생이 그녀의 눈을 들여다보며 천천히 고개를 저었다. "유은도가 보낸 건 아닐 거예요. 그 사람이 도둑 촬영을 했을지는 모르지만요. 그 자료가 누군가에게 넘어간 거겠죠. 어쩜 그곳을 사용하는 외국인들 중 하나인지도 몰라요."

"정 선생님은 유은도 씨일 가능성이 있다는 거죠? 하지만 보낸 건 그 사람이 아니라는 건가요? 왜죠?"

"그냥, 그런 확신이 들어요. 샤리플 혹시 알아요? 그 사람이 조교처럼 유은도의 일을 도왔거든요. 지금 거길 사용하는 것도 그 사람들이니까 의심할 만하지 않아요?"

"그 정도인 줄은 몰랐어요. 사실 저는 처음부터 유은도 씨가 불편했어요. 그래서 많이 경계했는데, 웹하드 가르쳐주면서 무료로 사용하라고 했을 때도, 그 사람이 제 자료를 볼까봐 사용하지 않았어요. 특별히 뭘 공유한 적도 없고, 깊은 이야길 나눈 적도 없어요. 왠지 불편하고 어려운 사람이어서 긴장했던 것도 사실이구요. 제 책을 읽어주고 외장하드랑 노트북에 좋은 콘텐츠도 깔아주고, 그래서 한두 번 식사도 했지만, 그 이상은 아니었어요. 이런 일이 있고 보니 지난번에 정 선생님이 스토커 이야기한 것이 생각났어요. 제가 컴퓨터 맡기고 외장하드도 맡겼으니까 맘만 먹으면 저를 분석할 수도 있었겠죠. 하지만 왜요? 왜 다른 사람의 사적인 자료에 관심을 갖는 거죠? 그리고 사생활을 불법 녹화하는 건 정신병 아닌가요?"

"정상은 아니죠. 그 사람이 그런 편집증이 있었다고 생각해요. 그래도 범죄에 이용했을 거라곤 생각할 수 없어요. 누군가에게 협박을 당하지 않는 한. 다른 사람이라면 몰라도 서 선생님한텐 안 했을 거예요."

"동영상을 보낸 사람은 돈도 요구했어요. 신고하면 지인들에게 동영상을 유포한다고 메시지도 보냈어요. 하지만 저는 동영상과 메시지를 지워버리고 요구에 응하지도 않았어요. 날짜가 한참 지났는데 그쪽에서도 아무런 연락이 없어요. 뭔가 어설프죠?"

"좀 그러네요. 그 사람이 한 일은 아닌 게 분명해요. 하려고 했다면 치밀하게 했을 거예요. 하지만, 역시 그 사람은 아니에요. 서 선생님한테 품었던 그 사람의 마음은 그냥 그런 종류가 아니었어요. 그 사람이 카라 꽃 이미지가 어울린다고 말했던 거 생각나요? 카라의 꽃말이 뭔지 아세요? 서 선생님 알게 된 게 행운이라고 술 먹고 주정도 하던걸요. 언젠가 같이 밤참 먹자고 전화했는데, 서 선생님이 체했다고 했던 날이었어요. 내가 질투할 정도였어요. 지금 생각하니 그 사람도 비극이네요. 정작 서 선생님은 그 마음을 알지도 못하는데. 어쨌든 아무리 어설퍼도 그런 일 당하면 놀라지 않을 수 없죠."

"네. 잠시도 잊어버릴 수가 없어요. 목을 졸린 채 끌려다니는 기분이에요."

"나라도 그럴 거예요. 사이버범죄는 아주 먼 일인 줄 알았는데, 곁에서 일어나는 걸 보니 소름 끼쳐요."

"그러지 않으려고 해도 계속 그 생각에 휘말려요. 얼굴 들고 나가기도 불편하고. 누군가 내가 하는 모든 행동을 엿보면서 비웃는 것 같고……"

후텁지근한 공기를 뚫고 걸어가면서 민교는 착잡한 마음이 되었다. 정 선생이 당한 혹독한 휘둘림이 그녀를 가파른 난간으로 밀어붙여서 솜털까지 일어설 만큼 민감해졌다. 그녀는 자신의 감각 중 한 부분이 꺼진 채 살아왔다는 걸 깨달았다. 감각의 실종이었다. 유은도의 실종보다 그게 더 충격이었다. 주변에서 일어나는 일들을 지각하지 못했을 뿐 아니라 자신도 지키지 못한 이유였다. 눈앞에 있는 타인이 곤혹을 당하는 것도 보지 못할 만큼 철저한 무신경에 사로잡혀 있었다는 건 소름 끼치는 일이었다. 정 선생과 터놓고 지냈더라면 그런 오해의 여지를 주지도 않았을 거고, 정 선생을 파탄에 이르게 하지도 않았을 거였다. 그 외에 또 무엇을 놓치고 외면하고 살아왔는지 알 수 없었다.

해킹 D-14

윤서가 센터로 돌아온 건 학교 운동장의 은행나무가 푸른 하늘을 단풍 모자이크로 장식할 무렵이었다. 큰어머니와 전화 상담을 했다며, 소식을 전해준 원장의 얼굴은 어두웠다. 윤재는 보습학원에 다니느라 시간이 맞지 않아서 윤서만 보낸다는 거였다.

키가 훌쩍 자란 윤서는 모르는 사람처럼 그녀를 대했다. 반가운 마음으로 알은체하자 경계하면서 시선을 피해버렸다. 그녀를 기억하지 못하는 것이 틀림없었다. 윤서는 한 시간이 지나도록 나눠준 문제집엔 손도 대지 않고 혼자서 손장난만 했다. 지우개를 손으로 부스러뜨리더니 색연필을 까서 부러뜨렸다. 그 후엔 부서진 지우개로 책상을 문질러 길쭉한 지우개 똥을 만드는 데 골몰했다. 간식 시간이 될 때까지 윤서에게 집중해줄 시간이 나지 않아서 간간이 지켜만 보던 민교는 겨우 틈을 만들었다. 윤서는 그녀의 관심을 외면했다. 질문에도 반응하지 않았다. 그녀는 좀 더 적극적으로 개입해보았다. 윤서는 학습에 관심이 없었다. 그녀가 붙잡고 지문을 읽혔는데 띄엄띄엄 글자를 읽기는 했지만 문장의 단위를 파악하지 못해 띄어 읽기가 불가능했고 읽은 내용을 이해하지도 못했다. 독서 장애 증상이었다. 마찬가지로 수 개념도 파악하지 못했다. 문제집 푸는 것을 도와주려고 했지만 집중하지 않았다. 그러나 학습이 부진한 것보다 민교를 더 긴장시킨 것은 그녀를 대하는 윤서의 반응이었다. 원하지 않는 것을 요구하는 그녀에게 화가 난 것이 분명한데 그 표현이 낯설었다.

"윤서야, 서두르지 말고 하나씩 해결하면 어려운 건 없어. 전에 선생님하고 문제집 풀었던 거 기억해? 지금부터 선생님이 도와줄 거니까 걱정하지 마."

움츠린 어깨 안으로 목을 집어넣고 시선을 미끄러뜨리는 윤서는 그녀의 말이 들리지 않는 것처럼 일절 반응하지 않았다. 긴장을 풀어주려고 어깨에 손을 얹었는데, 거칠게 그녀의 손을 쳐낸 윤서가 갑자기 자기 손등을 물어뜯었다. 순식간에 일어난 일이었다. 손등에서 피가 흐르는데도 거푸 물어뜯었다. 피 묻은 윤서의 입을 보고 그녀는 충격을 받았다. 아이들이 소리를 질렀고 원장이 달려왔다. 윤서의 손을 붙잡아 자학을 멈추게 한 원장과 구급상자를 가져와서 윤서의 손등을 소독하고 거즈를 감아주는 조하영 선생의 호흡에 아이들은 다행히 안정을 찾았다. 피 묻은 니트 조끼에 휴지를 대고 누르면서 원장이 말했다.

"공부하기 싫다고 이렇게 하면 손도 장애인 되고 머리도 바보 되는데, 계속 이렇게 할 거야?" 윤서는 대답하지 않았다. 눈에 커다란 눈물을 매달고 입술 한쪽을 깨문 채 원장을 노려보기만 했다. 동공이 수축된 채 반들거리는 윤서의 눈에서 민교는 표정을 읽을 수 없었다.

그날부터 윤서 생각이 마음에서 떠나지 않았다. 베리를 보면 기억할지도 몰랐다. 어쩌면 기억을 한다 해도 좋아하지 않을 수도 있었다. 아무것에도 흥미를 표출하지 않은 채 그냥 센터에 와서 책상과 벽에 몸만 치대고 있다가 돌아가는 윤서가 어떤 반응을 보일지 예측할 수 없었다. 처음 베리를 데려왔을 때 고양이를 안고 사랑스레 웃어주던 그 모습을 다시 보고 싶었다. 베리가 윤서의 마음을 열 수 있기를 바랄 뿐이었다.

다문화가정의 아이들이 센터에 꾸준히 늘어나고 있었다. 그럼에도 불구하고 그 아이들을 위한 특별한 프로그램은 없었다. 특수한 환경과 상황에 초점을 맞추기는커녕 기본적인 사례관리조차 하지 못하는 형편이었다. 단순히 인력을 충원한다고 해결될 문제도 아니었다. 출생국이 각기 다른 가정들은 상대적으로 특수한 상황에 놓여 있기 때문에, 완전히 새로운 접근이 필요했다. 윤서뿐 아니라 다문화가정 아이들에게 마음이 쓰이는 이유였다.

　스위치를 누른 듯 번쩍 떠오른 생각에 그녀는 얼핏 들었던 잠에서 깨어났다. 다문화가정의 자녀들을 위한 전문 상담사 공부를 해서 실제 도움이 되도록 지원하자는 거였다. 현실적으로 센터 회원 중 삼십 퍼센트 이상이 다문화가정의 아동인 걸 생각하면 늦은 대책이었다. 정말로 때를 놓치기 전에 방법을 모색해야 했다. 다른 국가들의 다문화 정책과 다문화가정 자녀를 위한 교육 콘텐츠 등을 찾아보면 힌트를 얻을 수 있을 거였다. 이렇게 방치하다가는 멀쩡한 아이들이 비정상적으로 성장해서 사회적으로 또 하나의 문제 집단이 될 수밖에 없었다. 아시아 국가들 중 가장 말랑한 이민법을 자랑하는 정부가 주관 부처마저 통합하지 못해 예산 분배 경쟁을 치르는 동안 다문화가정의 인구는 계속해서 늘어가고 있었다. 이미 누적된 육십만의 청소년이 거리에서 방황하다가 자살이나 범죄의 길을 선택하고 있었다. 거기에 다문화가정의 아이들까지 가세하면 이 작은 나라가 슬럼화되는 건 더 이상 영화 속의 일이 아닌 날이 올 거였다. 차고 넘치는 청소년문제에 대해 전문가들이 외치는 경고는 일치했다. 예방이 가장 좋은 해결법이라는 거였다. 꼭 필요한 곳에 지원을 집중시켜 양질의 복지가 이루어지도록 해야 복지 대상자도 성장하고 사회도 건강해질 것이 아닌가. 시간이 지날수록 본질과는 다른 방향으로 복지정책이 확대된다는 생각이 들었다.

그녀는 아직도 의문이었다. 이미 세워놓은 학교 시설을 개방해서 활용하지 않는 이유를. 사교육비 지출이 그렇게 많고 학교 담 밖에 학원이 즐비한데도 상대적으로 열악한 지역아동센터에 왜 이토록 많은 아이들이 찾아오는지. 복지비용을 어마어마하게 써대면서 왜 지역아동센터에는 그 비용들이 할당되지 않는지. 경제활동을 하고 있는 성인들이 만든 시민단체들엔 막대한 운영비를 지원하면서 인적자원을 길러내는 보육 투자에는 왜 그렇게 인색한지. 유권자들이 이용하는 기관이었다면 접근부터 정치적 해법들이 쏟아지지 않았을까. 그런 궁리들이 야금야금 수면을 갉아먹었다.

다음날 그녀는 한 가지 작전을 가지고 출근했다. 베리의 사진을 보여주자 윤서는 뜨악한 표정으로 잠깐 눈길을 주었다. 개의치 않고 연거푸 사진을 넘겼다. 새끼였을 때 베리의 모습들을 넘기는데, 윤서가 그녀의 손을 막았다. 찢어진 박스 안에 들어 있는 베리의 모습이었다. 이름을 지어주던 날 아이스크림 가게에서 찍은 거였다. 베리를 골몰히 들여다보던 윤서가 히죽 웃었다. 윤서와 베리가 함께 찍은 초기의 사진들을 모아놓은 폴더를 열어주었더니 윤서의 눈에서 초점이 살아났다. "베리 보고 싶니? 보여줄까?" 윤서가 천천히 머리를 들고 그녀와 시선을 맞추더니 고개를 끄덕였다. 윤서의 눈이 불그레해지는 걸 그녀는 놓치지 않았다.

토요일 아침에 베리를 데리고 학교 운동장에 나가는 일이 시작되었다. 재회의 첫날, 먼저 도착해서 보니 밤새 내린 이슬로 벤치가 아직 눅눅했다. 떨어진 나뭇잎을 쓸어내고 이동식 가방에서 베리를 꺼내놓았다. 발소리에 돌아보니 윤서였다. 그녀에겐 인사도 없이 베리 쪽으로 다가앉았다. 갑작스러운 윤서의 등장에 베리가 놀란 것 같았다. 등을 낮춘 베리의 동공이 겁먹은 것처럼 커다랗게 열려 있었다. 윤서가 이름을 부르면서 손을 내밀자 코를 손끝에 갖다 대면서 눈을 맞췄다. 잠시 후 머리를 쓰다듬던 윤서의 손을 베리가 핥았다. 윤서가 천천히 베리의 꼬리를 쓰다듬고 엉덩이를 토닥거리다 목 안쪽을 매만졌다. 그러자 베리가 몸을 길게 늘이면서 윤서의 무릎에 기댄 채 배를 보이고 누웠다. 윤서가 그대로 들어 올려 품에 안아도 저항하지 않고 몸을 맡겼다. 윤서를 기억해낸 것이 확실했다.

　그녀는 조금 떨어진 벤치에 앉아서 나중에 나온 윤재와 이야기를 나눴다. 윤재에게 들은 이야기는 좀 충격적이었다. 전학을 간 뒤에 윤서는 학교에 적응하지 못했다. 그 무렵 집에서 강아지를 키우기 시작했는데, 강아지가 가끔 학교까지 윤서를 따라갔다. 그 때문에 윤서가 수업 시간에 학교 밖으로 나가는 날이 많아서 윤재가 찾으러 다녀야 했다. 어느 날 윤서를 따라왔던 강아지가 차에 치여 죽는 사고가 일어났다. 하필 그날 중학생 형들과 시비가 붙어 윤서가 심하게 폭행을 당했다. 학내 폭력임에도 불구하고 똑바로 표현을 못해서 그 형들은 처벌조차 받지 않았고 윤서만 억울하게 벌을 섰다. 그 무렵부터 아빠와 엄마가 심하게 싸웠다. 그러다 엄마가 집을 나가는 바람에 큰엄마네 집으로 돌아오게 되었다는 거였다. 윤재는 커서 태권도 사범이 될 거라고 했다. 열심히 태권도를 배워서 윤서를 때린 나쁜 형들을 죽여버릴 거라며 주먹을 부르쥐었다. 그녀는 동생을 챙길 만큼 의젓해진 윤재가 한편으론 기특하면서도 그 분노가 걱정스러웠다.

아이들이 돌아가고 난 뒤에 그녀는 벤치에 앉아 생각했다. 윤서에게 엄마를 대신할 존재는 없을 거였다. 하지만 베리와 만나 놀다 보면 강아지를 잃은 충격에서 벗어날 수 있을지도 몰랐다. 윤서에게 작은 변화라도 일어나길 기대해보기로 했다.

이동 가방에 든 베리는 가볍고 조용했다. 카카오톡 알람 소리를 듣고 확인해보니 친구 등록이 되지 않은 낯선 닉네임이 보였다. 순간 불길한 느낌이 들면서 온몸에 소름이 돋았다. 예상했던 대로 불법 녹화 동영상이었다. 지난번보다 민교의 얼굴이 선명했다. 집으로 돌아가는 그녀의 발걸음은 도망치듯 서두르고 있었다. 대낮의 거리를 걸으면서도 한밤중에 황색 점멸신호 구간을 건너는 것처럼 허둥댔다.

집에 돌아오자마자 휴대폰을 열어 다시 확인했다. 지난번과 똑같이 현금을 요구하는 협박 문자가 들어와 있었다. 상습범이라는 확신이 왔다. 프로필을 터치하자 역시나 없는 계정으로 떴다. 동영상을 재생했다. 비추고 있는 방향을 봐선 노트북이 놓인 자리에서 녹화된 게 맞았다. 상당히 오랜 기간 녹화한 것이 틀림없었다. 범죄를 계획한 놈이 불법 녹화 동영상을 얼마나 가지고 있는지, 그것을 가지고 어떤 장난을 칠지 알 수 없었다. 끝에 음란 동영상이 붙어 있는 것도 같은 수법이었다. 그것이 수상했다. 그녀에게만 보낼 거라면 굳이 필요 없는 부분이었다. 그렇다면 누군가에게 공유하기 위해 만든 것이 틀림없었다. 이번 것은 노출된 뒷모습과 함께 선명하게 녹화된 얼굴 때문에 더 수치스러웠다. 이런 것으로 협박해서 돈을 뜯어내지 못하면 실패한 건데, 재차 이런 짓을 벌이는 것이 이해되지 않았다. 그녀가 돈을 줬다 해도 또 보냈을 거라는 생각이 들었다.

인터넷에 접속해서 '불법 녹화'라고 키워드를 치자 각종 뉴스와 관련 자료들이 떴다. 뉴스들을 차례로 불러서 읽었다. 불법 녹화 사이버범죄의 피해 사례가 해마다 기하급수로 늘어가고, 범죄 양상과 처벌도 수위가 높아지고 있었다. 상식적으로 도저히 이해할 수 없는 영역이었다. 국제적 통계수치도 있었다. 이 나라가 지저분한 관음증의 광기에 가장 깊이 빠져 있는 나라로 꼽혔다는 뉴스에 그녀는 말을 잃었다. 이런 마당이니 협박에 응하든 말든 놈은 그녀에게 보낸 걸 그대로 유통시킬 수도 있는 거였다. 그녀는 살의에 몸서리를 쳤다. 분

쇄기 안에서 갈려나가는 야채들처럼 놈의 머리가 부서진대도 가라앉지 않을 것 같았다.

며칠 후, 문구점에 들렀다가 돌아오는 길에 그녀는 버스에서 내리는 외국인들을 보았다. 정류장의 가로등 불빛 아래 흰 이를 드러내고 웃는 모습은 샤리플이 분명했다. 먼발치에서 그들을 따라갔다. 예상했던 대로 컴퓨닝으로 들어갔다. 자기도 모르게 떨리는 가슴으로 컴퓨닝 문 앞에 멈춰 섰다. 뜨거운 것이 속에서부터 치밀어 올라왔지만 할 수 있는 건 없었다. 앞뒤에 행인이 없는 걸 확인하고 창문이 나 있는 옆 골목으로 걸어가면서 유심히 살펴보았다. 창문은 여전히 타포린 가림막으로 덮여 있었다. 유은도가 그랬던 것처럼 샤리플도 그 창문을 환기용으로 사용하는지 궁금했다. 몸이 통과할 만큼 창틀이 크지 않아서 안에 들어가서 확인하는 건 불가능했다. 하지만 보는 이가 없는 시간에 가림막을 들고 내부를 확인하는 건 가능할 거였다. 창문에 귀를 대고 들어보고 싶은 욕구를 가까스로 접었다. 누군가 서성대고 있는 자신을 발견하면 이상하게 여길 거였다. 그대로 뒷골목을 통과해 집으로 향했다. 컴퓨닝의 내부를 탐색하려면 먼저 외국인들의 출입과 활동 시간을 알아내야 했다. 그들이 밤 시간에 활동한다면 탐색은 불가능할 거였다. 창문의 가림막을 바라볼 때 비정상적으로 뛰던 가슴이 진정되지 않았다.

며칠 동안 컴튜닝에 들어가 내부를 조사할 방법이 없을까 궁리했다. 그곳을 관찰하기 위해 자전거를 두고 걸어 다녔다. 주로 퇴근길에 컴튜닝 앞을 지나가면서 살펴보았다. 아무도 사용하지 않는 것처럼 문이 닫혀 있었다. 한적하면 다가가서 살펴보고 싶은데 행인들이 있어서 그럴 수가 없었다.

출근길에 컴튜닝을 살펴보다가 막 센터에 도착했을 때였다. 얼굴로 열기가 치솟으면서 심장박동이 빨라졌다. 놀라서 가슴을 누르고 의자를 찾아 앉았다. 극심하게 빨라졌던 심장은 잠시 후에 엇박자로 뛰면서 서서히 가라앉았다. 그 짧은 시간에 죽을 것 같은 공포를 느꼈다. 며칠 전 샤리플 일행을 발견하고 컴튜닝까지 미행했던 날도 비정상적으로 가슴이 뛰었던 기억이 났다.

심장의 반란은 한 번에 끝나지 않았다. 예측할 수 없는 순간에 찾아왔고, 긴 시간 동안 진행되는 것이 아닌데도 증상이 가라앉으면 언제 또 시작될지 몰라서 불안했다. 그녀는 동영상을 지웠다. 신고를 할 것도 아니면서 자꾸만 열어서 확인하게 되고, 그때마다 수치심을 느끼며 분노하는 것이 증상을 일으키는 원인일 수도 있었다. 발작으로 죽을 수도 있다는 위기감과 그럴 바엔 스스로 죽는 것이 낫다는 생각이 교차했다.

센터만 오가는데도 불안이 따라다녔다. 이메일을 확인할 때면 의심스런 링크나 파일은 아예 열어보지도 못했고, 매일 쌓이는 스팸메일을 무시할 수 없어서 테러를 막는 심정으로 지우는 게 일이었다. 그뿐이 아니었다. 화장실에선 혹시라도 설치되어 있을지 모를 초소형 캠코더를 찾느라 샅샅이 훑어보다가 벽에 붙은 점까지 확인하고 나서야 볼일을 볼 수 있었다. 센터에서도 벽의 무늬나 도어록, 시계 안의 검은 점들이 모두 의심스러워 두리번거렸다.

토요일인데 아침까지 비가 온데다 날씨가 갑자기 추워져서 아무런 의욕이 일어나지 않았다. 무기력하게 침대에 누워 있다가 윤서가 베리를 기다리고 있을 거란 생각이 퍼뜩 들었다. 윤서를 실망시킬 순 없었다. 하지만 그런 날 베리를 데리고 나갈 수도 없었다. 고양이 감기는 의외로 심각해서 조심해야 했다. 그녀는 베리를 집에 두고 운동장으로 나갔다. 실망하는 윤서에게 베리가 감기에 걸리면 위험하니까 햇살 좋은 날 만나자고 설득하면서 윤서에게 보여주지 못한 베리의 사진들을 보여주었다.

윤서랑 배스킨라빈스에 앉아서 창밖으로 시선을 돌렸을 때였다. 도로 건너편에 경양식집 토마토아저씨가 보였다. 문득 가브리엘과 식사하면서 즐거워하던 수정이의 웃음이 생각났다. 그렇게 낯선 이미지를 남기고 가브리엘을 따라 영국으로 갔던 수정이는 예상을 뒤엎는 소식을 전해왔다. 가브리엘과 헤어지고 한국 남자를 만났다며 여행지에서 찍은 사진을 줄줄이 첨부한 거였다. 바빠져서 결혼할 시간도 한국에 올 시간도 없다며 엄살을 떨더니 얼마 후에 그와도 헤어졌다고 했다.

가끔 톡을 걸어서 한번 오라고 조르는데, 바빠서 만나주지도 않을 거면서 왜 부르냐고 응수하며 지금까지 미루고 있었다. 한편으론 수정이가 부르는데, 곁에 있어줄 수 없다는 것이 미안했다. 어느 날 불쑥 떠나는 날이 오면 좋을 거였다. 다분히 도피적이지만 그녀 자신을 위해서라도 그러고 싶었다. 정신을 차리고 보니 혼자 앉아 있었다. 크림이 묻어 있는 빈 그릇이 윤서가 거기 있었다는 걸 증명하고 있을 뿐. 이런 식이었다. 묽은 반죽같이 의식이 모호하거나, 갑자기 가슴이 뛰거나.

돌아가는 길에 버스 정류장에서 몸피가 작은 여자가 어설프게 아기를 안고 서성이는 걸 보았다. 여자는 사리를 감고 있었는데, 금사로 자수를 놓은 녹색 사리의 끝이 밟힐 듯 끌리고 있었다. 옆모습과 몸의 실루엣이 낯익었다. 다가가서 흘러내린 사리를 잡아주며 말을 건넸다.

"안녕하세요. 밟으면 넘어질 것 같아서요."

여자가 사리 끝을 받아 손에 감아쥐며 목을 움츠렸다. "감사하미다." 얼굴을 보니 놀랍게도 앤디였다.

"앤디? 아기를 낳았군요? 놀라지 마세요. 샤리플이 사진을 보여줘서 기억하고 있었어요. 만나서 정말 반가워요." 앤디가 놀라서 긴 속눈썹을 깜박이다 샤리플이라는 이름을 듣자 고개를 끄덕였다. 그녀의 말을 거의 알아듣지 못한 것이 분명했다.

"어딜 가는 거예요? 혹시 병원 가요? 하스피털?" 앤디는 이번엔 확실하게 알아들은 듯 고개를 끄덕였다. 많은 걸 물어보고 어렵게 알아낸 것은 아기가 열이 나서 병원에 간다는 거였다. 신생아가 집 밖에 나올 일이란 그런 이유 말고는 생각할 수도 없었다. 까뭇한 아기의 얼굴은 샤리플보다는 앤디의 얼굴을 닮아 있었다. 섬세하게 빚어놓은 클레이아트 공예품처럼 야무졌다. 아기의 이름을 물으니, 시미라고 했다.

"시미?" 민교가 되묻자 앤디가 커다란 눈을 빛내며 고개를 끄덕였다. 시미는 태열이 심하고 숨소리가 좋지 않았다. 민교는 어색하게 아기를 안고 쩔쩔매는 앤디에게서 시미를 받았다. 병원을 어디로 가냐고 물었더니 앤디가 고개를 저었다. 정해둔 병원도 없이 다급한 마음에 집을 나선 것 같았다.

터미널 옆 건물에 있는 가까운 소아과로 안내해서 시미가 진료를 받도록 도와주었다. 간호사와 의사가 그녀를 보호자로 알고 아이의 증상을 물었다. 시미는 해열제와 먹는 포도당을 처방받았다. 진료비 계산하는 걸 도와주고 약국으로 건너가면서 앤디가 이 모든 과정을 빨리 익히길 바랐다. 자기 옷을 추스르기도 힘들어 보이는 앤디보다 시미가 더 걱정스러웠다. 청진기를 댈 때 발악하며 울던 시미는 그녀의 품에서 잠들었다. 집을 물었더니 앤디는 주소가 쓰인 편지 봉투를 내밀었다. 한국어를 몰라도 사는 데는 아무 지장이 없을 듯한 앤디의 센스에 웃음이 나왔다. 시미를 안은 채 앤디와 함께 택시 승차장으로 갔다.

앤디의 집은 곤지암천 건너 신대리 빌라촌 뒤편에 있었다. 단독주택의 담장에 잇대어 뒷마당 쪽을 향해 지어진 건물이었다. 시내까지 앤디가 어떻게 아기를 안고 왔는지 알 수 없었다. 간단한 소통조차 앤디의 제스처와 표정을 종합해 겨우 짐작하는 수준이라 답답하기 그지없었다. 외양이 커서 넓은 집을 기대했지만 내부 구조는 상상외의 형태였다. 긴 복도에 여러 개의 방이 있고 각각의 출입문 옆에 신발장이며 선반 등 잡다한 물건들이 놓여 있는 걸로 봐서는 기숙사처럼 보였다. 그중 냉장고가 놓여 있는 집 앞에 멈춰 선 앤디가 지갑에서 열쇠를 찾아냈다. 문을 열자 싱크대가 먼저 눈앞을 가로막았다. 안쪽으로 면적이 꽤 넓은 길쭉한 방이 있었다. 방 안에 들어서자 향신료 냄새가 훅 끼쳤다. 살림이 한눈에 보였다. 발자국이 찍힐 것처럼 습한 방바닥에 아기용품과 반찬통과 조리기구들이 어질러져 있었다.

병원에서도 어설퍼 보였는데, 집에 돌아와서도 앤디는 애매한 웃음만 짓고 허둥댈 뿐 잠든 시미를 받지도 않았고 시미를 눕힐 자리를 만들지도 않았다. 민교는 바닥에 구겨져 있는 담요를 발로 펴고 시미를 눕혔다. 시미의 기저귀가 터질 듯 부풀어 있었다. 사회복지사 실습을 나갔던 영아보호시설에서 경험한 이후 거의 십 년 만에 아기의 기저귀를 갈았다. 시미는 잠깐 인상을 쓰다가 젖은 기저귀를 빼자 자기 몸이 이

리저리 흔들려도 모를 정도로 잠에 빠졌다. 열이 내려서 그런 지 숨소리가 한결 편안했다. 시미가 누워 있는 벽에 출산 당 시 처음 찍은 신생아 사진이 붙어 있었다. 8월 25일이 출산일 이라고 쓰여 있었다. 날씨가 좋다고는 해도 10월인데, 겨우 두 달 지난 아기를 포대기도 없이 맨손으로 안고 지갑 하나만 달랑 들고 병원 길을 나섰다는 건 문제가 있었다. 준비성 제 로인 어린 산모 앤디에게 짠한 마음이 들었다. 서둘러 진료를 받고 온 것이 다행이었다. 하마터면 시미가 저체온증으로 위 험에 빠질 수도 있었던 것이다. 엄마의 나이가 십대라고 생각 해서 미덥지 않은 건지도 몰랐다. 지역의 다문화지원센터로 연계하는 것이 최선이었다. 연락처를 물었더니, 폰 넘버라는 말을 알아들은 앤디가 고개를 저었다. 민교는 스마트폰으로 우편물의 주소를 찍었다.

  향신료 냄새와 앤디가 입고 있는 옷가지 외에는 그들이 외 국인이라는 특색이 거의 드러나지 않았다. 문 앞에 개수대와 조리대가 설치되어 있고, 그 옆에 세 칸짜리 선반이 놓여 있 어 그곳이 약식 주방이라는 것을 드러내고 있었다. 식품 반제 품을 싼 봉지들과 조미료들이 선반에 뒤섞여 있었다. 그들이 외국인이라는 걸 말해주는 조촐한 단서들이었다. 냉장고가 복도처럼 보이는 방문 밖 통로에 놓여 있는 것이 이해가 되 었다. 적절한 수납 장치가 없는 공간이었다. 방 안쪽 벽에 행 어 옷장이 설치되어 있는데, 엉성하게 쳐놓은 커튼이 옷가지를 대강 가리고 있어 그쪽만 정돈된 느낌이었다. 방 안의 유일한 가구는 조리대 옆에 붙어 있는 목제 책상이었다. 향신료 병과 냄비 받침이 놓여 있는 걸로 보아 평소엔 식탁으로 쓰는 모양이었다. 책상 한쪽에 컴퓨터가 연결되어 있는데, 그 옆에 잡다하게 놓여 있는 물건들 틈에서 눈에 익은 물건이 보였다. 가죽 케이스가 덮인 은색 외장하드. 동공에 지진이 일어났다.

시선을 돌리고 책상 아래 접혀 있는 수건을 들어 시미의 배에 덮어주었다. 해열될 때 체온이 급격하게 내려가지 않도록 적정 온도를 유지하는 것이 중요했다. 앤디가 애매하게 웃어 보이며 배를 문지르곤 방을 나갔다. 화장실에 가는 모양이었다. 발소리가 멀어지자마자 외장하드를 빼서 가죽 케이스를 밀었다. 형광등에 반사된 은색 몸통에 흰색 유성사인펜으로 겹쳐 쓴 자음 이니셜의 흔적이 드러났다. 손이 떨렸다. 미음 안에 시옷과 기역을 겹쳐 써넣은 것이 그대로 보존되어 있었다. 누군가 자신과 같은 사인을 한다는 건 상상할 수 없었다. 그녀는 재빨리 외장하드를 가방에 챙겨 넣었다. 심장의 발작이 시작되어 그녀는 가슴을 누르고 심호흡을 했다. 자료를 건질지도 몰랐다. 그 안에서 못 볼 것을 보게 될까 봐 겁도 나고, 뭔가 결정적인 확증을 잡을 수도 있을 거라는 예감에 튀어나올 듯 심장이 뛰었다. 방으로 돌아온 앤디에게 인사하고 나올 땐, 마치 절도를 저지른 도망자라도 된 것 같았다.

민교는 긴장해서 떨리는 손으로 노트북을 켰다. 그녀의 손을 떠났던 외장하드가 손에 쥐어져 있었다. 유은도가 이 외장하드를 그녀에게 돌려주지 않았다는 건 고치지 못했기 때문이었을 텐데, 이것이 샤리플에게 있다는 건 사용할 수 있다는 걸 의미했다. 그렇다면 외장하드를 고친 후에 그녀에게 돌려주지 않고 샤리플에게 판 것일까? 아니면 샤리플이 고쳐서 사용한 걸까? 조마조마한 마음으로 외장하드를 연결했다. 정상적으로 파일이 열리자 기적이라도 보는 것 같았다.

그런데 외장하드에 담아놓았던 그녀의 자료들이 보이지 않았다. 꽃 이름 폴더 같은 것들은 존재하지 않았다. 온몸의 피가 빠져나가는 것 같았다. 잃고 싶지 않은, 오직 자신에게만 의미 있는 것들이 영영 사라져버린 것이 확실해지는 순간이었다.

폴더를 하나씩 열어서 확인했다. 대부분은 사진 폴더였고, 최근에 업로드해놓은 것들도 있었다. 주로 앤디의 사진들이었다. 샤리플이 그녀에게 보여주었던 결혼식 사진들과 앤디가 한국에 온 뒤로 야외에서 찍은 것들이었다.

또 다른 폴더에는 샤리플과 함께 찍은 앤디의 셀카 사진들과 배가 불러가는 앤디의 모습이 들어 있었다. 그중에 이상한 것들이 보였다. 옷을 거의 입지 않은 앤디가 이상한 포즈를 취하고 있는 사진들이었다. 아내의 모습을 왜 이렇게 찍었을까 생각하며 사진을 넘겼다. 그녀 자신이 관음증에 빠진 느낌

이었다. 거의 포르노그래피로 보이는 사진들 중 몇 장에 앤디
가 아닌 다른 여성의 얼굴이 합성되어 있었다. 눈에 익은 얼
굴이었다. 이름까지는 알 수 없지만 연예인이 분명했다. 마지
막 남은 하위 폴더를 열 때는 손이 부르르 떨렸다. 불길한 예
감은 적중했다. 거기엔 보기에도 징그러운, 더 이상 낯설지도
않은 음란 영상이 수도 없이 들어 있었다. 컴튜닝에서 만들어
지고 있는 게 어떤 것인지 짐작이 갔다. 심증이 확증이 되는
순간이었다.

　그녀는 외장하드를 노려보며 궁리하고 또 궁리했다. 확인
만 하고 외장하드를 가져다 놓을 생각이었지만 이제 와서 그
럴 수는 없었다. 샤리플을 만나 확인해볼까도 생각했다. 하지
만 그가 위험한 사람이라면 어떻게 나올지 알 수 없었다. 혼
자가 아닌 건 분명했다. 컴튜닝에 침입해 자료를 확인하고 싶
은 충동과 두려움 사이에서 잠을 이루지 못했다. 그에게 이런
자료들이 수없이 많을 거라는 확신이 들었다.

　앤디의 집에 다녀온 지 두 주일이 지났을 때 그녀는 세번째
동영상을 받았다. 그녀의 상반신이 가까운 거리에서 녹화된
거였다. 맨몸에 바디로션을 바른 그녀가 헐렁한 티만 걸친 채
침대로 올라가 베리에게 장난을 거는 모습이었다. 해상도가
선명해서 거울을 보는 것 같았다. 너무 적나라하게 녹화된 영
상이라 소름이 끼쳤다. 집에 돌아오자마자 노트북을 켜서 유

튜버를 검색해 음악을 실행시키고 샤워를 하는 사소한 습관을 고스란히 불법 녹화한 거였다. 사적인 생활을 녹화해서 들여다보았을 누군가를 생각하는 것만으로도 공포와 분노가 끓어올랐다. 가장 수치를 느낄 부분을 편집해서 악의적으로 이용하고 협박까지 하는 뻔뻔스러움엔 치가 떨렸다.

누군지 밝혀내지 않으면 이런 일은 영원히 계속될 거였다. 첫번째 동영상을 받고 불법 녹화 범죄를 검색하던 날부터 노트북 카메라 렌즈는 포스트잇에 가려져 있었다. 하지만, 그전까지는 늘 열려 있었다. 노트북을 구입한 때부터 그때까지 일 년이 넘는 시간이었다. 그 시간을 전부 복기하는 건 불가능한 일이었다.

분석과 궁리는 시작점으로 돌아왔다. 그녀의 삶은 해킹 당했고, 해커는 지금 그녀를 협박하고 있었다. 샤리플이 유은도의 조교처럼 일했다는 정 선생의 말이 떠올랐다. 어쩌면 처음부터 샤리플과 그 일당이 벌인 일이었을 수도 있었다. 도움을 주려는 유은도를 이용했다는 말인데, 유은도의 낭만적이고 온정주의적인 기질을 간파했다면 불가능한 일도 아니었을 거였다. 샤리플이 보관했던 외장하드 속에 들어 있는 자료들이 증거였다. 아내의 자료와 함께 보관한 것이 그 정도라면 그가 확보하고 있는 음란물이 얼마나 되는지 가늠할 수 없었다.

이제 그녀는 선택해야 했다. 이대로 지낼 수는 없었다. 컴튜닝 내부를 해킹할 수 있다면 얼마나 좋을까. 시스템에 무단

침입하여 데이터와 프로그램을 파괴하는 정도가 아니라 시스템 자체를 폭파할 방법은 없을까. 순간 그녀의 신경이 팽팽하게 조여졌다. 숨도 쉴 수 없을 만큼 강렬한 환영이 그녀를 사로잡았다. 검고 붉은 불의 혓바닥이 작은 가건물을 휘감는 형상이었다.

존재 자체가 해악인 공간은 사라지는 것이 마땅했다. 그녀처럼 협박을 당했거나 앞으로 당할 피해자들을 위해서도 누군가는 해야 할 일이었다. 그런 일이 벌어지는 공간을 날려버릴 수만 있다면 결국 추악한 범죄도 막을 수 있을 거였다. 그리고 그편이 현실적으론 가능성 있는 일이었다. 하지만, 그것이 끝이 아니라는 걸 알고 있었다. 설령 놈이 죽어 없어진대도 가상공간에 있는 영상들은 남을 거였다. 생각이 거듭될수록 속에서 끓고 있는 용암이 너무 뜨거워 토하지 않고는 견딜 수 없을 지경이었다. 날카로운 통증을 의식하며 손바닥을 폈다. 자신도 모르게 부르쥐었던 손바닥에 손톱자국이 패여 있었다.

침대로 뛰어오른 베리가 그녀의 무릎에 몸을 기대왔다. 집에 돌아와서도 눈길 한 번 주지 않는 그녀가 섭섭한 모양이었다. 머리를 만져주었더니 푹신 기대며 그녀의 품으로 파고들었다. 영혼 없이 내민 손길에도 무한 신뢰를 보여주는 베리가 든든한 지원군처럼 느껴졌다. 베리의 따스한 몸을 쓰다듬어주는 동안 복잡했던 궁리들이 정리되었다. 영리하게 빛나는 베리의 눈을 들여다보면서 말했다.

"베리야, 해킹이 필요해. 누가 대신해줄 수도 없고, 피할 수도 없는 일이야." 말을 해놓고 보니 자신에게 선언한 메시지였다. 해킹이라니. 많은 장면들이 지나갔다. 컴튜닝에 데스크탑 본체를 맡기던 날부터 노트북과 외장하드를 구입했던 날들이. 샤리플의 집에서 잃어버린 외장하드를 발견하고 그 외장하드에 담긴 것들을 확인한 최근의 일까지. 그녀가 당한 치밀하고 비열한 해킹을 똑같은 방법으로 갚아줄 수는 없었다. 하지만 더 이상의 범죄를 막기 위해서라도 그녀는 간절히 해커가 되고 싶었다. 조심스럽게 베리를 내려놓고 책상으로 갔다.

노트북 한글파일에 새로운 문서를 작성했다. 세 줄이면 족한 간단한 문서였지만 생각을 정리하는 데는 시간이 걸렸다. 팔 년간 근무해온 직장에 사표를 쓴다는 것이 쉬운 결정일 순 없었다. 이제 떠날 때가 된 거였다. 그녀는 문서를 자신의 이메일에 저장했다. 결론에 이르기까지는 마음을 앓았지만 이젠 담담했다.

다이어리를 열어 날짜를 쓰고, 해킹 D-14라고 썼다. 그 아래 이렇게 적었다.

해킹 D-14

해킹을 시작한다. 가장 쉽고 확실한 방법으로.

이것이 나를 위해, 내가 할 수 있는, 최선이다.

후회를 남기지 않는 길은 계획한 대로 실행하는 것이다.

준비할 건 휘발유에 적신 실뭉치와 라이터뿐이다.

마감 두 주일 전, 카운트다운이 시작되었다.

테이블 포스트잇에 단순한 프로젝트 일정표를 써넣었다. D-14부터 D-1까지. 하루 한 장씩 떼어내면 끝을 볼 수 있을 거였다. 그것을 개수대 위쪽 싱크대에 붙여놓았다. 확실하게 체크하기엔 그보다 좋은 위치가 없었다.

에필로그

　민교가 다문화가정 상담사 자격증을 취득한 것은 이 년 후
였다. 사표를 수리하지 않고 고집스럽게 센터 업무를 맡긴 원
장 덕분이었다. 윤서의 자학증을 치료하면서 본격적으로 자
격증에 도전한 결과이기도 했지만, 조하영 선생이 결혼해서
떠나게 되어 그 자리를 채운 현 선생이 좋은 파트너십을 제공
해준 덕분이었다. 오영이 남매의 기억을 공유하고 있는 현 선
생은 따스한 모성애로 센터의 분위기를 안정시켰다. 원장의
소개로 여러 복지기관의 고정 강사가 된 정 선생은 여전히 일
주일에 한 번은 센터에 와서 미술 수업을 진행했고, 민교의
친구가 되었다.

　민수의 자전거를 가져와 튜닝을 맡긴 인연으로 민교는 자
전거점 사장이 권하는 팀 라이딩에 합류했다. 덕분에 이제 어

느 정도는 혼자 튜닝을 할 수 있었다. 고급 튜닝을 익히면 그녀가 위시 리스트에 올려놓은 로드바이크로 갈아탈 생각이었다. 물론 본격적인 장거리 주행을 할 수 있는 것들이었다. 실용성을 생각하면 출퇴근 겸용으로 근거리 도심에서 타기 좋은 하이브리드나 시티바이크도 좋지만, 기왕에 라이딩을 시작한 이상 꿈꾸던 사이클 모델을 타고 싶었다. 지속적으로 그녀를 유혹하는 건 공기저항을 최소화한 프레임 디자인으로 역동적 주행에 맞게 풀 서스펜션을 장착한 MTB 모델이었다. 최근에 그녀의 마음을 사로잡은 것이 하나 더 있었다. 휴대가 간편하고 디자인이 사랑스러운 접이식 미니벨로 모델이었다. 그것들이 마음속에서 격돌하면 두툼한 타이어의 텐션을 온몸으로 느끼면서 탱탱한 리듬을 타고 달릴 때처럼 기분이 고양됐다.

애디의 남편 샤리플은 불법 영상물을 제작하여 유통한 혐의로 형을 받고 본국으로 송환되었다. 대담하게도 유명인의 카카오톡 프로필사진에 음란물을 합성하여 금품을 받고 유통하다가 소속사로부터 고소를 당한 거였다. 소속사에 익명으로 제보된 민교의 외장하드가 한몫을 했다는 사실을 아는 사람은 없었다. 법정에서 샤리플은 방글라데시에선 음란물 제작 유통이 불법도 아니고 범죄는 더욱 아니라면서 당당하게 자기 변론을 해서 매스컴의 주목을 받았다. 그 유명세로 외국인으로선 드물게 여성단체들로부터 극심한 비난을 받았다.

시미와 함께 얼마간 민교의 도움을 받았던 앤디는 어느 날 갑자기 사라져버렸다. 범죄 전과를 가진 샤리플이 더 이상 한국 비자를 받지 못하게 되자 그의 동생이 본국으로 데려간 거라고 짐작만 할 뿐이었다.

컴튜닝 화재 사건은, 가건물의 특성상 전기 시설 불량으로 인한 단순 합선이 화재로 발전되어 전소된 것으로 수사가 종결되었다. 화재로 흉물이 된 건물이 무단 투기 쓰레기장으로 방치되는 걸 보고, 주민들이 시 관할 부서에 민원을 제기했다. 행정조사 결과 국유지에 불법 설치된 가건물로 드러나 시에서 철거를 고지했고, 기한이 지날 때까지 설치자가 나타나지 않아서 결국 임의로 철거되었다. 주민들의 요청으로 버스 정류장이 설치되자 이전의 흔적은 더 이상 찾아볼 수 없게 되었다. 샤리플이 본국으로 송환되고 화재 흔적이 지워지기까지 이 년여의 시간이 흘러갔다.

민교는 다짐했다. 앞으로 살아갈 인생에서 무수히 많은 황색 점멸신호를 만나게 될 거였다. 그러나 이제 어떤 상황에서든 회피하지 않고 그 구간을 통과해 앞으로 나아갈 거였다. 그 과정에서 어떤 값을 치르든지 그것은 이후의 시간 동안 자신이 감내할 일이었다. 기억할 것은, 살아 있는 동안 곁에 있는 이들과 온기를 나누는 것과 그 에피소드를 기록하는 거였다. 그것이 그녀가 살아가는 이유이며 할 수 있는 전부이기 때문이었다.

두 개의 불꽃 사이에서

정홍수(문학평론가)

'황색 점멸신호'는 경고와 함께 멈춤과 진행 사이의 결정을 요구한다. 교통의 신호는 때로 살아가는 일의 은유가 될 수도 있을 것이다. 탁명주의 장편 『황색 점멸신호』는 지역아동센터의 아이들을 돌보는 일에 자신을 헌신하는 방식으로 세상과의 교통을 차단하고 고립을 선택했던 한 여성이 세상의 악의에 맞서 스스로를 열고 일어나는 이야기다. 그러나 인물의 결단은 극적이고 요란하기보다는 내성과 고독의 시간을 맴도는 듯한 긴 망설임과 우회의 길 안에서 서서히 그리고 조용히 진행된다. 동시에 주인공 서민교의 물러설 수 없는 삶의 근거로서 지역아동센터 사회복지사 업무가 촘촘하게 보고되는데, 어쩌면 여기가 소설의 실질적 중심이 아닐까 싶을 정도로 돌봄 노동의 구체적 현장이 생생하게 그려지면서 독자의 시선을 붙잡는다. 이 과정에서 주로 한부모가정 및 다문화가정 아이들의 사회적 돌봄과 관련된 문제들과 사회복지사 업무의 열악한 상황이 낱낱이 드러난다. 돌봄의 사각지대에서 아이들의 참혹한 희생이 일어나고야 말 때, 서민교가 보이는 엄청난 자책과 절망은 이 소설이 지금 한국 사회에 보내는 다급한 '점멸신호'처럼 느껴진다. 경고는 아동 돌봄 노동의 주변에서만 울려오는 것은 아니다. 이주 노동자들의 어두운 그늘이 조명되고, 인터넷 해킹을 통한 사이버 성폭력의 실상이 충격적으로 드러난다. 이런 의미에서 『황색 점멸신호』를 긴박하고 뜨거운 사회 소설로 읽는 것도 충분히 가능하다.

그러나 『황색 점멸신호』가 좀 더 깊고 섬세한 인간의 이야기로 우리의 마음을 타격하는 것은 주인공 서민교가 일종의 자기 처벌의 형식으로 부여한 특별한 고독과 내성의 시간에서 비롯되는 듯하다. 얄궂게 중단되어버린 젊은 날의 사랑, 아르바이트 직장 상사의 성폭력 등 분명한 트라우마적 과거가 존재하기도 하지만, 지역아동센터의 업무를 제외하고는 거의 고립에 가까운 생활을 영위하는 서민교의 지나치게 염결하다 싶을 정도의 고독에는 타락한 세상을 거절하는 단호한 정신의 높이와 자기 윤리가 있다. 서민교는 어쩌면 한국 소설이 한동안 망각해온 조금은 본래적인 실존과 내성의 인물 유형일 수 있다. 서민교의 특별한 고독에는 가령 『생의 한가운데』의 니나 부슈만과 같은 인물에게서 떠올릴 수 있는 강렬한 삶의 열정과 자유의 지향이 억눌린 형태로 접혀 있어, 그 자신조차 스스로에게서 내연하는 불꽃의 강렬함을 감지하지 못할 정도다. 이 과정에서 한 남자의 모호한 선의가 점차 다른 색깔의 얼굴로 바뀌어가는 가운데 서민교가 지켜온 삶의 울타리가 조금씩 침범되고, 마침내 끔찍한 악몽으로 화하는 이야기가 높은 서사적 밀도 속에 펼쳐진다. 무심코 지나친 우연의 조각들로부터 악몽의 기원을 재조립하게 만드는 스릴러적 긴장도 은밀하게 진행된 사건의 심각성을 반영한다. 그런데 역설적이게도 악몽이 도착한 바로 그 자리에서 서민교는 오랜 고립으로부터 깨어나기 시작한다. 함부로 침해되고 폭력적으로 짓밟힌 개인의 성소는 이제 잃어버린 열정과 자유를 향한 출발선이 된다. 이 순간, 사회 소설의 외장 안에 있던 『황색 점멸신호』는 가장 개인적이고 내밀한 이야기로 다시 탄생한다.

소설은 폭설의 밤, 도로변 불타오르는 가건물의 이야기에서 시작되거니와, 소설이 끝날 때쯤에는 불은 한 여성 인물의 내부에서 활활 타오르게 된다. 이 두 개의 불꽃 사이에서 탁명주의 장편 『황색 점멸신호』는 한국 사회의 방치된 환부를 가로지르며 잃어버린 삶을 향한 한 개인의 조용한 진격을 감동적으로 수행한다.

  기록 강박증이 있는 인물의 이야기를 쓰고 싶었다. 내 안에서 기생하고 있는 그 인물은 이기적인 아이처럼 고집스럽다. 마트의 문구 코너를 지나치지 못하는 그는 무시로 나를 종용하여 이리저리 끌고 다닌다. 지면의 질감에 연필 긁히는 소리를 접목한 갤럭시 노트 디지털 펜의 깨알 같은 아날로그 감성에 취향을 저격당한 것이 그인지 나인지 모르겠다. 지금은 그저 그와 내가 한 몸 안에 공생하고 있는 것이 고마울 뿐이다.

  한 편의 이야기를 구성하기까지 많은 이들에게 빚을 졌다. 십여 년 전에 지역의 청소년에게 진로코칭 봉사를 하기 위해 사회복지사 자격증을 취득하면서 나는 지역아동센터와 인연을 맺었다. 현장에서 생활복지사들과 함께하는 동안 열악한 환경에서 일어나는 크고 작은 사고들을 목격했다. 그해 겨울 화재 사고로 두 명의 아동이 사망했고, 나는 한 사람의 어른으로서 양심에 먹살 잡혔다. 어른들이 만든 세상에서 아이들이 당하는 불행한 사건들에 나는 과연 아무런 책무가 없는 것인지, 애도 없이 잊히는 어린 주검들로부터 이 사회가 자유로워도 되는 것인지. 영문도 모른 채 방임되는 수많은 아동의 고통은 현재진행형이다. 불행은 예기치 않은 순간에 오고, 고난에 빠진 사람은 그 고통에 공감하여 도움을 주려고 노력하는 사람들을 통해 회복과 재활의 기회를 얻는다. 경쟁이 치열한 우리 사회에서 타인의 고통에 집중하기란 쉽지 않다. 그럼에도 불구하고 수많은 복지사들이 절실한 문제와 고통을 가진 이들을 돌보며 버거운 업무로 번아웃 되어가고 있는 것을 목격했다. 그분들의 숭고한 헌신을 이 책을 읽는 독자들과 공유하고 싶었다.

생명을 부여받은 인간은 누구도 예외 없이 존귀하다. 저마다 독특한 생명의 빛을 뿜어내는 아름다운 세상을 꿈꾸지만, 모두가 자유하고 행복한 세상은 오지 않았다. 인간의 삶을 더 나은 방향으로 나아가도록 하는 것은 무엇인가. 타인과 이웃의 문제를 외면하지 않고, 각자 할 수 있는 일들을 묵묵히 실천하는 것보다 더 좋은 방법을 나는 생각할 수 없다. 그것이 이 글을 쓴 이유다. 결론적으로 나는 고통을 느낄 수 있다는 것에 대해 신께 감사드린다. 나는 누구인가? 어떤 사람이어야 하는가? 그런 사람이 되기 위해 무엇을 할 수 있는가? 필연적 탐색으로 이어지는 이런 질문들에 답을 찾아가는 과정이 결국 소설 쓰기가 아닌가 생각한다. 또한 그것은 광포한 속도로 나를 통과해가는 현재의 사건들 속에서 인간다움의 격을 지켜내기 위한 내 방식의 몸부림이다. 존재를 부자유한 상황으로 몰아가는 무수한 폭력에 노출된 채 나는 유일한 목격자로서 내 몫의 삶을 체험하고 있다. 그것을 재구성하여 문장으로 옮기는 과정은 고통스럽지만, 창작에 몰입할 때의 심미적 체험에는 고통을 상쇄하고도 남는 희열도 있다. 이야기를 완성해가는 동안 인물의 상황과 의식의 흐름을 수없이 복기하면서 존재의 이해에 한 걸음이라도 다가갈 수 있다면, 그것 또한 존재의 미지를 밝히는 일이라고 믿는다.

롤러코스터를 장착한 인생 열차에 나를 동승시킨 남편 성태 씨에게 고마움을 전한다. 당신이 아니었다면 특별한 체험들과 이야기들은 내 것이 되지 못했을 것이기에. 변함없이 응원해주는 아라, 원석 두 자녀와 초고를 읽어준 최초의 독자들과 나를 위해 성원과 기도를 아끼지 않는 동역자들에게도 감사의 마음을 전하고 싶다. 교정 작업을 위해 토지문화관에 머무는 동안 소중한 시간을 보냈다. 귀래관에서 듣던 빗소리가 그리울 것이다.

산만한 원고가 소설이 되기까지 살뜰한 애정으로 짚어주고 발문을 맡아주신 평론가 정홍수 선생님께 고개 숙여 감사드

린다. 창작을 격려해주신 은혜에 더 좋은 작품으로 보답하고
싶다. 더위 속에서 수고를 아끼지 않은 강출판사 편집부와 이
책을 읽어주실 독자 여러분께도 마음을 담아 감사의 인사를
올린다.

신의 사랑을 모방하기 위해 성장통을 앓을 수 있다면, 몇
년이 지나도 나는 여전히 기록자로 살아갈 수 있을 것이다.
그렇게 되길 소망한다.

2021년 가을
탁명주